Natalie Winter

VOODOO NIGHTS

VOODOO NIGHTS

Ein Fall der Shifter Cops

Ein Roman von
Natalie Winter

DRYAS

Winter, Natalie: Voodoo Nights.
Ein Fall der Shifter Cops,
Dryas Verlag 2019

1. Auflage
ISBN 978-3-940855-94-7

Dieses Buch ist auch als eBook erhältlich und
kann über den Handel oder den Verlag bezogen werden.
ePub-eBook ISBN 978-3-940855-95-4

Lektorat: Andrea Simon, Flörsheim am Main
Korrektorat: Birgit Rentz, Itzehoe
Umschlaggestaltung: © Guter Punkt
unter Verwendung von Motiven von Shutterstock
(© lolloj, © Christina Romero Palma, © NikaMooni)
Illustrationen: New Orleans skyline in black watercolor
© paulrommer – fotolia.com / Attack motion of panther
© Dimonika – fotolia.com /
Crocodile Silhouette © mohamed_hassan – Pixabay
Satz: Dryas Verlag, Hamburg
Gesetzt aus der Frutiger Serif
Druck: GGP Media GmbH, Pössneck

Bibliografische Information der Deutschen Nationalbibliothek:
Die Deutsche Nationalbibliothek verzeichnet
diese Publikation in der Deutschen Nationalbibliografie;
detaillierte bibliografische Daten sind im Internet über
http://dnb.d-nb.de abrufbar.

Der Dryas Verlag ist ein Imprint der
Bedey Media GmbH,
Hermannstal 119k, 22119 Hamburg.

---

http://www.dryas.de
Printed in Germany

KAPITEL 1

Cajun Courier von
Mittwoch, dem 25. Juli 2012

**Zweite Mädchenleiche gefunden!
Polizei nach wie vor hilflos**

Liebe Leserinnen, liebe Leser,
die Suche nach der seit sieben Tagen als vermisst gemeldeten Madeline Roux fand in den frühen Morgenstunden ein trauriges Ende, als der Rentner Thommy Farnswick beim Ausführen seines Hundes die Leiche des sechzehnjährigen Mädchens entdeckte. »Ich dachte zuerst, dass da im Sumpf wieder so ein Schundfilm gedreht wird«, sagte der rüstige Mittsiebziger, dem der Schock auch jetzt noch ins Gesicht geschrieben steht. »Aber als Theo nicht zurückkommen wollte, wusste ich, da stimmt etwas nicht.« Selbst ohne den aufmerksamen Pointerrüden hätte Farnswick der Anblick der geschändeten Leiche unmöglich entgehen können, hatte der Killer den Leichnam der jungen Frau doch in einer Weise zur Schau gestellt, die auf eine Entdeckung angelegt war. Um die Würde der fassungslosen Eltern und der Toten zu wahren, aber auch, um unseren Lesern Albträume zu ersparen, verzichten wir an dieser Stelle auf eine detaillierte Beschreibung. So viel sei jedoch gesagt: Selbst einer erfahrenen Gerichts- und Kriminalreporterin wie mir ist eine perfidere Zurschaustellung noch nicht untergekommen.

Um eine Stellungnahme gebeten, verweigerten sowohl die Polizeidienststelle von Baton Rouge als auch der für die Ermittlungen im Fall Suzie Clifton zuständige Detective der Louisiana State Police die Aussage zu einem möglichen Zusammenhang zwischen dem Mord an Madeline Roux und dem an Suzie Clifton, deren Leichnam vor vier Wochen in einem ähnlichen Zustand gefunden worden war (wir berichteten). Die Polizei verwies auf die am heutigen Abend stattfindende Pressekonferenz. Auf die frappierenden Ähnlichkeiten der zwei grausamen Morde angesprochen, antwortete der diensthabende Beamte lediglich mit einem »Kein Kommentar«.

Wir alle verstehen, dass im Zuge der Ermittlungen keine Einzelheiten bekannt gegeben werden dürfen, um die Überführung des Täters nicht zu gefährden, woran sich der Cajun Courier und meine Wenigkeit stets gehalten haben. Mittlerweile stellt sich jedoch selbst dem wohlgesinntesten Bürger die Frage, ob die Beamten unter der Leitung von Superintendent Colonel Murphy überhaupt fähig sind, einen Täter von solcher Gerissenheit zu stellen.

Wie viele junge Mädchen müssen noch auf so unvorstellbar grausame Weise sterben, bis die Polizei den Serienmörder hinter Schloss und Riegel bringt?

... fragt unverdrossen Ihre Roslyn Jones.

»Diese verfluchte Giftspritze hat uns in die Ecke manövriert.« Kaja hörte die hasserfüllte Stimme von Superintendent Colonel Joseph Murphy, als er auf dem Weg zu seinen Räumen ihr Büro passierte. Wobei »Büro« es nicht ganz traf. »Wandschrank« wäre die bessere Bezeichnung gewesen, fand sie und schob den vertrauten Ärger über ihre Abschiebung in den winzigen Raum so weit von sich, wie es ihr möglich war. Jemand, der größer als sie mit ihren knapp einem Meter sechsundfünfzig und schwerer als ihre gerade mal einhundertzehn Pfund wäre, käme sich vor wie in einem Sarg.

»Sir, ich habe versucht, mit Ihrem Chefredakteur zu sprechen, und habe ihn gebeten, die Berichterstattung neutraler ...« Das war Captain Carl Moras, der Chef der Presseabteilung der Louisiana State Police, der in diesem Augenblick mit Colonel Murphy an ihrem Büro vorüberging. Kaja konnte seine Angst durch die halb offene Tür riechen und fragte sich, wovor er sich mehr fürchtete: vor dem berüchtigten Zorn seines obersten Vorgesetzten, der ihn sich wegen des letzten Artikels im Cajun Courier vorknöpfen wollte, oder vor der schlechten Presse.

»Versuchen reicht nicht, und ich will auch keine neutralere Berichterstattung, sondern gar keine, bis wir diesen Perversen gefasst haben.« Gleich mussten sie das Büro des Superintendent erreichen, und selbst Kaja würde es schwerfallen, durch die geschlossene Tür etwas anderes als dumpfes Gemurmel zu hören. Lautlos stand sie auf und huschte zur Tür. »Stopfen Sie diesem Miststück das Maul. Das ist mein letztes Wort. Sollte noch ein Artikel erscheinen, in dem sie meine Arbeit infrage stellt, können Sie wieder Streife fahren. Ich habe nicht zwanzig

Jahre dem Staat gedient und für die Sicherheit unserer Bürger geschuftet, nur damit eine Frau wie Jones das alles zunichtemacht. Und jetzt verschwinden Sie, Moras. Tun Sie das, wofür ich Sie bezahle.« Das Geräusch der zufallenden Tür beendete das Gespräch so endgültig wie Murphys kaum verhüllte Drohungen. Bevor Captain Moras sie beim Lauschen erwischen konnte, flitzte Kaja zurück an ihren Schreibtisch und beugte sich über die Tastatur. Mit ein bisschen Glück würde der Captain in seinem Büro verschwinden, ohne vorher noch zu kontrollieren, ob sie ihre Arbeit tat.

»Arbeit« war eine ebenso beschönigende Bezeichnung für das, was sie tat, wie »Büro« für ihr fensterloses Kämmerchen. Sie war vierundzwanzig Jahre alt, ihre erfolgreiche Prüfung zum Trooper lag schon drei Jahre zurück, und sie hockte immer noch im Hauptquartier der Louisiana State Police und managte deren neu geschaffenen und erstaunlich gut besuchten Facebook-Account. Ihre Aufgabe bestand zum kleinen Teil darin, die eingehenden Nachrichten zu sichten, sie in dringenden Fällen an ihren Vorgesetzten weiterzuleiten und ansonsten gelegentlich eine Erfolgsmeldung der Truppe zu posten, am besten mit dem Konterfei des Festgenommenen. Kaja fand die Praxis, ein Foto des Gesetzesbrechers auf diese Weise öffentlich zu machen, im besten Falle fragwürdig. Jedes Mal, wenn das Porträt eines Inhaftierten in ihr E-Mail-Postfach flatterte, bekam sie Magenzwicken. Es war nicht so, dass sie guthieß, was diese Menschen taten, aber ... nun ja, galt die Unschuldsvermutung nicht für jeden Menschen? Die

Meldungen, die sie auf Facebook veröffentlichte, lagen zeitlich nach der Festnahme und vor der Gerichtsverhandlung. Was, wenn sich neue Beweise ergaben oder einer der Kollegen sich geirrt hatte, etwas übersehen hatte? Sie war, wie die meisten ihrer Kollegen, desillusioniert, was die menschliche Natur betraf, und dennoch ...

»Lenoire«, unterbrach die Stimme des Captains ihre Gedanken, »träumen Sie mal wieder vom Ruhm, statt Ihrer Arbeit nachzugehen?«

Verdammt! »Sir«, erwiderte sie betont neutral. »Ich habe bereits alle eingegangenen E-Mails und die Kommentare auf unserer Social-Media-Seite beantwortet.« Das meiste davon waren gute Wünsche und Gebete für die Opfer des gestrigen Verkehrsunfalls, den ein betrunkener Raser verursacht und dessen Konterfei Kaja gestern Nachmittag in Verbindung mit einem nach einer reinen Zusammenfassung der Fakten klingenden Text gepostet hatte. Es gab Standardvorlagen für alle möglichen Fälle, von der Festnahme eines Pädophilen bis zur erfolgreichen Aushebung eines Drogenrings durch die State Police, die Kaja nicht verändern durfte.

»Wenn Sie sich unterfordert fühlen, kann ich Sie gerne versetzen«, entgegnete Captain Moras jetzt. Für den Bruchteil einer Sekunde hatte Kaja die verrückte Hoffnung, endlich aktiven Dienst tun zu dürfen. Selbst das Streifefahren mit einem Partner hätte sie in Kauf genommen, Hauptsache, sie versauerte nicht hinter dem PC. Doch dann sah sie das hämische Grinsen ihres Vorgesetzten und wusste, dass er ihre aufkeimende Hoffnung wahrgenommen hatte und diese auskostete. Sein breiter Mund mit den vollen Lippen – dem einzig weichen Merkmal in seinem ansonsten aus harten Kanten bestehenden Antlitz – verzogen sich, bis sie sein Gesicht in zwei Teile zu spalten schienen.

»Ich habe gehört, bei den Sextätern suchen sie noch eine Schreibhilfe.« Nahezu niemand, außer dem Superintendent, nannte die Abteilungen bei ihren offiziellen Namen, sondern kürzte sie einfach ab: Die Detectives der Abteilung für die Verfolgung von Sexualstraftätern waren die »Sextäter«, diejenige, die gegen illegales Glücksspiel vorging, waren die »Zocker« und so fort. Noch bevor Kaja sich entschieden hatte, ob sie Moras die Stirn bieten oder ihm ins Gesicht lächeln sollte, fuhr er fort: »Ich rate Ihnen davon ab. Die Gefahr, dass ein Kinderschänder sich an Sie heranmacht, ist zu groß.«

Kaja fühlte, wie sich ihre Nackenhaare aufstellten und sich die Pantherin in ihr zum Angriff bereit machte. Ihre Muskeln spannten sich an, und sie spürte das verräterische Prickeln, mit dem die Pantherin die Krallen ausfuhr, um Moras das Gesicht zu zerkratzen. Rasch senkte sie die Lider, bevor Moras sah, dass ihm aus dem Gesicht von Trooper Kaja Lenoire die Augen einer Raubkatze entgegenblickten. Sie atmete zwei Mal tief ein und wieder aus, obwohl sie genau wusste, dass Moras die Bewegung ihrer Brüste unter der blauen Uniform beobachtete, und grub sich die Fingernägel in die Handflächen. Der Schmerz half ihr, die Katze zu kontrollieren, zumindest für eine Weile. Dieser Widerling war es nicht wert, dass sie seinetwegen ihre Selbstbeherrschung verlor und damit auch einen Job, der immer ihr Traumberuf gewesen war. Mit aller Macht biss sie sich auf die Innenseiten ihrer Wangen und wartete, bis er seinen Triumph lange genug ausgekostet hatte und sich trollte.

»Blödmann«, flüsterte Kaja. Dann vergrub sie den Kopf zwischen den Armen und wünschte sich, sie könnte den Tränen freien Lauf lassen. Doch obwohl ihre Kehle wie zugeschnürt war und die Nässe hinter ihren Lidern brannte, wollten die Tränen nicht kommen. »Verdammter Idiot«, flüsterte sie und musste wider Willen lächeln, weil sie nicht einmal richtig böse fluchen konnte – wer bei einer Großmutter aufgewachsen war, die als typische Southern Belle Wert auf Umgangsformen legte und ihr den Mund auch mal mit Seife auswusch, wenn es nötig war, tat sich schwer mit Schimpfworten. Es war, als könnte Kaja die trügerisch leise Stimme ihrer Grandmère immer noch hören, die sie ermahnte, Haltung zu bewahren: *Fluchen und die Krallen auszufahren, hat noch nie jemanden weitergebracht, ma petite. Frauen haben andere, bessere Mittel, um ihre Ziele zu erreichen.*

Kaja seufzte und richtete sich auf. In gewisser Weise hatte Grandmère natürlich recht gehabt. Je deutlicher sie Moras zeigte, dass er sie mit seinen Bemerkungen über ihre Körpergröße und ihren brennenden Wunsch, sich zu beweisen, getroffen hatte, desto mehr Macht räumte sie ihm über sich ein. Andererseits hatte sie nicht nur von ihrem Bürojob die Nase voll, sondern auch von dem ständigen Gerede über Frauen als die Macht hinter dem Thron, die im Schatten eines Mannes standen, der als Marionette ihre Befehle ausführte. Kaja lag nichts daran, andere zu manipulieren oder ihnen nach dem Mund zu reden, um auf diese Weise die Karriereleiter bei der Polizei hinaufzusteigen. Im Grunde genommen war es ja nicht einmal das Erklimmen der Karriereleiter, das sie antrieb, sondern der Drang, Unrecht wiedergutzumachen.

Aber wie sollte sie das jemals schaffen, wenn sie hinter dem PC versauerte, nur weil sie erstens klein, zweitens eine Frau und drittens ... *nicht teamfähig* war, wie es in ihrer Akte vermerkt war?

War es ihre Schuld, dass es niemand länger als drei, vier Tage mit ihr als Partnerin aushielt? Menschen schienen instinktiv zu spüren, dass sie anders war, und hielten sich von ihr fern. Dabei hatte Kaja die Pantherin so tief in ihrem Inneren eingesperrt, dass sie manchmal glaubte, die Verbindung zwischen ihr und der Raubkatze wäre bereits zerbrochen. Es war ein Teufelskreis: Mit jedem Tag, den sie die Wünsche und Bedürfnisse der Katze ignorierte, fiel es ihr schwerer, sie zu kontrollieren. Und je geringer die Kontrolle, desto größer war die Gefahr, dass sich die Pantherin eines Tages gegen ihren Willen aus ihrem Gefängnis befreite. Nicht auszudenken, was passieren würde, wenn Kaja sich am helllichten Tag verwandeln und auf ihre Kollegen losgehen würde! Obwohl ... das Gesicht von Moras, wenn sie in ihrer Raubkatzengestalt vor ihm stand und ihn anfauchte, wäre die Enthüllung ihres Geheimnisses vielleicht wert.

Nicht wirklich, dachte Kaja und riss sich aus ihren Tagträumen. Nichts und niemand war es wert, dass sie den

Job aufgeben musste, den sie liebte. Oder lieben würde, wenn sie einmal im Leben die Chance bekäme, einen echten Fall zu untersuchen. Sie griff nach ihrer Tasse und trank einen Schluck von dem kalten Kaffee, bevor sie sich wieder ihrer Aufgabe zuwandte und damit begann, die neuesten Kommentare auf der Facebook-Seite auf nichtssagende Weise zu beantworten.

New Orleans Gazette von Samstag,
dem 16. Februar 2019

Ausschuss lehnt Begnadigung ab
Hinrichtungsgegner in Hungerstreik

Es ist seit neun Jahren die erste Vollstreckung eines Todesurteils, die in unserem Staat vollzogen wird: Der sogenannte Cross-Killer, Jeremy Foster, wird am 1. März dieses Jahres mittels einer Giftinjektion hingerichtet. Nachdem der Supreme Court die Vollstreckung bereits zwei Mal in letzter Minute gestoppt hatte, entschied der Gnadenausschuss des Staates Louisiana am gestrigen Tag, Fosters Gnadengesuch abzulehnen. Gouverneur Smith unterzeichnete am heutigen Morgen das Todesurteil.

Die Familien der beiden damals erst sechzehn Jahre alten Mädchen standen für ein Gespräch aus verständlichen Gründen nicht zur Verfügung, ließen aber über ihren gemeinsamen Anwalt verlauten, dass sie jetzt endlich mit dem schlimmsten Kapitel ihres Lebens abschließen könnten. »Wir werden Madeline und Suzie nie vergessen, aber vielleicht können wir nun, da ihnen Gerechtigkeit widerfährt, zur Ruhe kommen.«

Auch im Lager der Hinrichtungsgegner war von Ruhe nichts zu spüren. Im Gegenteil, hier war der Aufruhr noch deutlicher zu fühlen. Zahlreiche Menschen hatten sich vor dem Nikita State Prison versammelt und protestierten gegen die »staatliche Willkür«, wie sie es nannten. Es waren vor allem Frauen, die sich vor den Toren des Hochsicherheitsgefängnisses niedergelassen hatten, ihre handgemalten Schilder in die Höhe reckten und teilweise sogar in den Hungerstreik getreten waren. Nach den Gründen für ihre Anwesenheit befragt, hielten sie mit ihren stark auseinandergehenden Meinungen nicht hinterm Berg. »Jeremy ist unschuldig, ich weiß es«, versicherte uns Cathy R. Die mittelalte, mittelschlanke und mittelmäßig attraktive Grundschullehrerin hatte einen geradezu verklärten Blick, als sie von dem Mann sprach, der zwei junge Mädchen aus niederen Beweggründen getötet und anschließend entstellt hat. »Die Cops haben ihm etwas angehängt, das weiß ich genau. Oder warum wird alles, was mit Jeremy und seinen angeblichen Taten zu tun hat, von offizieller Seite totgeschwiegen?«

Die sieben Jahre zurückliegenden Morde hatten damals nicht allein wegen der grausigen Details für Aufsehen gesorgt, sondern vor allem aufgrund der lange währenden Unfähigkeit, den Cross-Killer zu fassen. Über die genauen Umstände seiner Ergreifung hüllen sich die Behörden bis heute in Schweigen. Auch Einzelheiten aus dem Gerichtsverfahren, das angeblich aus Rücksicht auf die trauernden Eltern unter Ausschluss der Öffentlichkeit stattfand, sind bis heute nicht bekannt.

»Ist alles okay?« Seth richtete sich auf und blickte besorgt zu Kaja hinüber, die auf ihr Handy starrte, als hätte sie einen Geist gesehen. Sie ließ die Hand, in der sie das Telefon hielt, langsam sinken und warf die Unterwäsche, die sie mit ihrer anderen Hand umklammerte, achtlos in ihre offene Reisetasche.

»Sicher«, antwortete sie und schüttelte sich wie eine Katze, die Regentropfen im Fell loswerden wollte. Ihre Blicke trafen sich. Sie seufzte und riss achtlos ein paar T-Shirts aus dem Schrank, die ihren Platz im Koffer neben Slips und BHs fanden. Seth unterdrückte den Impuls aufzustehen, sie an den Schultern zu packen und an sich zu ziehen. Sie würde reden, wenn sie bereit dazu war, nicht eine Sekunde früher. Bevor sie ein Paar geworden waren und er gelernt hatte, die feinsten Regungen in ihrem Gesicht zu lesen, hatte ihn die emotionale Zurückhaltung der Frau, mit der er Job und Bett teilte, in den Wahnsinn getrieben. Es war nicht so, dass Kaja nichts für ihn empfand, eher das Gegenteil war der Fall, aber sie erlaubte nur wenigen Menschen, an ihren Gefühlen teilzuhaben. Er schmunzelte wie stets, wenn ihm bewusst wurde, dass sie die typischen Geschlechterrollen vertauscht hatten.

Wann immer es darum ging, Zeugen oder trauernde Angehörige zu befragen, fiel ihm die Rolle des mitfühlenden Zuhörers zu, dem man sich anvertraute. Kaja war diejenige, die Druck ausübte und den Verdächtigen zusetzte.

»Was ist so lustig?« Sie zog den Reißverschluss der Reisetasche zu, wuchtete sie in den Flur und warf einen Blick auf ihre Armbanduhr. »So, das Taxi kommt in zehn Minuten.« Sie kehrte zurück ins Schlafzimmer, setzte sich auf den Bettrand und schob ihre Hand unter die Bettdecke. Seth griff nach ihren Fingern und legte ihre Hand auf seine Brust. Der Blick aus ihren grünen Augen wurde weich.

»Es tut mir leid«, sagte sie und seufzte noch einmal. »Ich habe gerade eine Nachricht bekommen, auf die ich seit sieben Jahren warte und die zu keinem schlechteren Zeitpunkt hätte eintreffen können. Du erinnerst dich an Jeremy Foster?« Kaja hatte ihm die Geschichte ihres ersten Mordfalls nie ausführlich erzählt. Er wusste nur, dass sie den zweifachen Mörder auf eigene Faust gestellt, ihn festgenommen hatte und dass im Anschluss ihr direkter Vorgesetzter aus der Presseabteilung, in der sie zu der Zeit gearbeitet hatte, tot aufgefunden worden war, zusammen mit einem Abschiedsbrief und einer Waffe in der Hand. Einmal hatte sie erwähnt, dass es noch weitere Opfer des Mörders gegeben hatte, von denen niemand außer ihr wusste. Seth fragte sich, ob sie ihren damaligen Vorgesetzten meinte, wenn sie von »weiteren Opfern« sprach, oder ob noch jemand gestorben war. Er tippte auf Letzteres. Jedes Mal, wenn die Rede auf ihren ersten Fall kam, wirkte sie verschlossen wie eine Auster, was nichts mehr mit ihrer üblichen Zurückhaltung zu tun hatte. Kaja versteckte ihren Schmerz vor ihm, aber nicht gut genug. »Er wird in einem halben Monat die Giftspritze bekommen, und ich wäre gern dabei.«

Seth streichelte ihre Hand, die auf seinem Herzen lag. »Du meinst, du kannst nicht mit dem Fall abschließen, wenn du nicht mit eigenen Augen siehst, dass er tot ist?«

Kaja nickte, offensichtlich erleichtert, weil er nicht nachhakte. »Ich weiß, es hört sich kaltherzig an, aber ich muss wissen, dass der verdammte Bastard nie wieder einen Schritt aus dem Gefängnis machen wird. Wäre es möglich, würde ich sein Grab mit eigenen Händen schaufeln und ihn darin verscharren.«

»Der erste Mordfall ist immer derjenige, der uns ein Leben lang begleitet und an dem wir uns messen, egal wie erfolgreich wir später sind.« Seine eigenen Erfahrungen gingen in eine ähnliche Richtung wie Kajas Erlebnisse, vermutete er, aber im Gegensatz zu ihr hatte er den Täter erschießen müssen. Er erinnerte sich an den fassungslosen Gesichtsausdruck des Mannes, als er begriff, dass er sterben würde, aber noch deutlicher hatte sich ihm die eigene wilde Freude eingeprägt, die ihn bei dem Gedanken erfasst hatte, dass der Mann nie wieder ein Kind berühren würde. »Wenn du willst, gehe ich zu Fosters Hinrichtung«, bot er ihr an. »Ich bin davon überzeugt, dass Catherine mir die Erlaubnis verschaffen kann, anwesend zu sein.« Wenn er sich richtig erinnerte, hatte die letzte Hinrichtung in Louisiana vor ungefähr zehn Jahren stattgefunden, was bedeutete, dass eine ganze Menge sensationslüsterner Menschen versuchen würden, bei diesem seltenen Ereignis dabei zu sein, selbst wenn es bedeutete, dass sie Justizangestellte bestechen oder sich falsche Papiere verschaffen mussten. Hinrichtungstourismus war einer der widerlichsten Auswüchse, denen er in seinem Leben als Cop begegnet war, und er wollte sich gar nicht erst vorstellen, wie öffentliche Vollstreckungen des Todesurteils vor hundert oder mehr Jahren abgelaufen waren.

»Oh Gott, Seth«, stöhnte Kaja. »Womit habe ich dich eigentlich verdient?« Sie hatte Tränen in den Augen. Sechs Monate lang würden sie sich nicht sehen, und Seth konnte sie unmöglich in dieser Stimmung nach Frankreich fliegen lassen.

»Ja, ich bin ein echter Schnapper«, gab er deshalb betont lässig zurück. Die Anspielung auf das Tier, in das er sich verwandelte, brachte sie zum Lächeln. »Ich biete meiner Liebsten an, für sie zu einer Hinrichtung zu gehen. Wenn das keine Liebe ist, dann weiß ich es auch nicht.«

»Du bist eben ein Gentleman«, erwiderte Kaja und lehnte sich zu ihm vor, um ihn zu küssen. Die Traurigkeit in ihren grünen Augen verschwand nie vollkommen, aber immerhin war es ihm gelungen, sie zum Lächeln zu bringen. »Danke für dein Angebot. Ich werde es mir überlegen. Vielleicht kommen die Franzosen ja auch zwei oder drei Tage ohne mich aus.«

»Wenn sie schlau sind, lassen sie dich nie wieder gehen.« Er küsste sie noch einmal zart auf den Mund. »Du könntest ihnen Hausaufgaben geben«, überlegte er laut und stellte sich Kaja vor, wie sie im kurzen Rock, die Haare zu einem Knoten gebunden und mit einer randlosen Brille auf der Nase, zwischen den Bänken auf und ab ging.

Sie gab ihm einen Klaps. »Ich weiß genau, was in dir vorgeht – vergiss es.« Das lebenslustige Funkeln, das er so liebte, war in ihren Blick zurückgekehrt.

So amüsant seine Fantasie auch war, so unwahrscheinlich war sie auch. Die Franzosen hatten die US-amerikanischen Shifter Cops um Hilfe beim Aufbau einer ähnlichen Einheit aus Gestaltwandlern gebeten, aber Kaja zog die Praxis der Theorie vor. Sie würde mit ihren Kollegen reale Fälle bearbeiten, vielleicht die sogenannten Cold Cases, ungelöste Fälle mit Hinweisen auf Täter, die über paranormale Fähigkeiten verfügten.

Das Klingeln an der Haustür riss ihn aus seinen Gedanken. »Ich muss los«, sagte sie, streifte seine Lippen ein letztes Mal und stand auf. Seth schlug die Decke zurück, nahm, als der Gentleman, der er nun einmal war, ihre Tasche – was hatte sie noch alles eingepackt außer den Klamotten, die sie zum Anziehen brauchte? – und brachte sie zur Tür. Die sechs Monate, die er ohne sie leben und arbeiten musste, dehnten sich vor seinem inneren Auge zu einer endlos langen Masse aus grauen Tagen aus.

»Ich melde mich, sobald ich angekommen bin.« Sie nahm ihm die Reisetasche aus der Hand und ging hinaus, ohne sich ein letztes Mal zu ihm umzudrehen.

KAPITEL 2

Cajun Courier von
Freitag, dem 27. Juli 2012

Maddies Eltern klagen an:
Unser Kind könnte noch leben

Liebe Leserinnen, liebe Leser,
der unvorstellbare Schmerz, ein Kind zu verlieren, ist Mike und Fanny Roux in die Gesichter geschrieben, als ich den beiden mein tief empfundenes Beileid ausspreche. In den Augen der Mutter ist jeder Funken Leben erloschen, während der Vater vor allem von einem Gefühl angetrieben wird: Wut auf die Versäumnisse der Polizei.

»Unsere Maddie ist das zweite Mädchen, das sich der Killer geschnappt hat. Die Polizei wusste, dass da draußen ein Mann herumläuft, der es auf junge Mädchen abgesehen hat. Einen ganzen Monat lang hatten die Cops Zeit, den Perversen aufzuspüren, der unserer Maddie das angetan hat, bevor er ein weiteres Opfer findet.«

Trotz seiner Trauer und seines berechtigten Zorns sprach der Fabrikarbeiter in klaren Worten aus, was alle Bürger von St. Aubury empfinden: Warum ist die Polizei unfähig, der Mordserie ein Ende zu setzen?

Auf der heutigen Pressekonferenz flüchteten sich die von Steuergeldern bezahlten Beamten in Floskeln. Weder Superintendent Colonel Joseph Murphy noch

Pressesprecher Captain Moras konnten eine zufriedenstellende Antwort auf die drängenden Fragen geben, die Ihre geneigte Kolumnistin stellvertretend für alle Bürger unseres Staates, ja unseres Landes stellte, nämlich wann unsere Kinder endlich wieder sicher sind. Falls Sie, werter Leser, sich nun wundern, warum der ermittelnde Beamte nicht zu Wort kommt, möchte ich Ihnen nur sagen, dass er es nicht für nötig hielt, bei der Konferenz anwesend zu sein.

Ich werde meine abschließende Frage so oft wiederholen, bis ich, bis wir alle, eine zufriedenstellende Antwort auf die Frage erhalten, wie viele junge Mädchen noch auf unvorstellbar grausame Weise sterben müssen, bevor die Polizei den Serienmörder hinter Schloss und Riegel bringt.

… fragt unverdrossen Ihre Roslyn Jones.

»Der Captain will dich sehen, Lenoire. Sofort!« Trooper Swift wartete nicht auf eine Antwort, sondern war schon wieder fort, als Kaja von der Tastatur aufsah. Hatte Moras seine Worte wahr gemacht und sie in eine andere Abteilung versetzt? Mit klopfendem Herzen stand sie auf und wischte sich die feuchten Hände an ihrer Uniformhose ab. Nein, den Gefallen tat er ihr mit Sicherheit nicht, es sei denn, er wusste nicht, dass sie sich sogar über einen Transfer zu den Sexualstraftätern freuen würde.

Sie zählte in Gedanken bis fünfzig und machte sich nach einem letzten Überprüfen des korrekten Sitzes ihrer Uniform auf den Weg zum Captain. Selbst die kleinste Unregelmäßigkeit wie eine falsche Bügelfalte oder – Gott bewahre – ein loses Abzeichen konnte er zum Anlass nehmen, auf ihr herumzuhacken.

»Guten Morgen«, begrüßte Kaja Ms. Dorkwood, die für die Presseabteilung die Schreibarbeiten erledigte, aber von allen, inklusive ihr selbst, als Moras' Privatsekretärin betrachtet wurde. »Captain Moras erwartet mich.« Die Mittvierzigerin warf einen Blick auf die Wanduhr, nickte lediglich zur Tür hinüber und hämmerte schließlich mit so viel Elan auf ihre Tastatur ein, als hinge ihr Leben davon ab.

In Momenten wie diesem fragte sich Kaja, ob es nicht besser wäre, die State Police zu verlassen und als Einsiedlerin in einer Hütte im Wald zu leben. Waschbären würden mehr Worte mit ihr wechseln als alle Kollegen zusammen. Sie klopfte einmal kurz an die Tür und trat ein, als sie hörte, wie Moras sich von seinem Stuhl erhob. Als er »Herein« sagte, war sie schon halb im Raum und erntete ein finsteres Stirnrunzeln von ihrem Vorgesetzten. Verflixt! Schon wieder hatte sie vergessen, sich wie ein Mensch zu benehmen, und war eingetreten, als Moras sie noch nicht dazu aufgefordert hatte. Wie sie ihn kannte, hatte er sie stehend begrüßen wollen, um so imposant wie möglich zu wirken.

Statt wie erwartet mit einer Tirade wegen ihrer Unhöflichkeit zu beginnen, ließ er sich wieder in seinen Stuhl sinken. Beim Anblick seines zufriedenen Gesichts beschlich Kaja ein Gefühl des Unbehagens, das mit jeder Sekunde, die verging, stärker wurde. »Sir«, sagte sie und hasste sich dafür, wie mädchenhaft ihre Stimme klang.

»Trooper Lenoire«, erwiderte er förmlich. Auch das verhieß nichts Gutes. Sonst war sie für ihn immer nur »Lenoire« oder »Sie da«. »Ich habe gute Neuigkeiten für Sie. Ab sofort bekommen Sie Unterstützung bei Ihrer ... Arbeit, und zwar durch eine Praktikantin.«

»Was?«, entfuhr es Kaja. »Entschuldigung, Sir. Ich weiß das Angebot zu schätzen, aber ich benötige keine Unterstützung. Ich komme mit meinem Arbeitspensum gut zurecht.« Wie er sehr wohl wusste.

Moras hob die Augenbrauen, was aussah, als würde sich auf dem haarlosen Schädel eine Raupe in Bewegung setzen. »Das ist kein Angebot, Trooper.« Er leckte sich über die Lippen. »Ms. Caldwell ist bereits hier und macht sich gerade mit den Räumlichkeiten vertraut.« In diesem Moment hasste Kaja ihn mehr, als sie es jemals für möglich gehalten hatte. Er konnte ihr das Leben zur Hölle machen, wie er wollte, aber woher nahm er das Recht, eine unverheiratete Frau als »Miss« zu bezeichnen? Das taten nur Machos, Idioten, die von Gleichberechtigung keine Ahnung hatten, und die ewig Gestrigen – was eine ziemlich exakte Beschreibung des Mannes war, dem sie in Gedanken jeden Anspruch auf seinen Rang absprach und den sie zudem nur beim Nachnamen nannte. »Sie dürfen gehen und Ms. Caldwell einen Arbeitsplatz freimachen.«

»Aber ... Captain.« Der Titel kam ihr nur mühsam über die Lippen. »In meinem Büro ist kaum Platz für eine Person, geschweige denn für einen zweiten Schreibtisch und eine zweite Person.«

Moras lehnte sich zurück und verschränkte die Hände

auf dem fülligen Bauch, dessen Umfang die Jacke bis an die Grenzen ihrer Belastbarkeit strapazierte. »Sehen Sie es als Möglichkeit, sich zu beweisen, Trooper Lenoire. Wenn Sie es schaffen, mit Ms. Caldwell drei Monate lang zusammenzuarbeiten, lasse ich mir Ihre Bitte, in den aktiven Dienst versetzt zu werden, noch einmal durch den Kopf gehen. Und jetzt tun Sie, was ich Ihnen gesagt habe.« Hatte sie gerade noch geglaubt, ihren Vorgesetzten nicht noch mehr hassen zu können, so wurde sie nun eines Besseren belehrt.

Drei Minuten später stand Kaja an ihrem Schreibtisch und schaufelte ihr gesamtes Büromaterial – Locher, Hefter, Büroklammern – in einen Pappkarton, bis die Hälfte ihres Tisches freigeräumt war. Aus dem Büro neben ihrem hatte sie einen Stuhl mitgenommen. Die Kollegin, der er gehörte, war im Mutterschaftsurlaub und würde so schnell nicht zurückkehren.

»Hallo«, ertönte eine Stimme von der Tür her. »Ich hoffe, Sie räumen nicht meinetwegen Ihr Büro?« Kaja hob den Kopf aus dem Karton und sah für einen Moment nichts als einen riesigen Umriss im Türrahmen. »Nicht erschrecken, ich mache erst mal das Licht an«, fuhr die Stimme fort, und die Neonröhre erwachte mit einem Flackern zum Leben. Aus dem Umriss und der Stimme wurde eine Frau, die zögerlich das Kämmerchen betrat. Ihr Gesichtsausdruck pendelte zwischen Panik und Unglauben, als sie die Ausmaße des Raumes erkannte. Kein Wunder, denn auch Kaja fragte sich, wie sie es schaffen sollten, zu zweit in der Kammer zu arbeiten. Mit einem normal großen Menschen wäre es schon schwierig gewesen, aber Ms. Caldwell war mit Sicherheit größer als ein Meter achtzig und zudem ziemlich kräftig. Doch statt darauf einzugehen, räusperte sich die Frau und sprach weiter. »Ich verstehe nicht, wie Sie in der Dunkelheit überhaupt sehen können, was Sie einpacken.«

»Mit Katzenaugen ist das kein Problem«, erwiderte Kaja, ohne nachzudenken. »Ich meine«, sie räusperte sich und versuchte, die enorm große Frau, die nicht aussah, als würde sie sich weiter in Kajas Kammer hineinwagen, nicht ununterbrochen anzustarren. »Vermutlich habe ich mich schon an die Dunkelheit gewöhnt«, endete sie lahm, stand auf und streckte ihrem Gegenüber zögernd die Hand entgegen. »Ms. Caldwell, nehme ich an. Ich bin …«

»Trooper Kaja Lenoire«, ergänzte die Frau und ignorierte Kajas ausgestreckte Hand. »Nennen Sie mich Phoebe oder Phi, bitte.« Sie hatte freundliche Augen, erkannte Kaja, und die hohen Wangenknochen eines Supermodels kontrastierten mit einem Mund, der Kajas Grandmère gefallen hätte: Er war klein, die Lippen hellrosa und das, was Grandmère einen Rosenknospenmund genannt hätte. Das hellbraune Haar trug sie zu einem strengen Knoten nach hinten gebunden, und zwischen ihren Augen erschien eine steile Falte, als sie sich umsah.

»Gerne. Ich bin Kaja.«

Sie musterten einander stumm. Kaja konnte sich vorstellen, warum Moras ausgerechnet ihr die Praktikantin zugewiesen hatte. Vermutlich saß er in seinem Büro und lachte sich bei der Vorstellung, wie er die Zwergin und die Riesin zusammengepfercht hatte, halb tot. Sie schob den Karton mit den Büroutensilien zur Seite und deutete auf den zweiten Schreibtischstuhl. Mit einem ironischen Blick zog Ms. Caldwell – nein, Phoebe – den Stuhl aus der Lücke zwischen Wand und Schreibtisch, bis er gegenüber von Kajas Platz stand. »Sorry, ich glaube nicht, dass ich in die Lücke hineingepasst hätte«, sagte sie und stellte ihre Tasche neben den Stuhl, auf dem sie sich vorsichtig niederließ. Kaja nahm ihr gegenüber Platz und schob den Monitor zur Seite, bis sie Phoebes Gesicht sehen konnte.

Drei Monate.

Das würde sie schaffen.

Paris, Donnerstag,
den 28. Februar 2019

Hi Seth,

ich weiß, ich hätte mich bereits gestern melden sollen, aber wie du dir vorstellen kannst, komme ich kaum zum Durchatmen. Nachdem ich einen halben Monat damit verbracht habe, aus Hunderten von Bewerbern die geeigneten Kandidaten für den Job auszuwählen, habe ich seit gestern eine handverlesene Truppe aus Gestaltwandlern um mich, die ich in den nächsten fünf Monaten zu fähigen Cops ausbilden soll. Ich bin froh, dass Yanis mich dabei unterstützen wird, auch wenn ich ihn zu Beginn nicht besonders gut leiden konnte. Ich finde immer noch, dass er ein ziemlicher Süßholzraspler ist, wie meine Grandmère gesagt hätte, aber er scheint begriffen zu haben, dass man mit Schmeichelei bei mir nichts erreicht, sondern nur mit harter Arbeit.

Du würdest ihn mögen, glaube ich. Oder vielleicht auch nicht, weil ihr euch ziemlich ähnlich seid, obwohl sein Tier nicht annähernd so beeindruckend ist wie deines. ;-)

Seth, erinnerst du dich an dein Angebot, an meiner Stelle zu Fosters Hinrichtung zu gehen? Ich habe lange darüber nachgedacht. Es wird Zeit, die Vergangenheit loszulassen. Wenn ich dich bitte, dir den Tod Fosters anzuschauen, räume ich dem Mann viel zu viel Macht über mich ein (ich weiß, das klingt wie aus einem Lehrbuch für Traumatherapie – lachst du etwa über mich, Seth?), und das muss ein Ende haben. Sieben Jahre, in denen nicht ein Tag vergangen ist, an dem ich mir die immer gleichen Fragen gestellt habe, sind genug. Ich weiß nun, dass ich nichts von dem, was geschehen ist, hätte verhindern können. Mehr möchte ich zu diesem Thema nicht sagen. (...)

Seth schloss sein E-Mail-Programm und verschränkte die Arme hinter dem Kopf. Sein Blick fiel auf Kajas Schreibtisch, der seinem gegenüberstand und den er nach ihrer Abreise aufgeräumt hatte. Seine Freundin war eine notorische Chaotin, die nie einen Kalender benutzte und für die eine geordnete Ablage ein Fremdwort war. Wie sie es trotzdem schaffte, keinen Termin zu versäumen und mit ihrem Papierkram stets auf dem Laufenden zu sein, war ihm ein Rätsel. Er hatte die Unordnung nicht beseitigt, weil sie dazu nicht in der Lage gewesen wäre, sondern weil es ihn störte, ständig auf einen Schreibtisch zu starren, der aussah, als käme seine Besitzerin jeden Augenblick zur Tür herein. Die sechsmonatige räumliche Trennung von seiner Freundin war nichts, was er nicht bewältigen konnte, aber angenehm war sie auch nicht. Schneller als er es für möglich gehalten hatte, waren sie erst ein Paar und dann ein Team geworden. Um den Sex mit ihr hätte ihn jeder Mann beneidet, und er liebte es, sich mit ihr in der Abgeschiedenheit der Sümpfe zu verwandeln. In den USA gab es nicht viele seiner Art, und bevor er Kaja kennengelernt hatte, hatte er nicht geglaubt, jemals eine Partnerin zu finden, erst recht keine, die eine Pantherwandlerin war. In der Natur waren Panther und Krokodile Feinde, was sich, ob er es wollte oder nicht, gleich zu Beginn ihrer Partnerschaft im Job niedergeschlagen hatte.

Sie hatten beide mit Vorurteilen zu kämpfen gehabt, sie als kleine, zierliche Frau, er als Krokodilwandler, dem die meisten Gestaltwandler nicht sonderlich viel Intelligenz zutrauten. Auch die Tatsache, dass seine Wurzeln in Ägypten lagen und man ihm die exotische Herkunft in seiner menschlichen Gestalt ansah, machte sein Leben nicht unbedingt leichter. Klar, jeder hatte Respekt vor einem Mann, der durch seine physische Größe beeindruckte, sowohl als Mensch als auch in tierischer Gestalt, aber Scharfsinnigkeit war keine Eigenschaft, die man bei ihm vermutete. Seth war es egal, was andere von ihm hielten, solange er der Meinung war, seinen Job gut zu machen, und sich innerhalb seiner eigenen moralischen Grenzen bewegte.

Das Läuten des Telefons riss ihn aus seinen Gedanken. Es war die New Yorker Nummer von Catherine Belcott, seiner Chefin. »Hi Catherine«, sagte er, »was gibt es?« Sie hasste Small Talk ebenso wie er und kam nach der Begrüßung gleich zur Sache.

»Ich habe eine Bitte«, sagte sie und klang ungewöhnlich bedrückt. Normalerweise war sie eine Frau, die ihre Gefühle gut zu verbergen verstand. »Morgen findet im Nikita State Prison eine Hinrichtung statt, und ich möchte, dass du jemanden dorthin begleitest.«

»Kaja hat mir nicht gesagt, dass sie zurückkommt.« Er unterdrückte die aufsteigende Irritation.

»Nein, Kaja ist noch in Paris. Ich habe gestern mit ihr gesprochen. Du bekommst eine neue Partnerin und wirst mit ihr dorthin fahren.«

»Ich habe bereits eine Partnerin«, entgegnete Seth. »Hier in New Orleans ist es seit Wochen so ruhig, dass ich buchstäblich Däumchen drehe. Wenn ich Unterstützung brauche, melde ich mich, und falls es wirklich einmal schnell gehen muss, bitte ich Magister Blackwood vom örtlichen Hexenzirkel um Unterstützung.«

»Das ist nicht verhandelbar, Seth. Solange Kaja in Frankreich ist, wirst du mit jemand anderem zusammenarbeiten.« Catherines Stimme hatte zu der ruhigen Selbstsicherheit zurückgefunden, die er von ihr kannte. Seth konnte sie vor sich sehen, das schwarze störrische Haar aus dem Gesicht gekämmt, die langen Beine im Hosenanzug unter dem Schreibtisch ausgestreckt. Im Hintergrund vernahm er das Hupkonzert der ungeduldigen New Yorker Autofahrer. Wahrscheinlich hatte sie wieder geraucht und das Fenster halb offen gelassen. »Sie heißt Phoebe Caldwell und wird jeden Augenblick bei dir im Büro auftauchen. Kaja kennt sie aus ihrer Anfangszeit bei der Polizei.«

»Weiß Kaja, dass diese Frau meine neue Partnerin ist?« Es hatte keinen Sinn, weiterhin dagegen zu protestieren. Außerdem beschlich Seth mehr und mehr das Gefühl, es könnte wichtig sein, Phoebe im Auge zu behalten. Die Kombination aus dem anstehenden Besuch im Nikita State Prison und der Tatsache, dass eine Frau aus Kajas Vergangenheit hier auftauchte, versetzte Seth in Alarmbereitschaft.

»Nein, und ich bitte dich auch, es ihr nicht zu sagen. Phoebe wird dir alles Weitere erklären, außerdem schicke ich dir die Akten zu Kajas altem Fall. Schau sie dir an, aber erwarte nicht zu viele Details. Die Informationen, die du dort findest, stammen von der Louisiana State Police und waren ursprünglich für Menschenaugen gedacht. Auch deshalb schicke ich dir Phoebe. Sie war an der Ergreifung des Cross-Killers beteiligt und kann dir alles erzählen, was du wissen musst.«

»Catherine, ich erwarte gar nichts von einem abgeschlossenen Fall.« Seth dachte einen Augenblick lang nach. »Warum sagst du mir nicht einfach, was Sache ist? Es ist doch sonst nicht deine Art, mit Informationen hinterm Berg zu halten. Warum soll ich mir die alten Akten anschauen, wenn der Mörder jetzt hingerichtet wird? Ich kann doch hören, dass du dir wegen irgendetwas Sorgen machst. Ist es wegen Kaja?« Er fühlte, wie seine Haut prickelte, als würde seine tierische Seite versuchen, ihn vor einer drohenden Gefahr zu warnen.

»Solange sie in Paris ist, kann ihr nichts geschehen.«

»Du hast sie absichtlich außer Landes geschickt.« Seth hatte Mühe, seinen Ärger im Zaum zu halten. »Ich habe ein Recht zu erfahren, was hier los ist«, grollte er und versuchte gar nicht erst, seinen Zorn vor ihr zu verbergen.

»Aus genau diesem Grund stelle ich dir Phoebe zur Seite.« Nun wurde auch Catherine ungeduldig. »Du weißt, ich habe beide Augen zugedrückt, als aus euch beiden ein Paar wurde, obwohl das, streng genommen, nicht erlaubt ist.«

»Niemand kann mir verbieten, mit der Frau, die ich liebe, zusammen zu sein. Abgesehen davon hat dein Einwurf nichts damit zu tun, dass du mir Informationen vorenthältst.« Er hörte, wie Catherine nach Luft schnappte, und deutete das Geräusch wahrscheinlich richtig. »Hast du gedacht, wir machen uns nur eine schöne Zeit, gehen miteinander ins Bett, und irgendwann heiratet sie einen hübschen Panthermann, bekommt einen Wurf niedlicher Kinder und widmet sich der Aufzucht der Kleinen?« Er wusste, dass er Bilder aus dem Tierreich und dem der Menschen durcheinanderwarf, aber das war ihm egal. »Da kennst du Kaja aber schlecht.«

»Seth, mach es mir doch nicht so schwer«, sagte seine Chefin. »Ich habe nichts gegen eine Verbindung zweier verschiedener Spezies und kann nicht glauben, dass du ausgerechnet mir Rassismus vorwirfst.« Sie klang bitter. Als schwarze weibliche Paranormale hatte sie es vermutlich nicht leicht gehabt und hatte ihre Gründe, über ihre besonderen Fähigkeiten eisernes Schweigen zu bewahren. Doch selbst als jemand, der Vorurteile am eigenen Leib zu spüren bekam, war sie nicht immun dagegen, selbst einige zu hegen. »Aber Fakt ist und bleibt, dass ihr niemals gemeinsame Kinder haben werdet. Kaja ist noch jung, und ich weiß, dass sie verrückt nach dir ist, doch auch ihre biologische Uhr tickt.« Sie holte tief Luft und schaltete wieder in den Boss-Modus. »Aber eure private Situation hat nichts mit meinen Anweisungen zu tun. Ich erwarte, dass du Ms. Caldwell bei allen anfallenden Fragen zur Seite stehst und sie unterstützt. Sollte es wider Erwarten Probleme geben, dann ruf mich an.«

»Darauf kannst du dich verlassen.« Er legte auf. Keine Sekunde zu früh, denn schon läutete es an der Tür. Seth erhob sich und tilgte in Gedanken die letzten Spuren seiner Verärgerung aus seinem Gesicht. Erstens traf Ms. Caldwell keine Schuld an Catherines Geheimniskrämerei, und zweitens ... wie gesagt, er würde sie um Kajas willen im Auge behalten.

KAPITEL 3

Cajun Courier von Sonntag, dem 12. August 2012

Nichts Neues im Fall Maddie
Polizei tritt auf der Stelle

Liebe Leserinnen, liebe Leser,
ich bitte Sie heute darum, vor dem Weiterlesen für einen Moment die Augen zu schließen und sich deutlich zu machen, was Sie in diesen wenigen Sekunden sehen.

Nichts.

Und genau das ist es, was die Louisiana State Police im Fall der beiden verschwundenen Mädchen vorzuweisen hat.

Nichts.

Und jetzt bitte ich Sie noch einmal, die Augen zu schließen. Diesmal für eine ganze Minute, in der Sie nicht nur der beiden toten Mädchen, die auf der Schwelle zum Frausein standen, und ihrer Familien gedenken, sondern auch des jungen Mädchens, das der Killer möglicherweise als sein nächstes Opfer ausersehen hat.

Wie viele junge Mädchen müssen noch auf unvorstellbar grausame Weise sterben, bis die Polizei den Serienmörder hinter Schloss und Riegel bringt?

… fragt unverdrossen Ihre Roslyn Jones.

»Das ist nicht dein Ernst«, sagte Phoebe und klappte ihren Laptop zu. »Diese Kommentare zu löschen ist das Falscheste, was du tun kannst.«

»Als ob ich das nicht wüsste«, entgegnete Kaja, deren Finger regungslos über der Enter-Taste verharrte. »Aber was soll ich machen? Der Chief selbst hat es Captain Moras befohlen, und der hat die Aufgabe wiederum an mich delegiert.«

»Aber diese Roslyn Jones ist nicht dumm, sie wird sofort sehen, dass wir ihre Fragen nicht nur nicht beantworten, sondern sie auch aus unserem Account löschen.« Phoebe war nun gut zwei Wochen hier und hatte sich mit einem Feuereifer in die Arbeit gestürzt, der Kaja manchmal amüsierte und manchmal mit leisem Neid erfüllte. Phoebe identifizierte sich voll und ganz mit ihrem Job, und es war ihr gelungen, dass sich die Anzahl der Follower in dieser kurzen Zeit verdoppelt hatte. Nicht dass es Kaja wirklich kümmerte, wie viele Menschen die Meldungen verfolgten, aber angesichts der Tatsache, dass Roslyn Jones ihnen nicht nur über den Cajun Courier, sondern auch via Facebook zusetzte, konnte sich die stetig wachsende Zahl ihrer Fans als Bumerang erweisen. Je mehr Menschen der Louisiana State Police als Fans folgten, desto größer war die Chance, dass Jones' Kommentare bemerkt wurden. »Selbst du hast schon mal von einem Shitstorm gehört, oder?«

»Selbst jemand wie ich, der nicht nur unsozial, nicht teamfähig und überhaupt ziemlich schrullig ist, meinst du?« Der bissige Tonfall tat ihr leid, aber Phoebe winkte ab.

»Ganz genau«, sagte sie fest und lächelte eines ihrer seltenen Lächeln. »Jemand wie du, der hinter einem Schreibtisch nichts verloren hat und lieber draußen auf der Straße Verbrecher verhaften sollte.«

Kaja erwiderte das Grinsen und gestand sich ein, dass sie und Phoebe wider Erwarten ziemlich gut miteinander zurechtkamen. »Mir ist bewusst, dass wir mit dieser Aktion genau das Gegenteil dessen erreichen, was Murphy und Moras beabsichtigen«, sagte sie.

»Murphy und Moras«, wiederholte Phoebe und schlug sich die Hand vor den Mund. »Das klingt wie eine Hundefuttermarke. Oder Katzenfutter. Nein, doch eher Hund.«
Kaja starrte in Phoebes blaugraue Augen und versuchte herauszufinden, ob die Sache mit dem Katzenfutter eine Anspielung auf ihr Geheimnis war. Sie war noch mehr auf der Hut als üblich, aber Kaja war sich sicher, dass Phoebe mindestens einmal gesehen hatte, wie sich die Pantherin in ihr an die Oberfläche gedrängt hatte. Es war ihr gelungen, sich rasch abzuwenden, aber nicht rasch genug, um Phoebes forschendem Blick auszuweichen.

»Um noch einmal auf unser eigentliches Problem zu sprechen zu kommen«, dirigierte Kaja sie zurück zum Wesentlichen. »Mit Sicherheit werde ich es ausbaden müssen, wenn Roslyn Jones zum Gegenangriff ausholt, nachdem wir ihre Kommentare gelöscht haben. Der Colonel und Moras werden mich zum Sündenbock für ihre Fehlentscheidungen machen.«

»Dann bleibt dir wohl nur eine Möglichkeit«, sagte Phoebe bedächtig und lehnte sich in ihrem Stuhl zurück, der warnend zu ächzen begann. Rasch veränderte sie ihre Position wieder. »Du musst selbst herausfinden, wer hinter den Morden steckt, und Roslyn beweisen, dass nicht alle Cops unfähig sind.«

Kajas Misstrauen flammte auf. »Roslyn? Du sprichst von ihr, als würdest du sie bewundern. Oder kennen.«

Phoebe klappte den Laptop wieder auf und verschanzte sich dahinter. »Es ist normal, jemanden beim Vornamen zu nennen, wenn man ihn über die sozialen Medien kennt. Es hat nichts weiter zu bedeuten.« Kaja hörte, wie Phoebes Finger etwas tippten. »Ich bin sogar mit ihr befreundet«, sagte sie und drehte das Gerät, damit Kaja einen Blick auf den Bildschirm werfen konnte. »Auf Facebook, meine ich.«

Kaja rollte mit den Augen. »Schon klar.« Sie schaute auf das vertraute weißblaue Logo des Social-Media-Riesen und dann auf Phoebes Profilbild. Sie hatte ein undefinierbares grüngraues Gewächs gewählt, das anstelle ihres Gesichts erschien. Ihr Alter war angegeben (28 Jahre), ihr Beziehungsstatus (Single, genau wie Kaja) und ihre bisherigen Tätigkeiten (Studium der Kommunikationswissenschaften an der Louisiana State University und diverse Praktikumsstellen, die Kaja überflog). »Du bist seit zwei Jahren mit Roslyn Jones befreundet«, war unter dem Konterfei der Frau zu lesen, die dem Superintendent und dem Captain gerade die Hölle heiß machte. »Sie sieht viel zu gut aus, um wahr zu sein«, stellte Kaja fest. Tatsächlich hätte das Gesicht der Frau auch einem Hochglanzmagazin entsprungen sein können. Tizianrotes Haar umspielte in sanften Wellen Gesichtszüge, deren Schönheit irgendwo zwischen Eigensinn und Lieblichkeit verborgen lag. Es war ein Gesicht, das Männer wegen seiner Sinnlichkeit ansprach und Frauen, weil es trotz der unleugbar vorhandenen Attraktivität nicht perfekt war.

»Ja, sie ist heiß, nicht wahr?« Lachfältchen zeigten sich in Phoebes Augenwinkeln, als sie mit ihrer rundlichen Hand nach dem Laptop griff und ihn wieder zu sich drehte. »Nicht dass ich auf Frauen stehe …«, fing sie an.

»Ich weiß, was du meinst«, warf Kaja rasch ein, um ihr die Verlegenheit zu nehmen. »Sie ist also nicht nur schlau, sondern sieht auch noch gut aus. Eine beneidenswerte Kombination. Eine Frau, die ich nicht zur Feindin haben möchte, um noch einmal auf mein eigentliches Problem zurückzukommen.«

»Du musst ihre Kommentare löschen, wenn du dich den Anweisungen von oben nicht widersetzen willst«, sagte Phoebe ruhig und sprach das aus, was Kaja im Grunde ihres Herzens wusste. Ihr blieb keine Wahl, wenn sie nicht riskieren wollte, dass Moras einen noch langweiligeren Job für sie fand oder sie womöglich sogar aus dem Dienst entließ. »Aber niemand kann dir vorschreiben, was du in deiner Freizeit tust.« Ihre Augen hatten einen fast fiebrigen Glanz angenommen, der, gelinde gesagt, beunruhigend war, denn Phoebe war sonst die Ruhe selbst.

»Was meinst du damit?« Kaja verstand nicht, worauf Phoebe hinauswollte.

»Ich meine, dass du hier ganz offensichtlich versauerst. Ich weiß nicht, was du Moras oder dem Captain angetan hast, aber sie haben dich auf einen Posten abgeschoben, von dem aus du niemals ermitteln wirst, selbst in hundert Jahren nicht. Warum suchst du nicht in deiner freien Zeit nach dem Cross-Killer, auf eigene Faust?«

»Ich hasse Hobbydetektive«, erwiderte Kaja, obwohl sie

die Vorstellung, endlich etwas zu tun, damit die Mordserie endete, ausgesprochen verführerisch fand – nicht um sich oder anderen, insbesondere Moras, etwas zu beweisen, sondern weil sie verhindern wollte, dass der Killer sein drittes Opfer fand. Oh Gott, jetzt fing sie schon an, die Worte dieser Jones zu wiederholen!

Wie auch immer. Es war Zeit zu handeln. Wenn sie schon nicht zum Ermittlerteam gehörte, dann konnte sie wenigstens dafür sorgen, dass Roslyn Jones nicht noch mehr Unheil anrichtete, als sie es ohnehin schon tat. Jede einzelne ihrer Fragen zielte darauf ab, die Bevölkerung in Panik zu versetzen und damit die Auflage des armseligen Blättchens zu steigern, und nicht etwa dazu, sachdienliche Informationen zu verbreiten.

Sie drückte die Enter-Taste und begann, unter dem zufriedenen, nur für ihre Ohren hörbaren Schnurren der Pantherin, Roslyn Jones' Fragen und Kommentare einen nach dem anderen ins Nirwana zu schicken.

Paris, Freitag,
den 1. März 2019

Hi Seth,

heute melde ich mich nur kurz, weil ich gleich schon wieder losmuss. Die neuen Rekruten, Yanis und ich fahren heute in einen Wald außerhalb von Paris, den der französische Staatspräsident uns höchstpersönlich als Trainingsgelände zur Verfügung gestellt hat. Du wirst es nicht glauben, Seth, aber ich habe den Mann gestern Abend getroffen – und er ist einer von uns! Ich meine, kein Shifter Cop, aber ein Gestaltwandler. Er wollte partout nicht verraten, in welches Tier er sich verwandelt, aber ich tippe auf einen Falken. Die Art, wie seine Augen sich bewegen, ist schon ziemlich verräterisch, finde ich zumindest.

Wir bleiben über Nacht im Wald, was bedeutet, dass ich erst morgen Abend oder sogar erst mitten in der Nacht zurück in Paris sein werde. Mein Handy nehme ich mit; ich hoffe, ich kann mich zwischendurch melden, aber die Jungs und Mädchen zu beaufsichtigen, ist anstrengender als einen Sack Flöhe zu hüten. Ich bin mit meinen einunddreißig Jahren nur sechs Jahre älter als der Älteste von ihnen, aber ich komme mir neben ihnen nicht nur alt, sondern auch furchtbar abgebrüht vor. Es klingelt gerade an der Tür, das wird Yanis sein. Er hat versprochen, mich abzuholen, damit ich mich nicht mit meinem Mietwagen durch den Pariser Verkehr quälen muss. Die Autofahrer hier sind noch übler drauf als unsere.

Küsse,
Kaja

Die Hinrichtung Jeremy Fosters war für 19.00 Uhr abends angesetzt. Die Fahrt dauerte eine gute Stunde, aber Seth hatte seine neue Partnerin angewiesen, sich bereits um 16.00 Uhr auf dem Parkplatz vor dem Büro einzufinden, damit sie im Falle einer Verzögerung genügend Puffer hatten, um nicht in die bereits stattfindende Hinrichtung hineinzuplatzen. Es war genau 15.59 Uhr, als er hinaus auf die Straße trat und sah, dass Phoebe Caldwell schon auf ihn wartete.

»Hi«, sagte sie und schenkte ihm ein Lächeln, das ihre Augen jedoch nicht erreichte. Selbst ein Blinder konnte sehen, dass sie sich vor dem finalen Akt fürchtete, mit dem das Leben des Cross-Killers enden würde.

»Hallo«, erwiderte er und ließ sich hinter dem Lenkrad nieder. Er hatte die Akte von Kajas erstem Fall gestern zwei Mal gelesen und war nirgendwo auf den Namen Phoebe Caldwell gestoßen. Eine kurze Suche im Internet hatte ebenfalls nichts zutage gefördert. Sie war gestern nur kurz im Büro gewesen, um »ihn endlich kennenzulernen«, wie sie gesagt hatte. Vermutlich hatte Catherine ihr von ihm erzählt, denn es klang, als hätte sie bereits einiges über ihn gehört. Einen Tag Schonfrist hatte er ihr in Gedanken eingeräumt, bevor er sie ins Kreuzverhör nehmen würde – und weil er sich mit dem Fall vertraut machen wollte, der das Bindeglied zwischen ihrer Anwesenheit in New Orleans und Kajas Vergangenheit war. Je mehr Details er von dem sieben Jahre alten Fall kannte, desto besser wäre er in der Lage, ihre Geschichte auf Fehler zu überprüfen.

»Warst du schon einmal dabei«, fragte er, »wenn jemand die Todesspritze bekommen hat?« Sie fuhren auf dem Highway in Richtung Süden, vorbei an den Zypressenwäldern und Mangroven, die typisch für die Gegend waren.

»Nein, ganz sicher nicht«, erwiderte sie und schaute

ihn an, als hätte er den Verstand verloren. »Und um ehrlich zu sein, kann ich gut darauf verzichten.«

»Warum fährst du dann mit mir dorthin?«

Sie wandte den Kopf und behielt die vorüberziehende Landschaft im Auge, während sie auf dem Sitz herumrutschte und vergeblich versuchte, ihre langen Beine in eine bequeme Position zu bringen. Für eine Frau war sie mit ihren mehr als ein Meter achtzig als groß zu bezeichnen, und sie bewegte sich, als würde sie ein unsichtbares Gewicht mit sich herumschleppen. »Ich muss sehen, dass er tot ist.«

»Das hat Kaja auch zuerst gesagt, aber dann hat sie es sich doch anders überlegt.« Er nahm den Fuß vom Gas, weil auf der Spur gegenüber ein roter Mustang zum Überholen ansetzte, und lenkte seinen Wagen so weit nach rechts, wie es möglich war. Phoebe gab keine Antwort, sondern schaute stur geradeaus, aber er bemerkte, dass sich ihre behandschuhten Hände zu Fäusten ballten. »Sie sagte, dass der Cross-Killer ihr Leben viel zu lange bestimmt hat und sie nicht will, dass er auch noch nach seinem Tod über sie triumphiert.«

»Da hat sie vollkommen recht, aber in meinem Fall liegt das Problem etwas anders.« Zum ersten Mal schaute sie ihn direkt an. »Ich habe Catherine gebeten, dir nichts über die Gründe für meine Anwesenheit zu erzählen, und kann sehen, dass du deshalb angepisst bist. Vermutlich wirst du keine Ruhe geben, bis du die ganze Geschichte kennst, aber ...«, sie begann, auf ihrer Unterlippe herumzukauen, »es ist schwierig.«

»Das ist es doch immer.« Er sah, dass sie nur noch sechs Meilen von der Kleinstadt entfernt waren, an deren Rand das Hochsicherheitsgefängnis lag. »Ich bin ein guter Zuhörer«, sagte er.

»Das kann ich mir vorstellen.« Trotzdem machte sie keine Anstalten, ihm etwas über sich zu erzählen. Phoebes Verhalten erinnerte ihn an Kaja, die ebenso wenig mitteilsam gewesen war, nachdem sie einander kennengelernt hatten. Als er Phoebe das sagte, lachte sie.

»Sie war noch nie ein Teamplayer«, bestätigte sie. »Genauso wenig wie ich. Vor sieben Jahren war es vermutlich noch extremer, denn immerhin arbeitet ihr nun schon mehr als ein Jahr zusammen, ohne dass einer den anderen ins Jenseits befördert hat. Als ich sie zum ersten Mal sah, hatte man sie in ein winziges Büro gesteckt und wollte sie dort versauern lassen. Sie war bereit, jedem die Augen auszukratzen, der eine Anspielung auf ihre Größe machte oder darauf herumritt, dass sie als Frau kaum für die Polizeiarbeit geeignet wäre.«

»Und trotzdem bist du gut genug mit ihr zurechtgekommen, um mit ihr gemeinsam einen Mörder zu jagen. Sie muss dich gemocht haben.«

»Es war ein einziges Auf und Ab«, gab Phoebe zu. Sie hatte die Augen geschlossen und sprach so leise, dass ihre Worte neben dem Surren des Motors gerade eben noch zu hören waren. »Zuerst hasste sie mich, weil ihr Vorgesetzter sie zwang, mit mir zusammen in diesem Verschlag zu hocken. Ich hatte damals noch vierzig Kilo mehr auf den Rippen, und sie war so klein und zart, dass ich Angst hatte, sie würde zerbrechen, falls ich auch nur eine ungeschickte Bewegung machte.« Ihr Mund verzog sich zu einem Lächeln. »Aber ja, du hast recht. Kaja mochte mich, und umgekehrt war es genauso. Unter anderen Umständen hätten wir Freundinnen werden können.«

Verdammt, sie waren beinahe an ihrem Ziel angekommen. Noch ein paar Minuten länger, und er hätte Phoebe vielleicht dazu gebracht, ihre Schutzschilde zu senken und ihm die Wahrheit zu sagen. Sie und Catherine verbargen etwas vor ihm, und mit jedem Tag, der verstrich, wurde er neugieriger. Doch sobald Seth das Tempo drosselte, schlug Phoebe die Augen auf, und die Anspannung kehrte mit einem Schlag in ihren Körper zurück. Als sie auf dem Parkplatz vor dem Gefängnis zum Stehen kamen, war die Verschlossenheit wieder völlig in ihre Gesichtszüge zurückgekehrt.

»Eines noch.« Seth, der gerade aussteigen wollte, hielt inne, als Phoebe zu sprechen begann. »Ich habe mich mit dem Ablauf einer Hinrichtung vertraut gemacht, aber wahrscheinlich wird es mir dort drinnen nicht gut gehen.« Ihre Brust unter dem Parka hob und senkte sich in raschen Stößen, dann stieß sie ein bellendes, kurzes Lachen aus. Seth wartete, dass sie weitersprach. »Was auch immer mit mir passiert, tu mir einen Gefallen und spiel nicht den Helden. Das heißt, wenn ich das Bewusstsein verliere oder anfange, merkwürdige Dinge von mir zu geben, lässt du mich einfach in Ruhe. Nicht anfassen.«

»Du fürchtest, ohnmächtig zu werden, und riskierst

eher eine Verletzung, als meine Hilfe anzunehmen?« Er fühlte, wie seine Augenbrauen nach oben schossen.

»Es ist mein Ernst«, entgegnete sie. »Versprich es mir. Bitte!«

Seth jagte der Gedanke durch den Kopf, ihr einen Deal anzubieten. Quid pro quo, wie man so schön sagte. Er versprach ihr, sie unter keinen Umständen zu berühren, und sie lieferte ihm Informationen über die Gefahr, in der Kaja sich befand. Doch dann erinnerte er sich an die Zuneigung in ihrer Stimme, mit der sie von der Pantherwandlerin gesprochen hatte, und nickte nur. Sie mochte Kaja, und er war bereit, sich noch eine Weile in Geduld zu üben und ihre Marotten fraglos hinzunehmen.

»Danke.« Die Erleichterung färbte Phoebes klangvolle Altstimme rau. »Ich kann verstehen, warum Kaja dich liebt.«

Gut, dass sie nicht wusste, wie sehr er Kaja liebte und wie weit er gehen würde, um sie vor allem Unheil zu beschützen.

KAPITEL 4

Cajun Courier von
Dienstag, dem 14. August 2012

Lästige Fragen unerwünscht
Cross-Killer immer noch nicht gefasst

Liebe Leserinnen, liebe Leser, verehrter Superintendent Colonel Murphy,

lästige Fragen zu unterdrücken hat in diesem Land eine lange, wenngleich wenig erfolgreiche Tradition. Sie, Colonel Murphy, haben seit Beginn meiner Tätigkeit als Kolumnistin des Cajun Courier oft genug versucht, mir den Mund zu verbieten.

Doch darum geht es in meinem heutigen Artikel nicht.

Ich bin mir durchaus bewusst, dass ich nur ein kleines Rad im Getriebe bin, wenngleich eines, das für gehörige Irritation in den Gängen Ihres Hauptquartiers zu sorgen scheint.

Heute geht es immer noch um die zwei Opfer des Täters, der inzwischen unter dem Namen »Cross-Killer« bekannt ist und noch nicht gefasst wurde. Der Mann, der jungen Mädchen Unbeschreibliches antut und ihnen nach der Tat den Mund mit Paketschnur zunäht, ist wahrscheinlich immer noch auf der Pirsch. Er hält vielleicht jetzt, in diesem Moment, Ausschau nach dem nächsten Mädchen und weidet sich schon am Schmerz der Eltern, denen er das Kind nehmen wird.

Sehen Sie die Parallelen zwischen dem Killer und Ihrem Handeln? Er verschließt den Opfern den Mund, wie Sie, Chief Murphy, es mit mir und damit mit allen anderen unbequemen Fragestellern versuchen.

Drei Dinge sind es, die mich nicht verzweifeln lassen. Welche es sind, erzähle ich Ihnen morgen, Murphy. Sie, liebe Leserinnen und Leser, wissen sicher, wovon ich spreche, denn Sie sind, wenn Sie den Cajun Courier lesen, ebenso von ihnen beseelt wie ich.

Wie viele junge Mädchen müssen noch auf unvorstellbar grausame Weise sterben, bis die Polizei den Serienmörder endlich hinter Schloss und Riegel bringt?

… fragt unverdrossen Ihre Roslyn Jones.

»Oh. Mein. Gott.« Kaja starrte auf das zerknitterte Exemplar des Cajun Courier, das Phoebe ihr über den Tisch hinweg zugeschoben hatte.

»Ja, ganz schön dramatisch, nicht wahr? Ich finde, sie hat das Zeug zum Romaneschreiben.« Phoebe erweckte den Laptop zum Leben und trank einen Schluck von ihrem Kaffee.

»Wenn du von Schundromanen sprichst, stimme ich dir zu«, sagte Kaja und rieb sich gedankenverloren die Stirn. »Ich meinte aber etwas anderes. Woher weiß sie von den zugenähten Mündern?« Sie tippte mit dem Zeigefinger auf die entsprechende Stelle des Artikels. »Das ist eines der Details, die zurückgehalten wurden«, sagte sie leise und schluckte, um den Kloß aus ihrer Kehle zu vertreiben. »Jemand muss geredet haben, denn sie weiß sogar, dass es sich dabei um Paketschnur handelte. Das sind Interna.« Sie spähte an Phoebe vorbei, was nicht einfach war, da Phoebes Oberkörper ihr fast komplett die Sicht auf den Flur versperrte. Kaja meinte, Moras' schwerfällige Schritte zu vernehmen, mit denen er direkt auf ihr Büro zueilte, aber sie musste sich getäuscht haben, denn das Geräusch der Schritte entfernte sich wieder. »Wenn du mich fragst, hat das nichts mehr mit seriösem Journalismus zu tun. Jones mag am Anfang noch im Recht gewesen sein, zumindest in manchen Dingen, aber mittlerweile scheint das zu einer Fehde zwischen ihr und dem Chief geworden zu sein. Er könnte einem fast leidtun. Fast.« Es gelang ihr nicht, das Bild der toten Mädchen mit ihren zugenähten Mündern, das Jones' Artikel in ihr wachgerufen hatte, aus ihrem Kopf zu vertreiben. »Es ist möglich, dass Jones die Einzelheiten von den Eltern hat«, überlegte sie laut und schloss die Augen, um sich besser konzentrieren zu können. Das Summen der Neonröhre über ihrem Kopf verblasste zu einem fernen Hintergrundgeräusch mit beinahe hypnotischer Wirkung. »Aber eigentlich glaube ich das nicht. Ich meine, welche Mutter und welcher Vater wollen schon, dass solche Dinge über das eigene Kind in der Zeitung stehen? Selbst wenn man ihre Wut und ihre Trauer in Betracht zieht ... nein. Da passt etwas nicht. Sie muss einen Informanten haben.« Sie stand auf, setzte sich wieder und trommelte mit den Fingern auf der Tischplatte. Kajas Kopf ruckte nach oben, als Moras erneut über den Flur ging. Diesmal fehlte seinen Schritten sowohl die wieselhafte Eile, die er an den Tag legte, sobald der Superintendent ihn zu sich zitierte, als auch das, was Kaja insgeheim den Machogang nannte: breitbeinig und mit einem in der Fantasie seines Besitzers auf die doppelte Größe angewachsenen Geschlecht zwischen den Beinen. Moras' Schritte sagten nicht mehr: *Schaut her, hier kommt der zweitwichtigste Mann der Louisiana State Police,* sondern er schlich wie ein geprügelter Hund. »Ich glaube, ich werde gleich ziemlichen Ärger bekommen«, sagte Kaja gedankenverloren und stand wieder auf.

»Warum? Ich denke, die Hundefutterbrigade hat die Zeitung schon vor drei Stunden gelesen, kaum dass sie ausgeliefert wurde.«

Wieder hatte ihr feines Gehör sie dazu verleitet, erst zu sprechen und dann zu denken. »Vielleicht hat der Superintendent Schwierigkeiten gehabt, sich zwischen Moras und mir zu entscheiden«, sagte Kaja. Das nannte man wohl Galgenhumor. Auch etwas, was sie erst seit Phoebes Anwesenheit entwickelt hatte. »Ich geh lieber zum Captain«, entschied sie. »Je eher ich weiß, ob ich gefeuert bin oder nicht, desto besser.« Jetzt verfluchte sie im Stillen die Reglosigkeit, mit der sie abgewartet hatte, bis man sie zum Sündenbock machte. Sie hätte Phoebes Rat, selbst aktiv nach dem Cross-Killer zu suchen, befolgen sollen. Wenn sie gleich ihre Sachen packen musste, hatte sie keine Gelegenheit mehr, sich Einsicht in die Ermittlungsakten zu verschaffen oder mit den Kollegen zu sprechen, die den Fall bearbeiteten. Andererseits, warum sollten die ausgerechnet mit der Social-Media-Tussi, wie Kaja hinter ihrem

Rücken mal mehr, mal weniger verstohlen genannt wurde, über den aktuellen Fall reden?

Eine Idee keimte in ihr auf. Sie könnte so tun, als hätte Moras sie beauftragt, eine Meldung herauszugeben, für die sie natürlich Informationen bräuchte. Immer vorausgesetzt, sie wurde nicht gefeuert.

So oder so, heute würde sie dem Captain zuvorkommen und ihn aufsuchen, statt wie ein ungehorsames Schulkind zu ihm zitiert zu werden.

»Ich fasse es nicht«, sagte Kaja, als sie zurückkam und in der Schublade nach der Schokolade wühlte, die sie dort für Notfälle aufbewahrte.

»Hier, nimm den«, erwiderte Phoebe und warf ungeschickt einen Müsliriegel zu ihr herüber. Kajas linke Hand schoss nach oben und klaubte den Riegel aus der Luft, während sie mit der rechten die Schublade schloss. »Tut mir leid, ich habe das letzte Stück Schokolade gegessen, während du beim Captain warst. Ich habe es einfach nicht ausgehalten ohne Nervennahrung.« Phoebe zog eine entschuldigende Grimasse, die aus ihrem Rosenknospenmund eine Schmollvariante machte.

»Ist okay, aber woher wusstest du überhaupt, dass ich dort Schokolade versteckt habe?« Hoffentlich lenkte die Frage Phoebe von der Schnelligkeit ab, mit der Kaja den Riegel gefangen hatte.

Phoebe zuckte mit den Achseln und wischte sich einen imaginären Krümel aus dem Mundwinkel. »Ich habe gestern, als du Mittagspause gemacht hast, eine Ersatzpatrone für den Drucker gesucht und bin dabei auf deinen Vorrat gestoßen.« Sie lächelte entschuldigend. »Aber jetzt erzähl schon: Was ist passiert? Was hat Moras gesagt?«

»Er meinte nur, dass ich ihm nicht auf die Nerven gehen, sondern dass ich alle Kommentare von Roslyn Jones ab sofort so höflich wie möglich beantworten soll. Außerdem hat er mich beauftragt, einen Entschuldigungsbrief an sie zu verfassen, in dem ich behaupten soll, dass die Löschung ihrer Fragen und Kommentare nur ein unglücklicher Zufall war, ein bedauerlicher Fehler, der sich nicht wiederholen wird ... bla bla bla.« Sie setzte sich auf ihren Stuhl und schob den Müsliriegel zurück in Phoebes Bereich des Tisches. »Hier, ich mag kein Körnerfutter.« *Wenn sie jetzt fragt,* dachte sie, *ob ich lieber ein blutiges Steak esse, dann hat sie einen Verdacht.* Aber nichts dergleichen geschah, also sprach Kaja weiter, als hätte sie eben nicht die Reflexe eines Profihandballers gezeigt. »Das Gute ist aber nicht nur, dass er mir keine Abreibung verpasst hat, sondern etwas ganz anderes.« Sie lächelte, rief ihr E-Mail-Programm auf und schob Mails hin und her, nur um scheinbar etwas zu tun zu haben.

»Was denn?« Phoebe tippte nun ebenso beschäftigt auf ihrer Tastatur herum wie Kaja.

»Ich habe Moras gesagt, dass ich einen Facebook-Post schreiben möchte, in dem wir den Eltern unser Beileid ausdrücken und der Bevölkerung versichern, dass wir unser Bestes geben, um den Cross-Killer zu fassen. Dass wir zudem Tag und Nacht arbeiten, ohne Unterlass ermitteln, Zeugen befragen, Alibis überprüfen, et cetera, et cetera.«

Phoebes penibel gezupfte Augenbrauen zuckten nach oben. »Das klingt ziemlich ironisch«, stellte sie fest.

»So war es nicht gemeint«, protestierte Kaja und errötete. »Die Eltern tun mir wirklich leid, und ich weiß, dass die Kollegen sich den ... Hintern aufreißen.« Der Geschmack von Seife legte sich auf ihre Zunge, als sie sich gerade eben noch korrigieren konnte. »Aber ich habe mir gedacht«, sie ließ Phoebes Gesicht nicht aus den Augen, »ich tue das, wozu du mir geraten hast, und stelle selbst Nachforschungen an.«

»Und was hat das jetzt mit deinem geplanten Facebook-Posting zu tun?«

»Na ja, ich werde zu den Kollegen gehen und unter dem Vorwand, Informationen zu sammeln, mit ihnen sprechen. Oder Akteneinsicht verlangen, das ist vielleicht der bessere Weg, denn ich bin bei ihnen nicht sonderlich beliebt, und sie werden mir ohnehin nichts Relevantes erzählen.« Es auszusprechen fiel Kaja seltsam leicht, vielleicht weil Phoebe auch nicht besonders gut sozialisiert war, wie man es im Tierreich nannte. Grandmère hatte versucht, Kaja zu einer echten Südstaatenlady zu erziehen – zugegeben, nicht besonders erfolgreich –, aber auf Kosten des Raubtiers in ihr. *Eine Dame zeigt niemals die Krallen, ma petite.* Schnipp schnapp, Krallen ab. Das Geräusch der Scherenblätter bereitete ihr eine Gänsehaut.

»Und dann?« Bevor die Erinnerungen sie verschlingen konnten, holte Phoebe sie mit ihrer Frage in die Realität zurück.

»Und dann, meine liebe Ms. Caldwell, werde ich mir den Tatort anschauen und mit den Eltern der toten Mädchen sprechen. Dabei könnte ich deine Hilfe gebrauchen.«

»Du bist verrückt. Das ist nicht dein Ernst.« Phoebe schüttelte den Kopf, als könnte sie kaum glauben, was Kaja ihr eben vorgeschlagen hatte. Wie immer, wenn sie aufgeregt oder verlegen war, schob sie ihren Laptop hin und her und begann, wild drauflos zu tippen. Es dauerte nicht einmal zehn Sekunden, bis Phoebe aufhörte, auf die Tastatur zu hämmern, und ihren Laptop zuklappte. Der Ausdruck in ihrem Gesicht war undeutbar. »Sieh mich doch an. Was glaubst du, was die Eltern der toten Kinder sagen, wenn eine Frau von knapp zwei Metern bei ihnen auftaucht, um sie zu befragen? Die meisten Menschen haben Angst vor mir, Kaja. Das ist dir vielleicht noch nicht aufgefallen, weil du dein Kämmerchen kaum verlässt, aber meine Größe und mein Umfang schüchtern andere ein. Und ich kann mich noch so sehr krümmen, ich werde immer größer und wuchtiger sein als normale Menschen. Niemand mag es, wenn man auf ihn herabschaut.«

»Erzähl mir etwas Neues«, erwiderte Kaja und schaute ihr in die Augen, ohne dabei zu blinzeln.

Phoebe seufzte, gab jedoch ihren Widerstand noch nicht auf. »Ich werde dir helfen, aber nicht auf diese Weise. Lass mich einfach recherchieren, das kann ich gut. Ich verfasse auch dieses fürchterliche Entschuldigungsschreiben und den Post für dich. Aber zwing mich nicht dazu, mit den Eltern zu sprechen.«

»Das war deine Idee. Mitgefangen, mitgehangen, meine Liebe.« Kaja streckte die Hand aus, um Phoebes Schulter zu tätscheln, aber ihr Gegenüber lehnte sich so weit nach hinten wie möglich, um der Berührung auszuweichen. »Natürlich werde ich dich nicht dazu zwingen. So gut solltest du mich inzwischen kennen.«

Der Ausdruck von Erleichterung auf Phoebes Gesicht war mehr, als Kaja glaubte, ertragen zu können. Hatte sie sich getäuscht, und Phoebe war gar nicht Roslyn Jones' Informantin? Wenn sie darauf aus war, die Journalistin mit Informationen aus erster Hand zu versorgen, hätte sie sich das Gespräch mit den Eltern bestimmt nicht entgehen lassen. Rasch schob sie die Scham in die hinterste Ecke ihres Herzens. Sie hatte niemandem von ihrem Verdacht erzählt, auch wenn sie einen Moment mit dem Gedanken gespielt hatte, mit dem Captain darüber zu reden. Der Zorn, den er normalerweise an ihr ausließ, hätte auf diese Weise einmal jemand anderen getroffen. Doch dann hatte sie es doch nicht übers Herz gebracht. Phoebe war nicht ihre Freundin, aber sie konnte zur Freundin werden. Und bis Kaja endgültig wusste, ob ihre Praktikantin und Partnerin in der Ermittlungssache Cross-Killer geplaudert hatte, würde sie sie im Auge behalten.

»Danke«, sagte Phoebe mit erstickter Stimme. Diesmal war sie es, die sich abwandte, um ihr Gesicht zu verbergen.

»Dank mir nicht zu früh«, warnte Kaja, in deren Magen sich ein merkwürdiges Kribbeln ausbreitete. »Wer weiß, ob du dir nicht irgendwann wünschen wirst, du hättest niemals vom Cross-Killer gehört.« Das anschließende Schweigen hing schwer zwischen ihnen, bis Phoebe es brach.

»Also, wie wollen wir vorgehen?«

Paris, Samstag,
den 2. März 2019, kurz nach Mitternacht

Hi Seth. Machen eine kurze Verschnaufpause, bevor es gleich weitergeht. Ich dachte, ich nutze die Gelegenheit, um dir ein paar Küsse zu schicken und dir zu sagen, wie sehr du mir fehlst. :-) K.

Seth steckte sein Handy in die Jackentasche und stellte sich Kaja vor, wie sie ihre menschliche Haut abstreifte und vor den Augen der anderen Gestaltwandler plötzlich zur Pantherin wurde, denn die Frau hatte die Pantherin nicht immer hundertprozentig unter Kontrolle, vor allem dann nicht, wenn die letzte Verwandlung schon eine Weile zurücklag. Anders als er hatte sie nie gelernt, vollkommen eins mit dem Tier zu werden, in das sie sich verwandelte, was wiederum dazu führte, dass die Raubkatze mit jeder Verwandlung ungeduldiger nach ihrer Freiheit strebte. Seth vermutete, dass der Grund dafür in Kajas Großmutter zu suchen war. Die wenigen Male, die sie ihm von ihrer Grandmère erzählt hatte, waren ihm wie eine Mischung aus Märchen und Horrorgeschichte erschienen. Auf der einen Seite war sie die liebevolle Großmutter, die ihre Enkelin nach Kräften verwöhnte, auf der anderen Seite hatte sie Kaja unerbittlich dazu gezwungen, die Existenz der Pantherin in ihrem Leben auf ein Minimum zu beschränken. Bis heute war die Raubkatze kein Teil von Kajas Wesen, sondern eher etwas Fremdes, das die Gestaltwandlerin glaubte, nicht kontrollieren zu können.

Doch jetzt standen andere Dinge im Vordergrund und nicht seine Befürchtungen, die Raubkatze könnte sich ausgerechnet dann von ihren Fesseln befreien, während sie Tausende von Meilen voneinander getrennt waren. Gewiss waren seine Ängste unbegründet. Kaja war stark genug und hatte ihre Pantherin im Griff, versicherte er sich und schaute sich nach Phoebe um, die ihm widerwillig zum Tor der Haftanstalt folgte. Die Angst, die sie vorhin im Auto gezeigt hatte, war zur Panik geworden. Er gab sich einen Ruck und wartete, bis sie neben ihm angekommen war. »Ich kann das auch allein machen«, sagte er.

»Nein, ich schaffe das. Ich muss.« Ihre Zähne klapperten, und sie zitterte.

Unwillkürlich wollte er sie berühren, um sie zu stützen, ließ die Hand aber wieder sinken. »Sorry.«

»Sch-schon g-gut.«

»Du kannst jederzeit gehen, das weißt du, oder? Niemand zwingt dich, bei der Hinrichtung anwesend zu sein, außer vielleicht du selbst.«

»Gut erkannt.« Phoebes Sätze waren immer noch recht einsilbig, als traute sie ihrer Zunge nicht recht über den Weg. Dann straffte sie die Schultern und richtete sich zu ihrer vollen Größe auf. »Du bist ein netter Kerl, und es tut mir leid, dass ich dir so viele Dinge verschweigen muss.«

»Da kommt doch noch ein Aber«, vermutete Seth und fragte sich, wie lange sie wohl noch in der feuchtkalten Luft herumstehen und den Eintritt ins Gefängnis hinauszögern wollte.

»Aber jetzt bringen wir es hinter uns.« Entschlossen trat die hochgewachsene Frau vor ihn und hielt dem Wachhabenden ihren Ausweis entgegen. »Officer Phoebe Caldwell, und das ist mein Partner Detective Seth Ives. Wir werden erwartet.« Es klang, als hätte sie den Satz auswendig gelernt, und natürlich gab sich der Posten am Tor nicht mit einem flüchtigen Blick auf ihre beiden Ausweise zufrieden, sondern rief im Hauptgebäude an, um ihre rechtmäßige Anwesenheit zu überprüfen. Dreißig Sekunden später schwang die Metalltür auf und erlaubte ihnen einen ersten Blick ins Innere des Nikita State Prison.

Es war deprimierend, wie in allen Gefängnissen, und unterschied sich von einer Haftanstalt für gewöhnliche Straftäter einzig und allein durch die massiven Sicherheitsmaßnahmen. Seth und seine Begleitung – er weigerte sich, selbst in Gedanken, sie als seine neue Partnerin zu bezeichnen – brauchten fast eine halbe Stunde, bis sie endlich im Büro des Gefängnisdirektors angekommen waren. Der müde wirkende Endfünfziger schüttelte ihm die Hand und ließ sie wieder sinken, als Phoebe keine Anstalten machte, sie ebenfalls zu ergreifen. Er überspielte die peinliche Situation, indem er auf die Tür deutete. »Lassen Sie uns gleich losgehen. Ich erkläre Ihnen unterwegs alles, was Sie wissen möchten.« Also ging es wieder hinaus aus dem Büro, in einen grauen Gang und schließlich von einer Sicherheitsschleuse zur nächsten, die sich in nichts von ihrem Vorgänger unterschied. Selbst Seth mit seinem ausgeprägten Orientierungssinn war sich nicht sicher, ob er sich ohne Lageplan hier zurechtfinden würde.

»Haben Sie schon einmal einer Hinrichtung beigewohnt?«, fragte Direktor Arnsworth im Plauderton und lächelte entschuldigend, als ihm sein Fauxpas bewusst wurde.

»Ich schon, Officer Caldwell noch nicht.« Seth behielt Phoebe im Auge. Bislang schlug sie sich recht tapfer. Sie war noch ein bisschen blass um die Nase, aber das Zittern hatte aufgehört. Nur wenn man genau hinsah, konnte man ihren rasenden Puls sehen, der in der Kuhle zwischen ihren Schlüsselbeinen pochte. Sobald sie Seths Blick bemerkte, zog Phoebe den Kragen ihres Parkas enger um sich.

»Der Verurteilte hat heute Mittag seine letzte Mahlzeit bekommen«, fing Arnsworth an, doch Phoebe unterbrach ihn.

»Mich interessiert nicht, ob er sich Steak und Pommes, einen Cheeseburger oder verdammte Crêpes Suzette als seine Henkersmahlzeit gewünscht hat. Ich will wissen, was passiert und wie lange es dauert.« Seth warf ihr einen warnenden Blick zu, aber der Gefängnisdirektor überspielte auch diese Situation geschickt. »Natürlich. Verzeihen Sie.« Als sie auch die zweite Sicherheitsschleuse durchschritten hatten, sprach er weiter, als wäre nichts geschehen.

»Um Punkt 19.00 Uhr wird der Gefangene den Hinrichtungsraum betreten. Das Sicherungsteam schnallt seine Arme und Beine am Stuhl fest, auf dem er während der Exekution sitzt. Der Arzt verabreicht ihm erst eine Kochsalzlösung und dann ein Barbiturat, ein Beruhigungsmittel, das zur Bewusstlosigkeit führt. Es folgt eine weitere Kochsalzinjektion, gefolgt von einem Mittel, das seine Muskulatur lähmt. Nach der dritten Spritze mit Kochsalz bekommt der Verurteilte dann ein Mittel gespritzt, das einen Herzstillstand auslöst.«

Seth wusste, dass die Verabreichung von Kochsalz verhinderte, dass die einzelnen Chemikalien einander ins Gehege kamen. Auf diese Weise wurde sichergestellt, dass der Tod innerhalb weniger Minuten eintrat und schmerzlos war.

»Was ist, wenn er nicht stirbt?«, fragte Phoebe. Sie behielt einen konstanten Abstand zu ihm bei, achtete aber darauf, immer in seiner Nähe zu sein.

»Dann wiederholen wir die Injektionen so lange, wie es nötig ist. Das ist aber seit der Einführung der Giftspritze noch nie vorgekommen.«

»Und wenn er, sagen wir mal, immun gegen die Mittel ist?«

Arnsworth warf ihr einen zweifelnden Blick zu, bei dem seine buschigen Brauen in Bewegung gerieten, hatte aber auch auf diese Frage eine Antwort. »In diesem Fall ist es uns gesetzlich erlaubt, auf eine andere Hinrichtungsmethode zurückzugreifen. In unserem Haus befindet sich noch ein funktionstüchtiger elektrischer Stuhl. Und«, er drehte sich kurz um, »falls der Mann auch den tödlichen Stromstoß überlebt, dürfen wir ihn erschießen, aufhängen oder in die Gaskammer der Kollegen aus Highville schicken. Keine Sorge, Officer Caldwell. Jeremy Foster wird unser Gefängnis nur mit den Füßen voran verlassen, wenn ich es einmal salopp ausdrücken darf. Sind Sie nun beruhigt?«

»Ja, besten Dank«, gab Phoebe zurück, als wäre ihre Neugierde vollkommen normal. Andererseits hatte Arnsworth ihre Fragen so fließend pariert, dass sie vermutlich nicht die Einzige war, die seltsam anmutende Fragen gestellt hatte. Der Direktor hielt vor einer Tür inne, nickte dem davor postierten Wachmann zu und presste seinen Daumen auf den Scanner, der die Tür sicherte.

»Nach Ihnen.«

Die Frau, die an ihm vorbei in den Besucherraum marschierte, hatte nichts gemein mit derjenigen, die noch vor den Toren der Anstalt ein zitterndes Häufchen Elend gewesen war. Seth trat nach ihr ein und hörte, wie die Tür hinter ihnen ins Schloss fiel. Zwei Männer hatten sich bei ihrem Eintreten von den ordentlich aufgereihten Stühlen erhoben, während die beiden anwesenden Frauen kein Zeichen gaben, dass sie überhaupt etwas von Phoebes und seiner Anwesenheit bemerkt hatten.

Seth spürte, wie seine Wachsamkeit sich gefühlt verdoppelte, als einer der beiden Männer den Kopf verrenkte, als würde er hinter ihm nach jemandem suchen. Jemandem, der hier sein sollte, es aber nicht war, sondern in einem Tausende von Meilen entfernten Land in Sicherheit. Er ermahnte sich zur Ruhe. Es gab keinen Grund für ihn, paranoid zu werden, und nur weil er an Kaja dachte, bedeutete dies nicht, dass dieser Mann es auch tat.

Arnsworth machte sie miteinander bekannt, als wären sie auf einer Dinnerparty zusammengekommen, und nicht, um dem Tod eines Mörders beizuwohnen. Er fühlte, wie seine Achtung für den Mann mit jeder Minute weiter sank. Phoebe, die ihre Handschuhe in Seths Beisein bisher nicht ausgezogen hatte, berührte mit den Fingerspitzen die ausgestreckten Hände der Eltern der Mädchen und zog sich dann in die hinterste Reihe zurück. Nun war Seth an der Reihe. Er reichte den Eltern der toten Mädchen die Hand und bemühte sich, so wenig einschüchternd wie möglich zu wirken. Während Henry Clifton, der Vater des ersten Opfers und der Mann, der sich suchend umgedreht hatte, Seth schlaff die Hand drückte und nur leise etwas murmelte, was man mit viel Mühe als »sehr erfreut« interpretieren konnte, war der von Mike Roux zupackend. Seth fühlte die Schwielen, die von harter körperlicher Arbeit erzählten, und legte all sein Mitgefühl in seinen Blick.

»Wo ist Ms. Lenoire?«, erkundigte sich Mr. Roux bei Arnsworth. »Ich hatte doch extra gesagt, dass sie kommen soll.« Er spuckte dem Gefängnisdirektor die Worte beinahe ins Gesicht, der daraufhin Seth einen hilfesuchenden Blick zuwarf.

»Detective Lenoire ist leider verhindert und hat mich gebeten, an ihrer Stelle zu kommen. Bitte nehmen Sie auch mein Beileid für Ihren unaussprechlichen Verlust entgegen«, improvisierte Seth. Mrs. Clifton starrte immer noch durch die Glasscheibe und bekam nichts von dem beginnenden Aufruhr gleich neben ihr mit, aber Mrs. Roux hatte sich erhoben und legte ihrem Mann begütigend die Hand auf den Arm.

»Lass gut sein, Mike«, sagte sie leise. »Das Schwein, das unsere Madeline umgebracht hat, wird jetzt sterben. Mehr können wir nicht tun.«

Ihr Mann schüttelte ihre Hand, als wäre sie ein lästiges Insekt. Fanny Roux musste früher einmal sehr schön gewesen sein, bevor die Trauer ihre Gesichtszüge zu einer Totenmaske hatte erstarren lassen. Ihr Mann hingegen wirkte wie ein gereizter Stier und mit seinem roten Gesicht einem Schlaganfall nahe. Wenn man genau hinschaute, erkannte man die vielen geplatzten Äderchen auf seinen Wangen. Cholerisches Temperament oder Alkohol, überlegte Seth und beantwortete sich die stumme Frage gleich selbst. Vermutlich eine unheilvolle Kombination aus beidem.

»Ich habe aber noch Fragen an Detective Lenoire«, beharrte ihr Mann. »Warum ist sie nicht hier? Niemand sagt mir, was damals passiert ist und warum sie etwas geschafft hat, was den anderen Cops wochenlang nicht gelungen war.« Seth war ihm nahe genug, um den Schnaps in seinem Atem riechen zu können.

»Beruhigen Sie sich, Mr. Roux, oder ich muss Sie hinausbegleiten lassen, so leid es mir tut«, sagte Arnsworth jetzt, hob den Kopf zu einer Kamera in einer der Zimmerecken, um einem unsichtbaren Beobachter das Signal zum Eingreifen zu geben, falls Roux weiterhin für Unruhe sorgte, aber Seth mischte sich ein. Das offensichtliche Leid in Roux' Zügen und der stumme Schmerz in den Augen seiner Frau gingen ihm unter die Haut.

»Mr. Roux«, sagte er verhalten und drehte sich so, dass er Arnsworth von dem aufgebrachten Vater abschirmte. »Ich kenne Detective Lenoire sehr gut und werde mit ihr sprechen, sobald sie wieder im Lande ist. Sie wird sicher nichts dagegen haben, Sie und Ihre Frau aufzusuchen und zu versuchen, Ihnen Antworten auf Ihre Fragen zu geben. Das Gleiche gilt auch für Sie«, fügte er an Clifton gewandt hinzu, der sich neben ihn gestellt hatte und seinen Worten lauschte.

»Der Tod ist viel zu gut für dieses Stück Dreck«, zischte Roux, aber er schien sich mittlerweile ein wenig beruhigt zu haben. »Wir wohnen immer noch in der gleichen Straße wie früher«, sagte er. »Fanny will von da weg, aber ich kann nicht. Ich habe immer das Gefühl, dass mein Mädchen jeden Moment aus der Schule kommt und ...«

»Ist gut, Mike. Komm.« Was Fanny Roux nicht geschafft hatte, gelang Henry Clifton, der den Arm um die Schultern des anderen Vaters legte und ihn nach vorne in die erste Reihe führte. »Wir schauen jetzt zu, wie Jeremy Foster seine gerechte Strafe erhält, dann sehen wir weiter. Einen Schritt nach dem anderen, wie Prediger Josh immer sagt. Auch der längste Weg beginnt mit einem ersten Schritt, und wir sind auf dem Weg zu Ruhe und Frieden.«

Sein Wort in Gottes Ohr.

KAPITEL 5

Cajun Courier von Mittwoch, dem 15. August 2012

Louisiana State Police entschuldigt sich
Cross-Killer weiterhin auf freiem Fuß

Liebe Leserinnen, liebe Leser,
es geschehen noch Zeichen und Wunder. Dafür danke ich vor allem Ihnen, denn mit Ihrer Unterstützung ist es dem Cajun Courier und mir, Ihrer demütigen Kolumnistin, gelungen, der Louisiana State Police eine Entschuldigung für ihr autokratisches und selbstherrliches Verhalten abzutrotzen. Wie mir Trooper Lenoire in einem freundlichen, von Floskeln nur so strotzenden Schreiben mitteilte, war es ein »technischer Fehler«, der meine Fragen nach dem Fortschritt der Ermittlungen auf der Facebook-Seite der Polizei unsichtbar werden ließ. Die Entschuldigung, wie fadenscheinig sie auch immer erscheinen mag, ist hiermit angenommen. Begraben wir das Kriegsbeil und arbeiten Hand in Hand, um einem der blutrünstigsten Mörder in der Geschichte des Landes das Handwerk zu legen.

Dennoch bleibt mir heute nichts anderes übrig, als die Frage zu stellen, die mich in jeder wachen Sekunde und auch in meinen Träumen bewegt:

Wie viele junge Mädchen müssen noch auf unvorstellbar grausame Weise sterben, bis die Polizei den Serienmörder hinter Schloss und Riegel bringt?

… fragt unverdrossen Ihre Roslyn Jones.

»Langsam fängt sie an, mir auf die Nerven zu gehen«, knurrte Kaja und zerknüllte die Zeitung, nur um sie im nächsten Moment auseinanderzufalten und wieder glatt zu streichen. Ihre erste Erwähnung in der Presse hatte sie sich wahrhaftig anders vorgestellt, aber das war es nicht, was sie an Jones' Kolumne zunehmend störte. In jeder wachen Sekunde und auch in meinen Träumen – meine Güte, fiel der Frau nichts Besseres ein? Musste sie so dick auftragen?

»Ach was, ärgere dich nicht. Sie macht auch nur ihren Job, Kaja.« Phoebe sah so fertig aus, wie Kaja sich fühlte.

»Klar, wie Murphy, Moras und tausend weiterer Polizisten, die sich die Nächte um die Ohren schlagen, während Jones wie ein Aasgeier vom Schmerz anderer Menschen zehrt«, fauchte Kaja und schloss rasch die Augen. Nicht nur, dass sie nervös war, weil sie nun durch ihre eigenen Ermittlungen zeigen konnte, dass sie die Prüfungen an der Academy zu Recht mit Auszeichnung bestanden hatte, sondern auch, weil es auf Vollmond zuging. Als geborene, nicht durch einen Biss infizierte Gestaltwandlerin unterlag sie nicht dem Zwang, sich bei Vollmond in ihr Tier zu verwandeln und auf die Jagd zu gehen, aber die Macht des sich rundenden Mondes spürte sie trotzdem tief in ihren Knochen. Wie lange war es her, dass sie allein durch die Sümpfe gestreift war – oder zu zweit mit einem willigen Partner? *Viel zu lange*, schnurrte die Pantherin. »Entschuldige, ich habe schlecht geschlafen und bin nervös.« Die Pantherin meldete sich immer in den unpassendsten Augenblicken, so wie jetzt.

»Ich auch«, gab Phoebe finster zurück. »Ich habe die

ganze Nacht kein Auge zugemacht.« Sie rieb sich ihre müden Augen und verschmierte dabei ihr Make-up. Kaja reichte ihr ein Taschentuch und beobachtete, dass Phoebe, wie immer, sorgsam jede Berührung mit Kajas Fingern vermied.

»Wenn du partout nicht willst, musst du mich nicht begleiten«, sagte Kaja schließlich.

Phoebe nickte nur und schob den Pappkarton zur Seite, der ihren langen Beinen im Weg war.

»Die Akte ist gerade in meinem Postfach angekommen. Ich darf sie nicht per E-Mail weiterschicken und auch nicht ausdrucken, deshalb, hm, müssten wir sie uns gemeinsam an meinem PC anschauen.« Kaja rutschte mitsamt Stuhl so weit wie möglich zur Seite, bis sie in die hinterste Ecke des Raumes gequetscht war.

»Lieber nicht«, wehrte Phoebe ab. »Das geht auch so.«

Auch für Kaja war die Vorstellung, nun für den Rest des Tages in unmittelbarer Nähe, quasi Haut an Haut, mit einem anderen Menschen zu arbeiten, alles andere als angenehm, aber sie hatte das Gefühl, dass hinter Phoebes Benehmen noch mehr steckte als eine Phobie. Vielleicht war es an der Zeit herauszufinden, warum sie wirklich hier war. »Wie willst du mir denn helfen, wenn du die bisherigen Ermittlungsergebnisse nicht kennst?«

»Ich bin kein Detective, ich bin nur die Praktikantin«, maulte Phoebe, die heute wirklich ausgesprochen mies drauf war. »Und ich kann mich nicht daran erinnern, dass ich dir meine Hilfe angeboten habe.« Sie wich Kajas Blick aus. »Ich habe lediglich gesagt, dass du ermitteln sollst.«

»Was ist denn los mit dir?« Eine direkte Frage war manchmal die beste Methode, um der Wahrheit auf den Grund zu gehen. »Erst bist du hellauf begeistert von der Idee, dass wir im Alleingang ermitteln, und wenn es ernst wird, kneifst du.« Kaja versuchte, weder allein gelassen noch anklagend zu klingen. »Ich meine, okay, wenn du Angst vor den Autopsiefotos hast, dann schaue ich sie mir allein an und werde dich deswegen nicht auslachen.« Sie spreizte Daumen, Zeige- und Mittelfinger zur Schwurhand und wartete eine geschlagene Minute vergeblich auf eine Antwort, bevor sie sich wieder den beiden Akten zuwandte. Also gut. Dann würde sie eben allein weitermachen. Es war ja nicht so, als wäre sie es nicht gewohnt, alles im Alleingang zu machen. Zuerst öffnete sie den Bericht des Gerichtsmediziners.

Sie hatte während ihrer Ausbildung einer Leichenöffnung beigewohnt und im Unterricht viele solcher Fotos gesehen. Trotzdem, dachte sie, fühlte es sich diesmal anders an als auf der Academy. Vielleicht, weil sie vom ersten Mord an dabei gewesen war, wenn auch nur in der hintersten Reihe. Dies war kein schon lange gelöster Fall, den die Kadetten neu aufrollten, um an ihnen ihre deduktiven Fähigkeiten auszuprobieren, dies war die Realität. Tote Mädchen, deren Familien auf Gerechtigkeit hofften.

Am Ende des zweiten Berichts fühlte Kaja sich ein bisschen flau. Sie knipste den Bildschirm aus, rieb sich über die Stirn und sah, dass Phoebe aufgehört hatte zu tippen. Über den Rand ihres Laptops hinweg trafen sich ihre Blicke.

»Es tut mir leid«, murmelte Phoebe. »Ich ... es ist nur so, dass ich ... ach, egal.«

Kaja zuckte mit den Achseln und kramte ihr noch jungfräuliches Notizbuch aus der Schublade. Das ledergebundene Buch hatte sie von Grandmère zur bestandenen Abschlussprüfung der State Police bekommen und es nicht übers Herz gebracht, ihrer Großmutter zu sagen, dass sie es eigentlich – und uneigentlich auch – nicht brauchte. Niemand machte sich noch Notizen auf Papier, bis auf die schneidigen Detectives in den Fernsehserien, die Grandmères heimliches Laster waren. Außerdem gab es für sie in ihrer derzeitigen Funktion als Social-Media-Managerin wenig, was sie sich notieren musste.

Kaja teilte die linierten Blätter in zwei Spalten. Eine für Suzie Clifton, eine für Madeline Roux, und begann mit der äußeren Erscheinung der beiden Mädchen. Sie hätten Schwestern sein können, so ähnlich waren sie einander. Beide waren klein, zierlich, dunkelhaarig gewesen. Madeline hatte grüne Augen gehabt, Suzie hellblaue. Größe und Gewicht waren nahezu identisch.

Der Mörder stand also auf einen bestimmten Typus.

Sie schob den Kugelschreiber hinters Ohr und trommelte mit den Fingern auf der Tischplatte. Die Tatsache, dass Suzie und Madeline sich ähnelten, brachte sie nicht weiter. Erstens war dies den Ermittlern selbst aufgefallen, und zweitens half es nicht, einen dritten Mord zu verhindern. Sie konnte kaum alle Mädchen, auf die die körperlichen Attribute zutrafen, in Schutzhaft nehmen oder überwachen. Sie brauchte mehr als das.

Aus den Augenwinkeln sah Kaja, dass Phoebe sich den Nacken massierte. Sie hatte kein Wort mehr gesagt, seit Kaja sich in die Akten vertieft hatte.

Gemeinsamkeiten der Opfer – abgesehen von der Art des Tötens – waren in der Regel der Schlüssel bei der Aufklärung eines Serienmordes. Die beiden Getöteten waren zwar gleich alt und von einem ähnlichen äußeren Typus gewesen, aber an dieser Stelle endeten die Berührungspunkte auch schon. Geografische Überschneidungen gab es ebenfalls nicht. Suzie und ihre Eltern wohnten in einer typischen Mittelklassegegend, während die Familie Roux in einer heruntergekommenen Siedlung am Stadtrand lebte. Suzies Mutter war Vorschullehrerin, ihr Vater arbeitete als Programmierer in einer kleinen Computerfirma. Madelines Vater verdiente seinen Lebensunterhalt in einer Konservenfabrik, und ihre Mutter war Hausfrau. Suzie hatte mittelprächtige Noten gehabt, Madeline exzellente Zensuren außer in Physik. Sie hatte gern gelesen und war ein typischer Bücherwurm, nicht besonders beliebt bei den Mitschülern, aber sie war auch kein Außenseiter gewesen. Suzies größter Wunsch war es gewesen, an einer Castingshow teilzunehmen.

Verdammt. Bis auf das Aussehen hatten die beiden Mädchen wirklich kaum etwas gemein.

Kaja musste einen anderen Ansatzpunkt finden. Sie könnte versuchen, die Fälle von hinten aufzurollen. Irgendwo im Leben der beiden Mädchen gab es einen Punkt, an dem sie den Weg des Cross-Killers gekreuzt hatten. Wenn es ihr gelang, diese Wegkreuzung zu finden, dann hatte sie den Cross-Killer. Zu dieser Erkenntnis waren auch die ermittelnden Kollegen gelangt und hatten nichts unversucht gelassen, um den entscheidenden Berührungspunkt der beiden grundverschiedenen Mädchen zu finden. Protokolle der Befragungen der Nachbarn, der Mitschüler, der besten Freunde und natürlich auch der Familie machten einen wesentlichen Teil der Ermittlungsakten aus – und gaben nichts her. Die Spurensicherung war bislang erfolglos verlaufen: Es existierten Reifenspuren in der Nähe des Fundortes, der nicht mit dem Tatort identisch war, aber sie stammten von verschiedenen Wagen. Weder Zigarettenkippen noch Fusseln noch sonst eine der zahlreichen Spuren hatten einen Hinweis auf den Killer gebracht. Was in den Zeiten computergestützter Forensik ein Ding der Unmöglichkeit sein sollte, war dem Cross-Killer scheinbar gelungen: Er hatte kaum verwertbare Spuren hinterlassen. Selbst der Bindfaden, mit dem der Mörder die Mädchen nach ihrem Tod zum Schweigen gebracht hatte, war, wie Roslyn Jones hatte durchsickern lassen, gewöhnliche Paketschnur gewesen und konnte in jedem Supermarkt gekauft werden. Auch die Fundstätte selbst gab den Beamten Rätsel auf. Beide Mädchen hatte man in einer mit Benzin getränkten Kuhle gefunden, an deren Rand man Salzkörner entdeckt hatte, jedoch in so geringer Menge, dass ihr Vorhandensein keinen Sinn ergab.

Salz. In Kajas Hinterkopf begann es zu pochen, als sie die Analyse des Forensikers las. Salz war ein weitverbreitetes Mittel bei Magiegläubigen, um sich vor Geistern zu schützen. Bestand die Möglichkeit, dass der Killer kein

Mensch war? Sie unterdrückte ein Stöhnen. Wenn sie mit ihrem Verdacht richtiglag, dann würden menschliche Cops nichts gegen ihn ausrichten können. Er würde weitermorden, bis er genug Blut vergossen hatte, um sein wie auch immer geartetes Ziel zu erreichen.

»Und, hast du etwas entdeckt?« Phoebe sprach, als wäre nichts vorgefallen.

»Nein.« Kaja musste nicht hinschauen, um zu wissen, dass Phoebe trotz ihrer ablehnenden Worte von vorhin darauf brannte, mit ihr zu sprechen.

»Reicht es, wenn ich dir sage, dass es mir leidtut?«

»Nein.« Kaja zählte bis zehn, dann klappte sie demonstrativ ihr Notizbuch zu und lehnte sich zurück. »Ich möchte einfach nur wissen, was mit dir los ist und warum du wirklich hier bei mir bist.«

»Ich habe mich für ein Praktikum in der Presseabteilung beworben, und ...«

»Hör auf mit dem Mist«, schnappte Kaja und stand auf. »Du bist keine normale Praktikantin. Es gibt zwei Möglichkeiten: Entweder hat Roslyn Jones dich hierhergeschickt, damit du in ihrem Auftrag spionierst, oder Moras hat dich überredet, mich in die Falle zu locken. Was ist es? Will er mich lediglich loswerden, oder weiß er, dass ich ...« Kaja schloss den Mund. Sie musste verflixt noch mal lernen, sich besser unter Kontrolle zu halten.

»... dass du ziemlich merkwürdig bist, um es einmal vorsichtig zu formulieren?«

»Das bist du auch«, konterte Kaja halbherzig.

»Du aber viel mehr.« Phoebes Mundwinkel zuckten.

»Wenn du jetzt mit ›und du immer doppelt‹ auftrumpfst, bekomme ich einen Anfall.«

Kaja versuchte ein Lächeln, aber es glich wahrscheinlich mehr einem Zähnefletschen. »Pass auf«, sagte sie. »Ich schlage dir einen Deal vor. Du zeigst mir deins, ich zeig dir meins. Anschließend vergessen wir, was wir über den anderen wissen.«

Jetzt lachte Phoebe wirklich. »Träum weiter. Ich muss es nicht aus deinem Mund hören, um dein Geheimnis zu kennen, Kaja. Ich weiß, was du bist.«

Doch Kaja dachte nicht daran, klein beizugeben. »Wenn du mich durchschaust, lässt es aber auch Rückschlüsse auf dich selbst zu.«

»Ich muss dich enttäuschen.« Phoebe sprach mit fester Stimme, doch Kaja ließ sich nicht täuschen. Unter der scheinbaren Selbstsicherheit in Phoebes Worten war ein feines Zittern zu hören. »Ich bin zu einhundert Prozent ein Mensch.«

Sich mit beiden Händen auf dem Tisch abstützend, beugte Kaja sich nach vorne. Die große Frau wich vor ihr zurück, bis sie mit dem Stuhlrücken an die Wand stieß. »Mir reicht es, und zwar alles«, sagte sie und bewegte ihren Oberkörper weiter nach vorne. Ein Schweißtropfen erschien auf Phoebes Stirn. Die Pantherin in Kajas Kopf schnurrte zufrieden und schlich langsam, aber sicher, an die Oberfläche. Diesmal tat Kaja nichts, um sie zurückzuhalten. Die Raubkatze würde ihr helfen, die Wahrheit aus Phoebe herauszubekommen. Und außerdem, erkannte sie mit einem Schock, der wie ein nahendes Erdbeben durch ihren Körper vibrierte, hatte sie die Nase vom Versteckspielen voll. Was hatte es ihr gebracht, die Katze in sich ständig zu unterdrücken, wie Grandmère es ihr eingetrichtert hatte? Konnten die Kollegen sie etwa besser leiden, oder setzte Moras ihr weniger zu? Sie rückte noch ein Stück näher an Phoebe heran, die zu zittern begonnen hatte. »Warum hast du solche Angst davor, einen anderen Menschen zu berühren?«, fragte sie.

»Tu das nicht«, flüsterte Phoebe. »Bitte, Kaja, du weißt nicht, was du tust. Ich ...«

Kaja legte den Kopf schief. Sie fühlte, wie sich ihre Pupillen zusammenzogen, bis sie nichts als winzige Punkte im leuchtenden Grün ihrer Augen waren. Nur noch wenige Millimeter trennten sie und Phoebe voneinander. »Ja?«, erwiderte sie ebenso leise. »Was ist es, das du mir erzählen willst?« Sie senkte den Kopf, und Phoebe kroch förmlich in ihren Stuhl, der unter ihrem Gewicht bedrohlich knarrte.

»Was zur Hölle treiben Sie hier, Lenoire?«

Kajas Kopf schoss in Richtung von Moras' Stimme. Mit der Stirn streifte sie Phoebes Wange. Die Praktikantin schloss die Augen, aber nicht schnell genug, um den Ausdruck nackter Panik vor Kaja zu verbergen, der in Bruchteilen von Sekunden in ihnen zu sehen war. Scheiße, fluchte Kaja stumm und hatte nicht einmal mehr Zeit, ihre Großmutter in Gedanken um Entschuldigung zu bitten, denn jetzt brach die Hölle los. Moras' fleischige Hand packte Kaja am Nacken, als wäre sie ein Kätzchen, das er ertränken wollte, und zog sie fort. »Das Maß ist voll«, knurrte der Captain und schüttelte Kaja, die die Zähne zusammenbiss und sich so weich und biegsam wie möglich machte, was in dem überfüllten Raum nicht gerade einfach war. Sie stieß hart mit dem Knie an den Schreibtisch und konnte gerade noch ein katzenhaftes, schmerzerfülltes Fauchen zurückhalten. Die Augen fest zusammenkneifend, damit Moras nicht die Mordlust der Pantherin in ihnen erkannte, wand sie sich aus dem Griff des Captains, drehte ihm den Rücken zu und öffnete, als sie sich sicher war, dass Moras ihr nicht ins Gesicht schauen konnte, einen Spaltbreit die Lider.

Phoebes Gesicht war aschfahl, und sie hatte die Hände zu Fäusten geballt. Die Panik in ihren Zügen war verschwunden, doch Kaja konnte ihre Angst riechen.

»Drehen Sie sich um, Lenoire«, zischte der Captain. Kaja gehorchte so langsam, wie sie es wagte. Am liebsten hätte sie ihre Augen zugekniffen und sich die Hände auf die Ohren gehalten, aber was jetzt kam, hatte sie wohl verdient. »Ich habe ja nie viel von Ihnen gehalten, doch eine Praktikantin zu bedrängen ist das Letzte. Sie können froh sein, wenn Ms. Caldwell keine Anzeige wegen sexueller Belästigung gegen Sie erstatten wird.«

»Es ging nicht um Sex«, widersprach Kaja mit glühenden Wangen, aber Moras tat ihren Einwand mit einer Handbewegung ab.

»Ich will es gar nicht wissen«, sagte er, und Kaja wartete auf die Worte, mit denen er ihrer Karriere bei der Polizei ein Ende setzen würde. Und Himmel noch mal, sie war selbst schuld. Sie hatte alles vermasselt. Nicht nur, dass sie keine

Chance mehr hatte zu zeigen, dass sie eine gute Ermittlerin sein könnte. Nein, sie hatte sich, um Phoebes Geheimnis aus ihr herauszupressen, aufgeführt wie ein fieser Schläger, ein Schulhoftyrann, der einem Schwächeren gnadenlos zusetzte. Das war unverzeihlich.

»Es tut mir leid«, sagte sie und schaute Phoebe dabei an. Dann sackte die Bedeutung von Moras' Bemerkung in ihr Bewusstsein, und sie löste sich vom Anblick des Häufchens Elend, das sie auf dem Gewissen hatte. »Moment mal. Woher wissen Sie, dass Ms. Caldwell keine Anzeige gegen mich erstatten wird?«

»Weil ich es so sage«, herrschte Moras sie an. Eine fleckige Röte war ihm ins Gesicht gestiegen. Er hatte jetzt eine frappierende Ähnlichkeit mit einem gereizten Stier, und Kaja war diejenige, die mit einem roten Tuch vor ihm herumwedelte.

»Was wollten Sie eigentlich von mir?«, fragte sie. »Sie kommen doch nie hierher. Wenn Sie mich sprechen wollen, lassen Sie mich bei sich antanzen.« Es war, als könnte sie gar nicht aufhören, ihn zu provozieren, obwohl sie wusste, dass sie jetzt lieber den Mund halten sollte, wenn sie ihren Job behalten wollte. Falls, nicht wenn. Was wäre eigentlich so schlimm daran, nicht mehr bei der Polizei zu sein?

»Aus sicherer Quelle ist mir zugetragen worden, dass der Cajun Courier am heutigen Abend eine Sonderausgabe herausbringt. Sie, Lenoire, werden sich sofort zum Redaktionsbüro dieser Schmierfinken begeben und dem Chefredakteur diese«, er zog einen Briefumschlag heraus,

»einstweilige Verfügung persönlich überreichen. Sie untersagt ihm, die Sonderausgabe zu verkaufen, und fordert ihn auf, alle entsprechenden Artikel aus der Online-Ausgabe mit sofortiger Wirkung zu entfernen.«

»Ist es dafür nicht ein bisschen spät?«

»Es ist nicht Ihre Aufgabe, meine Befehle infrage zu stellen, sondern sie auszuführen.« In der entstehenden Pause war Phoebes verhaltenes Hüsteln deutlich zu hören. Schnell sprach Moras weiter. »Und nein, wenn sie noch nicht angefangen haben, die Zeitung unter die Leute zu bringen, müssten wir es gerade noch schaffen.«

Phoebe mischte sich ein. »Danke, Captain Moras. Ich glaube, Trooper Lenoire wird es guttun, einmal aus diesem Verschlag herauszukommen.«

Es wurde immer seltsamer. Waren denn alle durchgedreht, inklusive sie selbst? Moras schien kurz vor einem Schlaganfall zu stehen, während sich Phoebes Gesichtsfarbe wieder normalisiert hatte.

»Wie Sie meinen, Ms. Caldwell.« Er betonte den Nachnamen auf eine Weise, die alle Alarmglocken in Kaja zum Schrillen brachte. Ihre Nackenhaare stellten sich auf, als sie ihre Augen zwischen Phoebe und dem Captain hin und her wandern ließ wie bei einem tödlichen Match zweier Boxer, die in ihren jeweiligen Ecken der nächsten Runde entgegenfieberten. Es war Phoebes Lächeln, das Moras in die Knie zwang. Fein, kaum merklich und doch eindeutig das einer Frau, die einen Mann in der Hand hatte, brachte es Moras' Selbstherrlichkeit zum Einsturz. »Machen Sie, dass Sie wegkommen, Lenoire. Trooper Lenoire«, verbesserte er sich, als zwischen Phoebes Augenbrauen eine steile Falte erschien.

Von der Frau, die zitternd und schweißbedeckt vor Kajas Berührung zurückgezuckt war, war keine Spur mehr zu sehen. Selbst ihre Stimme hatte sich verändert, war kraftvoll und selbstsicher geworden. »Wir haben heute sehr viel geschafft, Captain, und Trooper Lenoire hat sich einen frühen Feierabend verdient. Wie wäre es, wenn sie nach dem Überreichen der Verfügung Feierabend macht?«

»Gute Idee«, murmelte Captain Moras, drehte sich um und schlich wie ein geprügelter Hund aus der Kammer.

Kaja fühlte sich versucht, es ihm gleichzutun.

Paris, Freitag,
den 29. März 2019

Hi Seth,

ich muss unseren Videochat für heute Abend leider absagen. Sei nicht böse, mein Liebster, du weißt, dass ich mich darauf gefreut habe und wie sehr ich dich vermisse. Fehle ich dir auch? Jedes Mal, wenn ich mir vorstelle, wie du auf deiner Seite unseres Bettes liegst, möchte ich am liebsten meine Sachen packen und in den nächsten Flieger steigen, um endlich wieder bei dir zu sein. Es ist mir nur ein kleiner Trost, dass es in New Orleans ruhig ist, wie du schreibst, und du dich nicht ohne mich in den nächsten Fall stürzt. Ja, ja, ich weiß, das ist dein Job, und du brauchst mich nicht, aber trotzdem … ach, vergiss es. Manchmal frage ich mich, ob du mich noch lieben wirst, wenn ich zurückkomme. Wer weiß, vielleicht triffst du ja auf einem deiner Ausflüge in die Sümpfe eine hübsche Krokodilfrau. Ich sehe gerade vor mir, wie du an dieser Stelle die Stirn runzelst und mir in Gedanken drohst, mir den Kopf zurechtzurücken.

Moment.

So, da bin ich wieder. Ich habe mir eben ein Croissant und einen Café au Lait aus der Bäckerei unten geholt. Ich werde jeden Morgen vom Duft des frisch gebackenen Brotes geweckt, der seinen Weg durch die zugigen Fenster findet. Verrat es nicht weiter, aber die Franzosen machen einen besseren Kaffee als meine Grandmère. ;-)

Die Sehnsucht nach dir macht mich nicht nur irrational, sondern auch redselig, wie es scheint. Eigentlich hatte ich dir nur erzählen wollen, dass meine Truppe und ich jetzt den ersten richtigen Fall bekommen haben, und zwar einen, den die Flics hier nicht lösen können. Jemand hat es auf Schwarze abgesehen. Ich meine nicht die Gothics, die sich hier herumtreiben, sondern dunkelhäutige Menschen. Seit gut zwei Monaten … ah, sorry, Liebster. Mein Telefon klingelt, und ich muss abnehmen. Der Falke höchstpersönlich möchte etwas von mir.

Küsse,
K.

Seth hatte das Gefühl, kurz vorm Ausflippen zu stehen. Er, den normalerweise nichts so schnell aus der Ruhe bringen konnte, war seit Tagen nervöser als eine Katze auf dem heißen Blechdach. Nicht nur dass Kaja, wie es den Anschein hatte, im Élysée-Palast ein und aus ging, machte ihn nervös. Es war Phoebes Anwesenheit, die an seinen Nerven zerrte, zusammen mit der gespenstischen Ruhe, die über New Orleans lag.

Er und seine neue Partnerin – die im Übrigen nichts tat, um sich diesen Namen zu verdienen – hatten nach der Hinrichtung Jeremy Fosters einen trügerischen Waffenstillstand geschlossen. Seth hatte sie nicht bedrängt, ihm ihre wahren Beweggründe für ihre Anwesenheit zu beichten, und sie hatte ihm aus freien Stücken versprochen, ihn ins Bild zu setzen, sobald es »die Situation erforderlich machte«. Das hatte ihm nicht geschmeckt, natürlich nicht, aber da war etwas an ihr, was ihn zögern ließ, zu härteren Mitteln zu greifen, um den wahren Grund für ihre Anwesenheit zu ergründen. Es war nicht zu übersehen, dass sie sich große Sorgen um Kaja machte und nur das Beste für sie wollte. Natürlich war er davon überzeugt, besser als Phoebe zu wissen, was für Kaja gut war, doch er mahnte sich zur Geduld. Mit Brachialgewalt würde er bei Phoebe nicht weiterkommen, und solange Kaja sich in Paris herumtrieb, war sie vor der undefinierbaren Gefahr, die er spürte, aber nicht benennen konnte, in Sicherheit. Es war das Tier in ihm, dessen Instinkt er bedingungslos vertraute, das ihn immer wieder innehalten ließ, wenn er drauf und dran war, sich Phoebe vorzuknöpfen und sie zu befragen, wie Kaja es mit einem Tatverdächtigen getan hätte. *Warte auf den richtigen Moment,* flüsterte das Krokodil und zog sich zurück, sobald es seine Zustimmung spürte. Das wachsame Tier schloss die Augen, aber er wusste, wenn er es brauchte, dann wäre es schneller bereit einzugreifen, als er zu blinzeln vermochte.

»Ist es eigentlich immer so ruhig hier in der Stadt?«, fragte Phoebe und reichte ihm die Tüte mit den Doughnuts, nachdem sie sich den Kringel mit den bunten Zuckerperlen herausgefischt hatte. Er nahm sich den mit Schokolade und verdrückte ihn mit zwei Bissen. »Nicht dass ich mich beschweren will. Als Polizistin bin ich nicht zu gebrauchen.« Seth nahm sich den zweiten Schmalzkringel, ohne zu erkennen zu geben, dass sie unfreiwillig ein weiteres Stückchen Information über sich preisgegeben hatte. Phoebe hatte quasi offen zugegeben, dass sie nicht in New Orleans war, um ihn bei Ermittlungen zu unterstützen, wie Catherine behauptet hatte. Nachdem direkte Fragen kein Ergebnis geliefert hatten, hatte er sich aufs Beobachten verlegt und gemerkt, dass Phoebe immer dann etwas über sich erzählte, wenn es um andere Menschen oder nebensächliche Dinge ging. Und da die Rate an paranormalen Verbrechen momentan niedrig war, beschäftigte er sich, solange es ruhig blieb, mit dem Fall »Phoebe Caldwell«, wie er es insgeheim nannte.

»Es ist eher eine Ausnahme als die Regel«, bestätigte Seth. »Üblicherweise werden wir zu drei bis vier Kapitalverbrechen im Monat gerufen, bei denen der Verdacht auf eine paranormale Aktivität besteht. Von diesen Verbrechen fällt zumeist die Hälfte in unsere Zuständigkeit.«

»Zwei Fälle im Monat, das klingt machbar für zwei Cops. Ermittelt ihr gemeinsam oder getrennt?«

»Es kommt darauf an, aber meistens sind Kaja und ich als Team unterwegs. Bis auf letzten Dezember, da gab es zwischen Weihnachten und Neujahr fünf paranormale Verbrechen, und wir mussten uns aufteilen. Wir haben zuerst überlegt, die Fälle auszulosen, aber dann erschien es uns sinnvoller, die Stadt geografisch in zwei Reviere zu teilen. Kaja hat sich um den Norden gekümmert und ich mich um den Süden.«

»Sie ist ein guter Cop, nicht wahr?«

»Der beste.« Mehr gab es aus seiner Sicht nicht darüber zu sagen, also wusch er sich die klebrigen Finger in der kleinen Spüle und klappte seinen Laptop auf.

»Liebst du sie?«

Seth schaute nicht einmal auf. »Das geht dich nichts an.«

Phoebe antwortete mit einem Stoßseufzer. »Ich will nur verhindern, dass man Kaja wehtut.«

Wem wollte Phoebe etwas vormachen? Sie und Kaja hatten einander jahrelang nicht gesehen, und nun behauptete Phoebe, dass sie sich Sorgen um Kaja machte? Es war nicht unmöglich, aber nicht sehr wahrscheinlich, fand er. Er tippte sein Passwort ein, das aus Kajas Namen, seinem Geburtsdatum und einer nicht sehr schmeichelhaften Bezeichnung für eine altägyptische Gottheit bestand, und beschloss, diesen Teil von Phoebes Behauptung zunächst einmal unkommentiert zu lassen. »Verrat mir doch eines«, sagte er und fühlte, wie das Tier in ihm trügerisch träge die Augen öffnete. »Von wem sprichst du? Wer ist ›man‹? Bin ich das? Oder vielleicht ein geheimnisvoller Unbekannter, dessen Pläne du kennst? Hast du vor, die nächsten Jahre in meiner Gegenwart zu verbringen, nur um sicherzugehen, dass ich Kaja nicht verletze?« Er blickte pointiert auf ihre Hände und wollte ihr gerade vorschlagen, die Handschuhe auszuziehen, als das Klingeln des Telefons ihn unterbrach.

»Ives«, meldete er sich.

»Hallo, hier ist Lieutenant Benjamin Hanswick. Ich bin Ihr Kontaktmann aus dem achten Distrikt.« Der achte Distrikt umfasste unter anderem das berühmte French Quarter, das älteste Viertel von New Orleans. Von dort war noch nie ein einfacher Fall gekommen. »Es handelt sich um einen Fall, der eigentlich gar nicht in meiner Zuständigkeit liegt, aber der Neffe meiner Frau ist involviert, und ich dachte ...« Seine Stimme wurde immer leiser.

»Das ist schon in Ordnung«, versicherte Seth dem nervösen Mann. Wenn er sich richtig erinnerte, war Hanswick der magere Typ mit roten Haaren, der ihm bei seiner Vorstellungsrunde durch die Reviere der Stadt immer wieder verächtliche Blicke zugeworfen hatte. »Ich verstehe schon. Sie sind beunruhigt und wissen nicht, an wen Sie sich sonst wenden sollen.« Phoebe folgte dem Gespräch mit fragend hochgezogenen Augenbrauen. Hanswick wollte gerade weitersprechen, aber Seth bat ihn, einen Moment zu warten. »Ich stelle das Gespräch auf Lautsprecher, dann kann meine Kollegin mithören.« Die Wochen mit Phoebe hatten nichts daran geändert, dass sie nicht seine Partnerin war und es nie sein würde, aber Seth würde den Teufel tun und interne Konflikte nach außen tragen.

»Hallo«, machte sich Phoebe bemerkbar. »Ich bin Phoebe Caldwell. Dann erzählen Sie mal. Was ist Ihr Problem?« Seth rollte mit den Augen und machte sich eine gedankliche Notiz, sie daran zu erinnern, dass sie hier nicht in der Kummerkastenredaktion irgendeines Käseblättchens saßen, sondern reale paranormale Fälle zu lösen hatten.

»Der Neffe meiner Frau arbeitet draußen auf dem Silent-Hill-Friedhof als einer der festangestellten Gärtner«, begann der Lieutenant seine Geschichte. Phoebe hatte ein Notizbuch herausgekramt und schrieb eifrig mit. Seth schloss die Augen, um sich vom Anblick des hektischen Kritzelns nicht ablenken zu lassen. »Heute Morgen entdeckten Tommy und zwei seiner Kollegen, dass eines der Gräber geschändet worden war.« Hanswick verstummte.

Seth wünschte sich zurück ins Bett, am besten mit Kaja an seiner Seite. »Das kommt immer mal wieder vor, wenn Teenager nicht wissen, wohin mit ihrer überschüssigen Energie.« Eine Grabschändung war kein Kavaliersdelikt, aber auch kein Grund, gleich die paranormalen Ermittler zu alarmieren.

»Richtig«, stimmte Hanswick zu. »Aber Tommy sagt, dass es keines der üblichen Anzeichen dafür gibt, dass Jugendliche sich am Grab zu schaffen gemacht haben. Sie wissen schon, leere Flaschen, Zigarettenkippen, Kondome und so weiter.« Seth hatte die Augen wieder geöffnet und sah, dass Phoebe aufgehört hatte zu schreiben. »Hören Sie,

Ives, warum fahren Sie nicht einfach raus nach Silent Hill und gucken sich die Sache an?«

»Weil Sie ja auch kein Sondereinsatzkommando losschicken, nur um ein Kätzchen vom Baum zu holen«, entgegnete Seth. Am anderen Ende der Leitung blieb es still. »Sagen Sie mir einfach, worum es wirklich geht, Lieutenant.« Es war immer das Gleiche mit den hartgesottenen Skeptikern: Sobald sie mit etwas konfrontiert wurden, was über ihren Horizont hinausging, leugneten sie es beharrlich oder drehten durch. Hanswick schien zur ersten Fraktion zu gehören.

»Tommy meinte, es sieht aus, als hätte sich der Tote ohne fremde Hilfe aus dem Grab erhoben. Er sagt, es gebe keine Reifenspuren, keine Fußabdrücke außer den nackten Füßen des Verstorbenen, die zum nächsten Weg führen, aber ansonsten – nichts.« Seine helle Tenorstimme überschlug sich.

»Sagen Sie Tommy, er soll uns am Eingang des Friedhofs erwarten«, gab Seth nach und warf einen Blick auf die Uhr. »Wir sind in ungefähr einer Stunde da.«

»Danke«, brachte der Lieutenant heraus. »Dafür haben Sie etwas gut bei mir.« Er legte so schnell auf, dass Seth sich nicht einmal mehr verabschieden konnte.

KAPITEL 6

Cajun Courier, Sonderausgabe
von Mittwoch, dem 15. August 2012

Alles über den Cross-Killer
Wer ist sein nächstes Opfer?

Liebe Leserinnen, liebe Leser,
Ihr erster Reflex beim Lesen, insbesondere der zweiten Zeile der Überschrift, mag gewesen sein, sich abzuwenden.

Ich bitte Sie, tun Sie es nicht.

Sie halten eine Sonderausgabe des Cajun Courier in Händen, die nur einen einzigen Zweck hat, nämlich Sie alle in die Lage zu versetzen, sich und Ihre Liebsten vor den Umtrieben des Cross-Killers zu schützen.

Gewarnt ist gewappnet, heißt es.

Da die Polizei mit ihren Informationen nur unter Druck an die Öffentlichkeit geht, sehen wir, sehe ich es als meine ureigenste Aufgabe an, mein Wissen über den Mann, der unsere Töchter quält und ermordet, mit Ihnen zu teilen. Aber nicht nur ich bin es, die ihre Kenntnisse mit Ihnen teilt. Im Innenteil unserer Zeitung finden Sie ein ausführliches psychologisches Profil des Serienmörders, das uns der renommierte Psychologe Dr. Van Dahmen zur Verfügung gestellt hat. Aufgrund seiner Arbeit mit den berüchtigtsten Mördern unserer Zeit ist er wie kein anderer qualifiziert, Ihnen einen Einblick in die furchterregende Gedankenwelt des Cross-Killers zu geben.

Ausdrücklich danken möchten wir an dieser Stelle den gramgebeugten Eltern von Suzie und Maddie, die Ihrer werten Kolumnistin ein Gespräch gewährten (lesen Sie mehr ab Seite 8).

Für ein Gespräch standen weder Superintendent Colonel Murphy noch sein Pressesprecher Captain Moras zur Verfügung. Deshalb stelle ich die Frage, die uns alle bewegt und die ich nie müde werde zu stellen, nicht im direkten Gespräch, sondern über das mächtigste Medium der Menschheit, die Zeitung und das geschriebene Wort:

Wie viele junge Mädchen müssen noch auf unvorstellbar grausame Weise sterben, bis die Polizei den Serienmörder hinter Schloss und Riegel bringt?

… fragt unverdrossen Ihre Roslyn Jones.

»Wir müssen reden«, sagte Kaja und faltete das Schreiben, bevor sie es in ihrer Hosentasche verstaute. Sobald Captain Moras die Tür hinter sich ins Schloss hatte fallen lassen, war Phoebe zusammengesackt. Jetzt lag ihr Kopf auf dem Tisch, zwischen den Armen verborgen. »Phoebe. Sieh mich an. Was hast du gegen Moras in der Hand? Was soll dieser Unsinn mit der einstweiligen Verfügung?« Es wäre die Aufgabe eines Gerichtsboten, den Brief ordnungsgemäß zuzustellen. Wenn Moras einer Polizistin aus der Presseabteilung die Aufgabe übertrug, das gerichtliche Schreiben zu überbringen, dann nur aus einem bestimmten Grund. Wie zum Beispiel dem, Phoebe über die Existenz dieses Gerichtsbeschlusses zu informieren und ihr die Gelegenheit zu geben, Roslyn Jones vorzuwarnen.

»Können wir das später klären?« Phoebes Stimme klang dumpf.

»Weißt du was? Ich habe die Nase voll von all dem Gemauschel«, erwiderte Kaja und schnappte sich ihre Uniformjacke. »Ich fahre jetzt los und tue, was Moras mir aufgetragen hat. Obwohl ich mir die Mühe auch sparen und den Brief einfach verbrennen könnte. Es macht keinen Unterschied. Wenn du nicht ihr Informant bist, ist es eben jemand anderes. So oder so, ich wette einen halben Monatslohn darauf, dass der größte Teil der heutigen Ausgabe des Cajun Courier bereits unter die Leute gebracht wurde.«

»Moras ist ein Dummkopf«, stöhnte Phoebe und richtete sich endlich auf.

»Das würde ich so nicht sagen. Wenn es um seinen eigenen Vorteil geht, kann er ziemlich gerissen sein. Wie du offensichtlich auch.« Kaja schob sich an Phoebe vorbei und verharrte für einen Augenblick an der Tür, um der Frau, die ihre Freundin hätte sein können, eine letzte Chance zu geben, ihr endlich die Wahrheit zu sagen. Als nichts kam, zuckte sie mit den Achseln und schloss betont ruhig die Bürotür hinter sich.

Die Fahrt vom New Parkland Drive ans andere Ende von Baton Rouge dauerte lange genug, um in Ruhe über ihre augenblickliche Situation bei der Louisiana State Police nachzudenken.

Sie erinnerte sich noch genau an den Tag, als sie die

Prüfungen geschafft hatte und vom Kadetten zum Trooper geworden war. Als zweitbeste Absolventin des gesamten Jahrgangs hatte sie geglaubt, dass ihr exzellentes Abschneiden ihre Andersartigkeit vergessen lassen würde, aber nein. Im Gegenteil.

Ihre Hände krampften sich um das Lenkrad, als sie daran zurückdachte, wie ein Mitabsolvent nach dem anderen sein Department gefunden hatte. Kaja hatte nie einen Hehl daraus gemacht, welche ihre Wunschabteilung innerhalb der Staatspolizei gewesen wäre, nämlich das CID, das Criminal Investigation Department. Als sie nicht dorthin berufen worden war, hatte sie sich mit dem Gedanken getröstet, dass sie schon noch Gelegenheit bekäme, ihre Fähigkeiten als Ermittlerin unter Beweis zu stellen. Geduld war nie Kajas große Stärke gewesen, aber als ausgerechnet Benny Hanswick, der Klassenclown auf der Academy, einen Job beim CID bekam, begann sie zu begreifen. Ohne den Finger darauf legen zu können, was Kaja von ihnen unterschied, fühlten sich die Kollegen in ihrer Gegenwart unbehaglich. Sie hatte weiß Gott mehr als einmal versucht, sich anzupassen, dachte sie und wischte sich die Tränen aus den Augenwinkeln. Es fehlte noch, dass sie einen Unfall baute, nur weil sie heulte wie ein Mädchen. Wie oft war sie mit den anderen Kadetten in die Bar gegangen und hatte mehr als einem von ihnen beim Durchackern des Stoffes geholfen, den sie für die Prüfung brauchten! Mit den weiblichen Anwärtern kam sie noch weniger zurecht als mit den Jungs. Hatten die erst einmal begriffen, dass sie trotz ihrer scheinbaren Zartheit und ihrer geringen Größe kein

Mädchen war, das man herumschubsen konnte, waren die Jungs erträglich gewesen. Die Mädchen hingegen schienen die Worte »weibliche Solidarität« weder zu kennen noch zu verstehen.

Es hatte eine Weile gedauert, bis es Kaja klar geworden war, dass sie nie dazugehören würde. Sie war die einzige Gestaltwandlerin unter Menschen – das konnte nicht funktionieren, egal wie sehr sie es sich auch wünschte. Offensichtlich hatten ihre Ausbilder ebenfalls bemerkt, dass sie kein Teamplayer war, gleichgültig wie stark sie es versuchte, und die Personalabteilung entsprechend informiert. Am Ende war Kaja in der Presseabteilung gelandet, wo man ihr den Job zugeteilt hatte, den alle als unter ihrer Würde empfanden, und sie in die Abstellkammer verbannt. »Abstellgleis« traf es besser. Sie schnaubte und bog links ab in die Salvation Road.

In dem ganzen Jahr hatte niemand außer Phoebe mit ihr arbeiten wollen. Und zwischen ihnen beiden funktionierte das gemeinsame Arbeiten nur deshalb vergleichsweise reibungslos, weil sie beide Paranormale waren.

Im Job musste sich Kaja ständig zusammennehmen, um ihre zweite Natur nicht zu verraten. Polizeiarbeit bestand zum größten Teil aus einem Zusammenspiel verschiedenster Menschen mit den unterschiedlichen Fähigkeiten, aber Kaja würde ihre Stärke nie ausspielen können, weil sie in Gegenwart anderer nicht sie selbst sein durfte. Und das, erkannte sie, war der Grund, weshalb ihre Tage bei der Louisiana State Police gezählt waren. Diesen einen Auftrag würde sie ausführen und danach geradewegs nach Hause fahren, um ihre Kündigung zu schreiben. Die Erleichterung, die mit dem so lange vor sich hergeschobenen und nun endlich gefassten Entschluss kam, stieg ihr wie Champagner zu Kopf.

Und was ist mit dem Cross-Killer?, wollte eine Stimme wissen, die sich verdächtig nach Phoebe anhörte.

Eine echte Lady gibt nicht einfach auf, ergänzte Grandmères Stimme.

Ein weißer SUV scherte urplötzlich aus einer Parklücke aus. Kaja konnte ihm gerade noch ausweichen und hämmerte mit der Faust auf die Hupe, bis der andere Wagen in eine Seitenstraße einbog und aus ihrem Blickfeld verschwand. Erst dann bemerkte sie, dass sie beinahe an dem Gebäude vorbeigefahren wäre, in dem der Cajun Courier residierte.

Das Wort »residieren« traf es ganz gut, dachte sie, als sie ausstieg und den Wagen abschloss. Der Sitz der Zeitung war eine Südstaatenvilla, wie sie im Buche stand, und sah eher nach Privatbesitz als nach Redaktionssitz aus. Auf dem Namensschild stand lediglich der Name des Mannes, der den Cajun Courier sein Eigen nannte und dem sie die einstweilige Verfügung überreichen sollte: James Harkdale. Der Name klang eher nach einem englischen Snob als nach einem Mann, der das Leid anderer Menschen ausschlachtete und Ängste schürte, um sich zu bereichern, dachte Kaja und kräuselte die Lippen. Sie suchte nach einer Klingel, fand aber keine und stieß das schmiedeeiserne Gittertor auf. Wie nicht anders erwartet, quietschten die Scharniere. Jetzt fehlte nur noch, dass sich die imposante, mit

Schnitzereien verzierte Haustür öffnete und James Harkdale, angetan mit einer violetten Weste, einen Gehstock in der Hand und mit einem Monokel im Gesicht, herausspazierte, dachte Kaja, als sie die gekieste Auffahrt hinaufging. Der Drang, einfach loszurennen und den säuberlich geharkten Kies auf diese Weise in Unordnung zu bringen, war gewaltig.

Vielleicht war sie es, die ein Problem hatte, und nicht die anderen, schoss es ihr durch den Kopf. Woher kam dieser Drang zu provozieren, das Unterste zuoberst zu kehren und sich immerzu unbeliebt zu machen? Wenn sie es wenigstens schaffen würde, sich nicht in Selbstmitleid zu baden, sobald sie sich wieder einmal in die Nesseln gesetzt hatte! Es fühlte sich an, als hätte sie die sprichwörtlichen zwei Seelen in der Brust. Die eine sehnte sich danach, Teil einer großen Gemeinschaft zu sein, Freunde zu haben und so akzeptiert zu werden, wie sie nun einmal war. Die andere ...

Sie kam nicht mehr dazu, über den anderen Teil ihrer Persönlichkeit zu philosophieren. Kaum hatte sie die hölzernen Stufen der Veranda erklommen und näherte sich der Haustür, schwang diese auf, noch bevor sie den altmodischen Türklopfer betätigen konnte. Ein Mann trat heraus. Er war etwas älter, als sie ihre Männer mochte, sah aber mit seinen angegrauten Schläfen und den Lachfältchen in den Winkeln seiner blauen Augen ziemlich gut aus. Zumindest wenn man auf Lebemänner stand. Was sie jedoch nicht tat.

»Guten Tag. Was kann ich für Sie tun, Officer?«

»Ich bin Trooper Lenoire«, korrigierte Kaja ihn. »Wie Sie vermutlich wissen, wenn Sie Mr. James Harkdale und der Inhaber des Cajun Courier sind.«

Die dunklen Brauen zuckten auf eine Weise nach oben, die man nur als belustigt bezeichnen konnte. »Ich habe schon von Ihnen und Ihrem Scharfsinn gehört, das stimmt.« Bevor Kaja sich fragen konnte, ob die Bemerkung ironisch gemeint war, sprach er weiter. »Ja, ich bin James Harkdale.« Er hatte einen Mund, der aussah, als würde er gerne und viel lachen, fand Kaja. Sie spürte, wie sich ihre Wangen röteten. Was für einen ausgemachten Unsinn dachte sie da? Ihr eigener Mund hatte sich verselbstständigt, denn sie erwiderte das Lächeln. James Harkdale streckte die Hand nach ihr aus. »Kommen Sie, Trooper Lenoire«, sagte er und schaffte es, dass sich ihr Rang in Verbindung mit ihrem Namen wie eine Liebkosung anhörte. »Ich bin Harkdale. Willkommen in meinem Haus. Treten Sie ein, aus freiem Willen und ohne Zwang.«

Kaja machte einen Satz nach hinten und landete in sicherer Distanz zu dem verdammten Vampir vor den Stufen. Harkdale warf den Kopf in den Nacken und lachte. »Verzeihen Sie.« Von seinem Heiterkeitsausbruch blieb lediglich ein Ausdruck von Amüsement übrig, der die Augen nicht erreichte. »Schauen Sie mal in den Himmel. Die Sonne ist noch nicht untergegangen. Wäre ich wirklich ein Blutsauger, wie Sie geglaubt haben, könnten Sie jetzt ein Häufchen Asche von der Veranda kehren. Und nun kommen Sie, trinken Sie eine Tasse ... Tee ... mit mir.« Weiße Zähne blitzten in dem gebräunten Gesicht auf.

»Tut mir leid, Sir, das geht nicht.« Vielleicht hätte Kaja sich doch nicht von der Gemeinschaft der Paranormalen fernhalten sollen. Dann hätte sie gewusst, dass Harkdale kein normaler Mensch war, wie ihr Instinkt es ihr jetzt sagte. Aber was für ein paranormales Wesen war er, wenn er kein Blutsauger war? Verdammt, sein Zitat aus »Dracula« war nichts als ein weiterer Schachzug in seinem Spiel mit ihren Ängsten gewesen! Ihr Herz raste wie verrückt, und sie vermied es, Harkdale in die Augen zu sehen. Stattdessen reichte sie ihm mit zitternden Händen den zerknitterten Umschlag und wartete darauf, dass er ihn nahm. »Ich bin in offiziellem Auftrag hier.« Harkdales Lächeln wurde träge. Kaja konzentrierte sich auf den weißen Umschlag mit dem offiziellen Siegel, um alle Gedanken an den Mund mit den vollen Lippen zu vertreiben. »Mr. James Harkdale«, sagte sie fest. »Ich überreiche Ihnen im Auftrag ...«

»Jetzt geben Sie das verdammte Schreiben schon her.« Er trat einen Schritt nach vorne und nahm den Brief entgegen. »Brauchen Sie eine Unterschrift von mir, bevor Sie endlich das tun, was Sie wirklich möchten?«

»Nein«, erwiderte sie und wusste selbst nicht, ob sie die Unterschrift meinte oder die wiederholte Einladung, sein Haus zu betreten. Für ihren Geschmack war der Mann ihr viel zu nahe, also ging sie die Treppen hinunter, um Abstand zwischen sich und ihn zu bringen. »Was den letzten Teil angeht ... Sie haben nicht den blassesten Schimmer, was ich wirklich will.« Sie hatte es bis eben ja selbst kaum gewusst.

Ungelesen verschwand das Schreiben in der Tasche seiner schwarzen Designerjeans. Langsam, fast wie ein Panther auf der Pirsch, schritt Harkdale die Treppe hinunter, bis er direkt vor ihr stand. »Ich kann es in deinen Augen lesen, ma chère«, flüsterte er so leise, dass selbst ihr übernatürlich gutes Gehör kaum genügte, ihn zu verstehen. »Wie lange bist du schon nicht mehr gerannt? Wann hast du das letzte Mal gejagt?« Ihre Kehle wurde eng. »Und wann hast du dich das letzte Mal gepaart, ohne dich zurückzuhalten?« Mit geschlossenen Augen kämpfte sie gegen das plötzliche Verlangen an, sich in seine Arme zu schmiegen. Sein Geruch war immer noch da und attackierte ihre Sinne. Harkdales verführerisches Gesicht erschien in der Dunkelheit hinter ihren Lidern.

Oh, verdammter, verdammter Mist! Er war kein Vampir, zumindest kein blutsaugender. James Harkdale war ein verdammter Inkubus und kurz davor, sich an ihrer Lebensenergie zu bedienen. Und sie war ihm wie eine blutige Anfängerin in die Falle getappt.

Lass mich raus, flüsterte die Pantherin, *zu zweit werden wir mit ihm fertig.*

Kaja ignorierte die Stimme ihrer Raubkatze und zwang sich, nicht zurückzuweichen, egal wie sehr es sie danach verlangte. Ihr Herz schlug so heftig gegen ihre Rippen, dass sie Angst hatte, auf der Stelle das Bewusstsein zu verlieren. »Lassen Sie das«, befahl sie ihm. Ihre Stimme klang genauso zittrig, wie sich ihre Gliedmaßen anfühlten, aber sie verspürte die Genugtuung, in James Harkdales blauen Augen einen Anflug von Überraschung aufblitzen zu sehen, der ihr genügend Selbstvertrauen gab, um weiterzusprechen. »Ich habe Ihnen die einstweilige Verfügung überreicht. Von diesem Moment an ist es Ihnen untersagt, die Sonderausgabe des Cajun Courier weiterhin zu vertreiben. Sie sind verpflichtet, alle bereits ausgelieferten Exemplare ...«

»Ich weiß, ich weiß«, winkte Harkdale ab, diesmal ohne sein überhebliches Lächeln im Gesicht. »Leider ist der größte Teil der Zeitung bereits unter die Leute gebracht worden.« Klar, dachte Kaja, Phoebe musste ihn sofort angerufen haben, sobald sie das Hauptquartier verlassen hatte, um ihn vorzuwarnen. Ihn oder Roslyn Jones, die wiederum ihm Bescheid gegeben hatte. Wie lange hatte Kaja hierher gebraucht? Eine Dreiviertelstunde? Fünfzig Minuten? Harkdale presste die roten Lippen zu einem schmalen Strich zusammen, bevor er fortfuhr: »Selbstverständlich achte ich als verantwortungsbewusster Bürger das Gesetz und werde der Anordnung Folge leisten.«

»Bockmist«, sagte Kaja und war überrascht, als die mahnende Stimme ihrer Grandmère stumm blieb. »Ich weiß nicht, was für ein Spiel Sie spielen, Sie und Captain Moras und Ihre Roslyn Jones, aber kommen Sie mir nicht mit dieser Masche. Ich habe getan, was mir aufgetragen wurde. Was Sie drei vorhaben, interessiert mich nicht im Geringsten.« *Lügnerin*, schnurrte die Pantherin.

»Lügnerin«, erwiderte Harkdale. Kaja zuckte zusammen und versicherte sich rasch, dass Harkdale keine Gedanken lesen konnte. Inkubi zehrten an der Lebensenergie von Menschen, indem sie sie verführten, aber in den Kopf ihres

Gegenübers konnten sie nicht schauen. Wahrscheinlich hatte er in den Jahren seiner Existenz eine Menge über Körpersprache gelernt und wusste deshalb, dass sie nicht die Wahrheit sagte. Was für ein großartiger Polizist er wäre! Zumindest solange er nach dem Verhör nicht einen ausgedörrten, all seiner Energie beraubten Körper zurückließ. »Es ist Ihnen nicht egal. Ich kann sehen, dass Sie ... angepisst sind, Trooper. Sie sind einsam, Sie brennen vor Ehrgeiz, und Sie hassen es, eine Figur in einem Spiel zu sein, das Sie nicht begreifen.« Er war ihr so nahe, dass sich ihre Körper beinahe berührten. Kaja fletschte die Zähne, was das verschwundene Lächeln wieder hervorlockte. »Wir stehen auf derselben Seite, Trooper Lenoire. Kaja.«

»Nein«, stieß sie zornig hervor und sah, dass er sich die Lippen leckte. Sie musste sich unbedingt beruhigen! In ihrem aufgewühlten Zustand glich sie in seinen Augen einem Drei-Gänge-Menü, Sahnehäubchen auf dem Nachtisch inklusive. »Sie verdienen am Leid anderer. Ich versuche, es wiedergutzumachen.«

Harkdale richtete sich auf. »Wir wollen beide, dass der Cross-Killer gefasst wird. Warum vereinigen wir unsere Ressourcen nicht?«

Weil alles, was aus seinem Mund kam, nach unanständigen Dingen klang? Weil sie Angst hatte, sich in diesen meerblauen Augen und den vollen Lippen zu verlieren? Doch davon sagte sie natürlich nichts, stattdessen kam sie auf den Punkt zu sprechen, der sie noch mehr irritierte als seine schmutzigen Gedanken. »Welches Interesse haben Sie daran, dass der Mädchenmörder gefasst wird?« Sie kreuzte die Arme vor der Brust und verlagerte ihr Gewicht, bis sie das Gefühl hatte, einen sicheren Stand zu haben.

»Ich würde es Ihnen gerne erzählen, aber …« Er warf einen Blick auf die protzige Uhr an seinem Handgelenk. »Die Zeit rennt, finden Sie nicht auch? Und dank der einstweiligen Verfügung habe ich noch etwas zu erledigen. Sie können natürlich auch Ihrem Vorgesetzten erzählen, dass Sie mich befragen mussten, falls Sie über die verstrichene Zeit Rechenschaft ablegen müssen.« Er hielt seine Hände überkreuzt nach vorne. »Verhaften Sie mich doch wegen Zurückhaltens von Informationen, Trooper Lenoire. Ich verspreche, ich werde nur so viel Widerstand leisten, wie Sie bewältigen können.«

Dieser arrogante, gut aussehende Idiot wusste genau, wie weit er gehen konnte, ohne dass sie ihn tatsächlich in Handschellen abführte. Das glaubte er zumindest. »Wenn Sie Informationen zurückhalten, die zur Ergreifung des Täters führen können, machen Sie sich schuldig. Nicht nur moralisch, sondern auch im Sinne des Gesetzes, Harkdale.« Ihre Rechte fuhr zu den Handschellen, die an ihrem Gürtel befestigt waren. Ein Griff, und Kaja hielt sie in der Hand und ließ sie vor der Nase des Inkubus baumeln. »Und was Ihr Käseblatt angeht – nun, dieses gerichtliche Schreiben ist ja ohnehin eine Farce, da Ihr Spitzel Sie bestimmt schon über mein Kommen informiert hat. Sie erzählen mir jetzt, was Sie über den Cross-Killer wissen, und danach will ich mit Ms. Jones sprechen.« Es bestand keine Chance, dass er die Angst in ihren Augen übersah, trotzdem hielt Kaja seinem Blick stand.

»Ich kenne seinen Namen nicht und weiß nicht, wo er wohnt, falls es das ist, was Sie von mir hören wollen.« Zum ersten Mal ließ er die Maske des charmanten Verführers fallen. »Aber es gibt etwas an den Morden, was mich sehr beunruhigt und was Ihnen schon lange hätte auffallen sollen. Warum näht er ihnen den Mund zu, Kaja?« Sie wollte ihn zurechtweisen, weil er sie beim Vornamen nannte, als wären sie miteinander vertraut, aber sie war nicht schnell genug, ihm mit einer Antwort zuvorzukommen. »Warum hat die Spurensicherung nichts Verwertbares gefunden? Warum haben die Cops keinen blassen Schimmer, wer der Mann ist? Das sind die Fragen, die Sie sich stellen müssen, und ich denke, Sie kennen die Antwort.«

Kaja fühlte, wie ihr die Farbe aus dem Gesicht wich. Sie war nicht die Einzige, die den Verdacht hegte, dass es sich bei dem Mörder um einen Paranormalen handeln musste, oder um einen Menschen, der sich der Hilfe eines solchen Wesens versichert hatte. Tausend Überlegungen schossen ihr gleichzeitig durch den Kopf, während sie versuchte, Ordnung in das Chaos ihrer Gedanken zu bringen. Sie kniff die Augen gegen die Strahlen der untergehenden Sonne zusammen. Wie lange stand sie jetzt schon hier und redete mit James Harkdale? »Sie haben Angst, dass die Menschen dahinterkommen, dass der Mörder der Mädchen ein Paranormaler ist und es eine Hexenjagd auf uns gibt«, sagte sie langsam. Ein Blick nach oben in Harkdales gut geschnittenes Gesicht sagte ihr, dass sie richtiglag.

»Deshalb wollen Sie, dass ich den Mann finde. Deshalb haben Sie dafür gesorgt, dass Phoebe als Praktikantin bei uns anfängt und mir zugeteilt wird. Nicht damit Roslyn Jones eine Informationsquelle hat, sondern weil Phoebe mich dazu bringen sollte, auf eigene Faust zu ermitteln.« Es tat weh, sich an all die Momente zu erinnern, in denen sie vorsichtig die Hoffnung auf eine Freundschaft gehegt hatte. Vermutlich lag Phoebe nicht einmal etwas an ihr, sondern sie tat nur das, was Harkdale wollte. »Sie haben mich benutzt.«

»Nein«, wehrte er ab. »Ich hätte es gerne getan, aber Sie sind so verdammt feige, dass es nicht funktioniert hätte. Immerzu finden Sie Gründe, warum Sie die Ermittlung anderen überlassen sollten.«

»Ich. Bin. Nicht. Feige.« Die Wut fraß sich wie Säure durch ihre Adern. »Wenn Sie möchten, dass der Cross-Killer gefasst wird, warum suchen Sie ihn dann nicht auf eigene Faust?« Sie musste den Verstand verloren haben, denn die Wut brachte sie dazu, verrückte Dinge zu tun. Wie zum Beispiel, den Inkubus am Ärmel zu packen und ihn mit sich in Richtung Auto zu zerren.

Harkdale ließ sich drei, vier Schritte mitziehen, bevor er ihr antwortete. »Weil ich kein Cop bin und kein Jäger.«

»Das genügt mir nicht als Antwort. Jetzt sind Sie es, der lügt.« Sie blieb stehen, als sie bemerkte, dass er keinen Schritt weitergehen würde, solange er es nicht wollte, und dass sie sich von ihm zum Narren halten ließ. Von ihm und dem Rest der Welt, dachte sie bitter und wischte sich die feuchten Hände an der Uniformhose ab. Dann ließ sie Harkdale stehen, wo er war, und rannte los in Richtung Ausgang. Diesmal spritzte der helle Kies, wie sie es sich bei ihrer Ankunft gewünscht hatte.

»Kaja«, er packte sie von hinten an beiden Schultern und hielt sie fest. Sie erstarrte und war darauf gefasst, dass er seine Kräfte einsetzen würde, um sie seinem Willen zu unterwerfen, aber er tat es nicht. Nur aus diesem Grund erlaubte sie, dass er sie langsam umdrehte, bis sie einander gegenüberstanden. »Es gibt noch einen anderen Grund, aber es ist nicht an mir, ihn dir zu offenbaren. Sprich mit Phoebe. Du kannst ihr vertrauen.« Es klang endgültig.

Seit wann duzten sie sich? »Wenigstens kommst du nicht mit der alten Masche, ich solle dir vertrauen«, konterte sie lahm. Sie wusste, dass er nicht mehr sagen würde, sie konnte es an seiner Stimme hören und an seiner Haltung erkennen. »Lass mich los.« Harkdale tat, was sie verlangte, und wich sogar zurück, bis seine hochgewachsene Gestalt im Schatten einer Eibe verschwunden war. Kaja drehte sich auf dem Absatz um und trat durch das Tor auf die Straße. Ein Wagen rauschte vorüber, ein Mann eilte an ihr vorbei, die Aktentasche unter den Arm geklemmt, und wich zur Seite aus, als er ihr Gesicht sah.

»Wir sehen uns wieder«, ertönte Harkdales Stimme hinter ihr, halb Drohung, halb Versprechen. Kaja ignorierte ihn, obwohl sie nicht verhindern konnte, dass ein Schauer ihr Rückgrat herablief.

»Das werden wir sehen«, murmelte sie, öffnete die Autotür und setzte sich hinter das Steuer ihres Wagens. Das Lachen der Pantherin in ihrem Kopf ignorierte sie.

Paris, Freitag,
den 29. März 2019

Seth, du wirst es nicht glauben – die Spur unseres Mörders führt in die berühmten Katakomben von Paris! Weißt du noch, wie wir davon gesprochen haben? Wahrscheinlich habe ich dort unter der Erde keinen Empfang. Mach dir also keine Sorgen um mich, wenn ich für ein paar Stunden nicht erreichbar bin. Ich melde mich, sobald ich wieder oben bin.

Küsse,
K.

Tommy war ein erstaunlich vernünftig wirkender junger Mann Anfang zwanzig, der wie vereinbart am schmiedeeisernen Tor des Parkfriedhofs auf sie wartete. Erstaunlich deshalb, weil Seth nach all dem, was der Lieutenant ihm erzählt hatte, einen Jungen erwartet hatte, der sich in seiner Freizeit YouTube-Videos von selbst ernannten Geisterjägern und Krimiserien wie CSI ansah. Zugegeben, er sah auch aus wie einer dieser Geisterjäger-Freaks, die Seth wie alle Shifter Cops nicht ausstehen konnte. Sein rotblondes Haar war im Nacken zu einem Pferdeschwanz zusammengebunden, und er trug eine schwarz umrandete Brille. Doch hinter der Brille verbargen sich intelligent wirkende graue Augen, und er war keineswegs aus dem Häuschen vor Aufregung über das Einfallen des Übernatürlichen in sein Leben. »Danke, dass Sie so schnell hergekommen sind«, sagte er. Sein Händedruck war angenehm fest, und er schien keinen Anstoß daran zu nehmen, dass Phoebe ihm nicht die Hand schüttelte. »Das Grab liegt am anderen Ende des Parks. Sie können mit Ihrem Wagen fahren oder bei mir mitfahren, ganz wie Sie wollen.« Seth nahm Tommys Angebot an. Auf diese Weise konnte er auf dem Weg zur Grabstätte mit dem Jungen reden.

Als Phoebe das Gefährt sah, zog sie eine Grimasse. Das Führerhaus des Kastenwagens war für drei Personen ausgelegt, aber es würde kuschelig werden. »Ich, ähm, werde auf der Ladefläche mitfahren«, sagte sie und starrte auf die lehmverschmierten Geräte, mit denen die Transportfläche vollgestopft war. Seth zog seine Wagenschlüssel aus der Tasche und warf sie ihr zu. Ungeschickt fing Phoebe den Bund auf und trottete auf den Parkplatz zurück. Seth biss die Zähne zusammen, als der Motor seines Wagens nach dem dritten Versuch endlich startete, und nahm neben dem Friedhofsgärtner Platz.

»Los geht's«, sagte Tommy und fuhr voraus. »Was hat mein Onkel Ihnen erzählt?« Das kurze Zögern vor dem Wort »Onkel« verriet Seth, dass der junge Mann von seinem angeheirateten Verwandten ebenso wenig hielt, wie es umgekehrt der Fall war.

»Nicht viel. Ein Grab wurde geschändet, der Leichnam ist verschwunden, und es gibt keine Fußspuren außer denen des Toten.«

»Dann fange ich am besten von vorne an.« Es machte ihn Seth sympathisch, dass er die Versäumnisse seines Onkels unkommentiert stehen ließ. »Als ich heute Morgen am nördlichen Gräberfeld ankam, habe ich sofort gesehen, dass etwas nicht stimmt. Die Ruhestätten in diesem Teil des Friedhofs sind anonyme Rasengräber. Die exakte Stelle, an der ein Verstorbener ruht, wird durch ein weißes Kreuz gekennzeichnet. Keine Namen, keine Daten, nichts, was auf die Identität des Toten schließen lässt.« Seth nickte zum Zeichen, dass er verstanden hatte. Tommy wich geschickt einem entgegenkommenden Kollegen aus und sprach dann weiter. »Das Gräberfeld, von dem ich spreche, ist frisch angelegt, auch wenn das auf den ersten Blick nicht ersichtlich ist, weil wir Rollrasen über die Reihen legen, sobald vier oder fünf Bestattungen stattgefunden haben. Die Friedhofsverwaltung legt Wert auf eine makellose Optik, deshalb machen wir uns gar nicht erst die Mühe, den Rasen auszusäen.«

»Ich verstehe. Der Friedhof soll den Eindruck eines Parks erwecken.«

»Genau«, bestätigte der junge Mann. »Das Grab, von dem ich spreche, ist erst vor Kurzem angelegt worden. Ich habe den Rasen nicht selbst verlegt, aber man kann es an den sauberen Rasenkanten erkennen. Zur Sicherheit habe ich, während ich auf Sie gewartet habe, einen kurzen Blick in die Unterlagen der Verwaltung geworfen, und es stimmt.

Der Mann, der in diesem Grab gelegen hat, wurde vor sechsundzwanzig Tagen dort bestattet.«

»Ist der Name des Toten in den Unterlagen vermerkt?« Sie verließen nun die breite Allee und bogen auf einen schmaleren Weg ab. Seth schaute in den Rückspiegel und sah, dass Phoebe es geschafft hatte, nicht allzu weit hinter Tommy und ihm zurückzufallen.

»Leider nicht. Ich, hm, wollte nicht riskieren, dass man mich beim Herumschnüffeln erwischt, deshalb habe ich nicht weiter nachgeforscht.« Er strich sich über das stoppelige Kinn.

»Das ist okay«, beruhigte Seth ihn. »Es ist unsere Aufgabe, nicht Ihre.« Sollte es notwendig sein, die Identität des Toten zu ermitteln, gab es Mittel und Wege. Selbst eine anonyme Bestattung wurde von irgendjemandem bezahlt, und wer für ein Grab bezahlte, hatte den Toten gekannt. Nicht alle Ermittlungswege waren lang und verschlungen.

»So, wir sind da.«

Jetzt verstand Seth, was Tommy damit gemeint hatte, als er sagte, er habe sofort gesehen, dass etwas nicht in Ordnung war. In der grünen ebenen Fläche stach die dunkle Erde deutlich heraus. Aber es war mehr als nur der Kontrast zwischen Grasgrün und Erdbraun. Die Szene wirkte, als wäre das Grab von innen heraus explodiert, ähnlich wie bei einem Vulkanausbruch, nur mit dem Unterschied, dass statt Lava Schlamm ausgetreten war.

Seth stieg aus und näherte sich dem offenen Grab, sorgfältig darauf achtend, wohin er seine Füße setzte, um eventuelle Spuren nicht zu zerstören. Irgendwo hinter ihm kam sein Auto stotternd zum Stillstand. Ohne voreilige Schlüsse zu ziehen, näherte er sich in immer enger werdenden Kreisen der offenen Grabstelle. Es sah aus, als hätte der Friedhofsgärtner mit seiner Behauptung recht gehabt, dass es keine Fußspuren außer denen des Toten gäbe. Abdrücke nackter menschlicher Füße führten vom Grab fort, aber keine dorthin. Seth entdeckte auch keinen einzigen Hinweis auf menschliche Manipulation, wie beispielsweise Spuren von Brettern, die man ausgelegt hatte, um Fußabdrücke auf dem Weg zum Grab zu vermeiden. Spatenstiche suchte er ebenfalls vergeblich. Es sah ganz so aus, als hätte sich der Tote tatsächlich aus eigener Kraft aus dem Grab erhoben und wäre fortgegangen.

Dummerweise würde es ihn auch nicht weiterbringen, die Gestalt zu wechseln und die Umgebung in seiner tierischen Form abzusuchen. Als Krokodil lagen seine Stärken auf anderem Gebiet. Kaja fehlte ihm in diesem Moment mehr denn je; sie war die perfekte Partnerin, ob als Frau, als Pantherin oder als Shifter Cop. Und Phoebe ... er drehte sich um. Sie war einfach kein angemessener Ersatz für Kaja und würde es auch nie sein. Nicht ein einziges Mal hatte sie über ihre paranormalen Fähigkeiten gesprochen. Er hatte einen Verdacht, aber keinen Beweis für seine Theorie. Und selbst wenn sie stimmte, wie sollte ihm diese von Ängsten geplagte Frau helfen? Was zum Teufel hatte sich Catherine eigentlich dabei gedacht, sie ihm aufs Auge zu drücken?

Er holte tief Luft und wusste genau, was mit ihm los war, warum er dermaßen ungeduldig war. Aber diese Selbsterkenntnis half ihm auch nicht dabei, seine Gefühle im Zaum zu halten. Je länger Kaja fort war, desto dunkler wurde seine Welt. Er fühlte sich hilflos, weil er nichts anderes tun konnte, als sie von einer Gefahr fernzuhalten, die er nicht einmal exakt benennen konnte. Und dies war kein Gefühl, das er oft hatte.

»Seth?« Es war Phoebes Stimme, die ihn in die Realität zurückholte. Er drehte sich um und sah, wie ihr die Farbe aus dem Gesicht wich und sie zwei, drei Schritte zurücktrat, so langsam, als bewegte sie sich unter Wasser.

»Es gibt keine Hinweise auf menschliche Ursachen«, presste er zwischen zusammengebissenen Zähnen hervor. »Was ist mit dir? Spürst du etwas?«

»Schwarze Magie«, kam es wie aus der Pistole geschossen zurück.

Vielleicht konnte sie ihm ja doch eine Hilfe sein.

Kapitel 7

Cajun Courier
von Mittwoch, dem 15. August 2012,
Sonderausgabe

Auszug aus dem Interview mit Professor Van Dahmen

Cajun Courier (CC): Herr Professor, was können Sie uns über die Psyche des Mannes sagen, der seinen Opfern den Mund zunäht?

Professor Van Dahmen (PVD): Abgesehen vom Offensichtlichen, meinen Sie?

CC: Für uns Laien sind diese Dinge leider nicht auf den ersten Blick erkennbar.

PVD: Nun, fangen wir klein an. Jemandem den Mund zuzunähen bedeutet, ihn zum Schweigen zu bringen. Wir können also davon ausgehen, dass der Täter nicht will, dass seine Opfer etwas über ihn erzählen.

CC: Herr Professor, die Mädchen sind tot.

PVD: Sie müssen das metaphorisch sehen. Schauen Sie, für einen Mörder ist sein Opfer immer mehr als das, was es tatsächlich war. Eine rothaarige Frau wird für den Mann, dessen Jugendliebe rotes Haar hatte und die ihn nicht auf den Abschlussball begleiten wollte, stets jene Frau sein, die ihn grausam zurückwies. In Falle des Cross-Killers können wir davon ausgehen, dass junge Mädchen jenes Typs – klein, zierlich, dunkelhaarig – von ihm zum Schweigen gebracht werden, weil er durch eine junge Frau von ähnlichem Aussehen einst ausgelacht wurde.

CC: Es steckt also keine übernatürliche Komponente hinter seinem Ritual?

PVD: Sie spielen auf die schwarzmagische Praxis an, derer sich manche Voodoo-Priesterinnen bedienen, nicht wahr? Als Professor für forensische Psychiatrie und als jemand, dessen anthropologische Studien ihn ebenfalls auszeichnen, kann ich Ihnen versichern: Serienmörder sind keine übernatürlichen Wesen. Sie sind Menschen wie du und ich. (...)

Kaja hatte sich auf dem Weg zum Fundort der zweiten Leiche eine Ausgabe des Cajun Courier besorgt und auf halbem Weg an einem Parkplatz gehalten, um sie zu lesen. Menschen wie du und ich, schon klar. Seine selbstgerechte Art machte ihn in Kajas Augen wenig vertrauenswürdig, ebenso wie seine wenig differenzierte Sichtweise. Ja, sie wusste, dass man in Fachkreisen seit Jahren darüber stritt, ob der Fachterminus des Serienmörders ab zwei oder erst ab drei Tötungsdelikten zutraf, und obwohl sie selbst davon ausging, dass der Täter sich nicht mit zwei Opfern zufriedengab, hätte sie sich weniger Spekulationen gewünscht. Sie wollte die Zeitung, wie alle vorherigen Ausgaben auch, zusammenknüllen und in den Müll werfen, aber dann hielt sie inne.

Denk nach, Kaja. Der Besitzer und Herausgeber des Cajun Courier war ein Inkubus und ging davon aus, dass der Täter ein paranormales Wesen, welcher Art auch immer, war.

Trotzdem veröffentlichte er ein Interview mit einem in der Welt der Menschen anerkannten Fachmann. Da steckte doch mehr dahinter als lediglich Sensationslust. Sie schlug die Seite noch einmal auf und las die einzige Passage, in der von Übernatürlichem die Rede war. Da war es! Der Interviewer hatte gezielt Van Dahmens Erwähnung von schwarzer Magie und Voodoo provoziert. Es war fast, als ... sie schloss die Augen. Natürlich. Sie war so eine Idiotin! Und sie wollte ein Detective sein?

James Harkdale benutzte seine Zeitung, um die paranormale Community zu warnen, indem er auf nicht sehr subtile Weise Hinweise in den Artikeln versteckte. Jetzt, da sie es entdeckt hatte, schrie das Interview förmlich: *Nehmt euch in Acht, Paranormale, einer von uns ist ein Mörder!* Ein weiteres Puzzlestück fiel an seine Stelle. Natürlich war es Harkdale nicht möglich gewesen, mit seinen Vermutungen zur menschlichen Polizei zu gehen. Stattdessen hatte er Phoebe auf Kaja angesetzt, die einzige Gestaltwandlerin bei der Louisiana State Police. Die Frage war nur, warum er den Umweg über Moras und Phoebe gewählt hatte, statt Kaja direkt anzusprechen.

Sie startete den Wagen und fuhr auf die Interstate. Von hier aus brauchte sie eine gute Dreiviertelstunde bis zum Fundort von Suzies Leiche. Die Dämmerung war bereits der Dunkelheit gewichen, was nichts anderes hieß, als dass sie mit menschlichen Augen nicht viel erkennen würde. Wenn sie überhaupt noch Hinweise finden wollte, musste sie die Pantherin freilassen. So wenig ihr der Gedanke gefiel, so sicher war sie, dass die Raubkatze etwas finden würde, was den menschlichen Kollegen verborgen geblieben war.

»Black Swamp 1,2 Meilen«, verkündete ein verwittertes Schild, als Kaja schon glaubte, sich verfahren zu haben. Der Cross-Killer hatte Suzies Leiche in der Nähe eines unbenutzten Landungsstegs abgelegt, der früher als Ausgangspunkt für Sumpftouren gedient hatte. Als Kaja ausstieg, konnte sie beinahe sehen, wie bunt und lebhaft es vor zehn oder zwanzig Jahren hier zugegangen war, bevor die Natur sich das Gelände des einstigen Vergnügungsparks zurückerobert hatte: Eine verlassene Hütte, die früher als Kiosk gedient haben musste, in dem Touristen Schlüsselanhänger in Alligatorenform, Postkarten und T-Shirts mit der Aufschrift »Bayou State« gekauft hatten, stand nicht weit vom Parkplatz entfernt. Zuckerwatte, Eis und Kaffee waren dort ebenso über die Theke gegangen wie Tickets für die Tour. Auf einem Schulausflug hatte Kaja einmal eine solche Tour mitgemacht, bei der die Guides vor allem Schauergeschichten über die menschenfressenden Alligatoren und die wiederauferstandenen Toten erzählten, die man im Sumpf versteckt hatte. Glaubte man den Geschichten, dann ruhten in den stinkenden, nur langsam fließenden Nebenarmen des Mississippi nicht nur Tausende, sondern Zehntausende Leichen, denen die schuppigen Bestien das tote Fleisch vom Leib gerissen hatten. Kaja verzog den Mund zu einem schmalen Lächeln. Hätten sich wirklich Krokodile über die toten Körper hergemacht, wäre nicht viel übrig geblieben, was ein Totenbeschwörer mit dem Anschein von Leben hätte erfüllen können.

Der modrige Geruch des Sumpfes erinnerte sie an die Zeit, bevor Grandmère sie zu sich geholt hatte. Ihre Eltern hatten am Rande des Bayous in einer Hütte gelebt, die nicht viel größer gewesen war als der Kiosk, vor dem sie jetzt stand. Das wackelige Holzhaus mit den beiden Zimmern war für sie ein Palast gewesen und der Bayou ihr Königreich, in dem die kleine Pantherin gejagt und gespielt hatte. Wohin war ihre Furchtlosigkeit von damals verschwunden?

Sie war nicht hier, um in Erinnerungen zu schwelgen, sondern um einem Mörder das Handwerk zu legen. Sie lenkte ihre Schritte zum Wasser. Von der glatten, schwarzen Fläche lächelte ihr der Mond spöttisch entgegen. Kaja hob den Kopf und sog die Luft ein. Unter dem vertrauten Geruch nach stehendem Gewässer und verrottender Vegetation streifte etwas anderes ihre Nase, nur um sich ihr wieder zu entziehen. Ihr Kopf schoss nach links, als Luftblasen an die Oberfläche stiegen und mit einem kaum hörbaren Geräusch zerplatzten. Ihre Muskeln spannten sich an, bereit zur Flucht. *Du hast wirklich alles vergessen*, maulte die Raubkatze. *Wäre das ein Alligator gewesen, dann hätte er dich längst unter Wasser gezogen, noch bevor du etwas gehört hättest.* Die Ungeduld war ihr deutlich anzuhören, mit der sie darauf wartete, dass Kaja ihr die lange verwehrte Freiheit zurückgab.

Kaja schaute sich um und begann sich auszuziehen, als sie sich sicher war, allein zu sein. Stück für Stück ließ sie die Kleidung fallen, die sie sorgsam zusammenlegte und am Stamm einer Sumpfzypresse deponierte. Als Letztes löste sie die Spange, die ihre dunklen Haare am Hinterkopf zusammenhielt. Die Spitzen kitzelten sie zwischen den Schulterblättern, und sie fuhr sich mit der Zunge über die trockenen Lippen. Das erwartungsvolle Kribbeln in ihrem Körper wuchs und wuchs, bis es sich anfühlte, als würden tausend Ameisen über ihre nackte Haut laufen. Sie hob den Kopf zum Mond, genoss den Wind, der durch die Zypressen fuhr und das Schilf zum Rascheln brachte. Der Gesang der Frösche wurde lauter, als sie die Augen schloss und ihrer Raubkatze die Zügel überließ. Kaja fiel auf die Knie und stöhnte leise auf. Die ungeduldige Pantherin dachte nicht daran, Rücksicht auf sie zu nehmen, sondern schoss mit einem Satz vorwärts und nahm Kajas Körper in Besitz. *Geschieht dir ganz recht,* fauchte die Katze, *warum musstest du mich auch so lange einsperren?* Kajas Oberkörper fiel nach vorne, bis sie auf allen vieren kniete. Ihre Finger bohrten sich in die weiche Erde, als die Magie sich entfaltete und ihre Gliedmaßen sich streckten, verkürzten, veränderten. Den Moment, in dem das Gebiss des Raubtiers durch ihren Kiefer brach und aus Kajas Fingernägeln rasiermesserscharfe Krallen wurden, bekam sie nur noch am Rande mit. Die Katze drängte darauf, endlich voranzupreschen, und streckte die Vorderläufe, noch bevor die Verwandlung abgeschlossen war. Kaja landete mit dem Gesicht voran auf der Erde. *Wenn du dich nicht zurückhältst, hat sich die Sache mit der Freiheit und dem Rennen gleich erledigt,* warnte sie die Katze und wunderte sich, wie ähnlich ihre beiden Stimmen in ihrem Kopf klangen.

Die Antwort der Pantherin bestand aus einem wütenden Fauchen und Zähnefletschen, aber sie nahm sich zurück. Endlich konnte Kaja wieder atmen. Sie öffnete die Augen und sah, dass ihre Gliedmaßen bereits mit dichtem schwarzem Fell bedeckt waren. Vorsichtig prüfte sie, ob alle Muskeln funktionierten, und stieß einen zufriedenen Laut als, als ihr Schweif durch die Luft peitschte und ihre Ohren sich auf ihren Befehl hin nach hinten klappten. Ihr Kopf flog herum, als im Dunkel der Zypressen vor ihr ein kleines Tier mit pochendem Herzchen tiefer im Dickicht verschwand. Mit einem Satz war die Pantherin hinter ihm her, witterte die Angst des unvorsichtigen Tieres und machte sich an die Verfolgung. Seufzend überließ Kaja der Raubkatze die Zügel. Sie würde Kaja nichts nützen, solange sie ungeduldig darauf brannte, zu rennen und zu jagen, also gab Kaja nach, ließ der Katze ihren Willen und schaltete alle Gedanken an den Cross-Killer und die Suche nach Spuren aus.

Es war fantastisch. Sie hatte ganz vergessen, wie schön es war, nicht zu denken und zu planen, sondern dem Instinkt zu folgen und die Welt mit den Sinnen der Raubkatze wahrzunehmen. Geräusche und Gerüche verbanden sich zu einem Feuerwerk, das ihr – oder der Katze – ein fast wollüstiges Stöhnen entlockte. Das kleine Tier, das sie vorhin gewittert hatte, war verschwunden. Sie hatte es ziehen lassen. Ihr stand nicht der Sinn nach Töten, nicht solange sie es vermeiden konnte. Spielerisch hieb sie mit der Tatze nach einer Spinne, die es sich vorwitzig auf ihrer Nase bequem machen wollte, und starrte ihr selbstvergessen nach, als sie sich an dem glitzernden Faden, der aus ihrem Leib kam, in Sicherheit brachte. Heute Nacht war sie die Königin des Bayous, eine gnädige Herrscherin, die nichts anderes herbeisehnte, als die Kraft in ihrem schwarz glänzenden Leib zu spüren, wenn sie mit raschen Sprüngen vorwärts jagte oder sich an der rauen Rinde eines Baumes rieb.

Es dauerte eine Stunde, bis das Übermaß an Gerüchen und Geräuschen nicht mehr in ihrem Kopf explodierte und die Rastlosigkeit sich legte.

Jetzt konnte Kaja endlich tun, wozu sie hergekommen war. Ohne die innere Verbindung zur Pantherin zu kappen, schlug sie den Rückweg zum Parkplatz ein und näherte sich dem Fundort in immer enger werdenden Kreisen, bis sie zwischen all den grünen und braunen Gerüchen des Bayous zum ersten Mal etwas Fremdartiges wahrnahm. Auf leisen Pfoten schlich sie näher an die Quelle des Geruchs heran, bis die feine Nase der Pantherin auch seine kleinsten Nuancen wahrnahm, die Kaja in ihrer menschlichen Gestalt verborgen blieben. Zuerst war es der Geruch nach Tod, nach beginnender Verwesung und vergossenem Blut, der ihr in die Nase stieg und der sich mit dem Brackwasser des nahen Flusses vermischte. Um sich nicht von der Umgebung ablenken zu lassen, verharrte sie und schloss die Augen. Da war etwas Bekanntes an dem Gestank, der ihre Nüstern attackierte, etwas, was sie nicht benennen konnte. *Konzentrier dich*, befahl sie sich, aber vergeblich. Immer wenn sie glaubte, dieses Vertraute unter all dem Moder fassen zu können, entzog es sich ihr wieder.

Sie schlug die Augen auf und blinzelte. Das Gefühl, beobachtet zu werden, ließ ihr die Nackenhaare zu Berge stehen. Kaja machte sich klein und wartete zusammengekauert, bis sie sich sicher war, dass es nichts als ein Produkt ihrer Fantasie gewesen war. Nur noch zwanzig Schritte trennten sie von dem Ort, an dem der Cross-Killer die erste Leiche deponiert hatte, und mit jedem Schritt, den sie ihm näher kam, verstärkte sich ihr Unbehagen. Wieder schien in der Dunkelheit etwas vor ihr aufzuleuchten, wie ein blassgoldener Stern, oder eher wie ... eine Linie. Nein, auch das traf es nicht. Mittlerweile klopfte ihr Pantherherz zum Zerspringen. Die Katze heulte leise, wollte nicht näher an den Ort heran, stemmte die Pfoten in den Boden und versuchte vergeblich, die Oberhand in ihrem verbissenen Kampf zu gewinnen. Kaja begann zu schwitzen und fluchte. Die Auseinandersetzung mit der Pantherin kostete sie unnötig Kraft, die sie besser darauf hätte verwenden können, dem Ursprung des Gestanks auf die Spur zu kommen.

Ein klein wenig noch, lockte sie die Katze, *ich verspreche dir, sobald ich weiß, wonach es riecht, machen wir uns auf den Rückweg.* Sie machte sich locker und ganz weich, um der Pantherin nicht die dringend benötigte Kraft zur Rückverwandlung zu entziehen und es so dem launischen Geschöpf, mit dem sie sich einen Körper teilte, leichter zu machen. Kaja schaffte schon ewig nicht mehr, was anderen Gestaltwandlern scheinbar spielend gelang, nämlich das Einswerden mit der Kreatur, in die sie sich verwandelten. Früher, als sie noch bei ihren Eltern gelebt hatte, war das anders gewesen. Sie und die Raubkatze hatten wortlos miteinander kommuniziert, und es hatte keinen Unterschied zwischen ihr und dem wilden Geschöpf gegeben, in dessen Körper sie durch die Sümpfe streifte, immer auf der Suche nach dem nächsten Abenteuer. Mehr als einmal hatte die Katze ihr das Leben gerettet, zum Beispiel als Kaja Mama Padam verärgert hatte. Als wäre es heute gewesen und nicht vor mehr als zwanzig Jahren, erinnerte sich Kaja an das Prickeln des Zauberbanns, mit dem die Voodoo-Priesterin sie belegt hatte, nachdem Kaja die schwarzen Hühner aus dem Verschlag hinter Mama Padams Haus befreit hatte und ... Kaja sog scharf den Atem ein. Das war es! Der Gestank, der sich mittlerweile wie ein pelziger Belag auf ihre Zunge gelegt hatte, war der von dunkler Magie – mit dem Unterschied, dass er hier, wo der Cross-Killer sein Unwesen getrieben hatte, deutlich stärker war als der, den Mama Padam damals verströmt hatte. Deshalb war es ihr erst nicht sofort möglich gewesen, ihn zu identifizieren!

Ich will da nicht hin, zeterte die Pantherin, *lass uns von hier verschwinden!*

»Gleich«, flüsterte Kaja, »ein paar Schritte noch.«

Nein!, kreischte die Raubkatze nun so laut, dass die schrille Stimme wie ein stechender Schmerz durch ihre Schläfen schoss. *Ichwilldanichthinhinlassmich...* Verdammt! Kaja holte tief Luft und befahl der Raubkatze, sich zurückzuziehen. Die Pantherin gehorchte so rasch, dass Kaja kaum Zeit zum Blinzeln blieb, bis sie nackt, wie Gott sie geschaffen hatte, nur wenige Meter vom Leichenfundort wieder in ihren menschlichen Körper schlüpfte.

Sie blinzelte, bis ihre Augen wieder die eines ganz normalen Menschen waren, unterdrückte den Drang, schützend die Arme vor ihr Geschlecht und ihre Brüste zu halten, und kicherte nervös. Hier war niemand außer den Tieren – den normalen Tieren, wohlgemerkt –, und die interessierte es nicht, ob sie glatte Haut oder Fell trug, solange Kaja sie in Ruhe ließ. Die Vorstellung, was ihre Kollegen wohl sagen würden, wenn sie Kaja jetzt sähen, schoss ihr durch den Kopf und bewirkte ein erneutes Aufbranden des hysterischen Lachens in ihrer Brust. Die Stimme der Pantherin fiel in das Lachen ein, das nur in ihrem Kopf zu hören war, bis Kaja sie mit einem lautlosen Schrei zum Innehalten brachte. Mit einem letzten kläglichen Winseln kauerte sich die Raubkatze in die hinterste Ecke von Kajas Bewusstsein und verstummte.

Es war leichter als gedacht, den Gestank der schwarzen Magie wiederzufinden. Selbst mit ihren menschlichen Sinnen war der verderbte Gestank nun deutlich zu riechen. Kajas Magen hob sich, als sich der Geruch von Verwesung mit den Spuren vermischte, die der Schwarzmagier hinterlassen hatte. Sie gestand sich eine Minute zu, in der sie versuchte, sich an die Mischung aus Benzin und süßlich faulen, überreifen Früchten zu gewöhnen, dann ging sie weiter, ohne ihrem rasenden Puls Beachtung zu schenken. Hier auf der Lichtung, inmitten der von parasitären Pflanzen bewachsenen Zypressen, war der Geruch am stärksten.

Nichts außer den Trampelpfaden um die Kuhle, in der man Suzie Cliftons leblosen Körper gefunden hatte, erinnerte noch an den Überfall durch die Kriminaltechniker. Hier war der Geruch am stärksten. Kaja ließ sich auf die Knie fallen und robbte langsam näher, wobei sie darauf achtete, nur durch den Mund zu atmen. Näher und näher kroch sie an die Kuhle heran, bis sie den Rand erreichte. Obwohl die Grube nur wenige Zentimeter tief war, kam es Kaja vor, als ob sie in einen Abgrund blickte. Unter der lockeren Erde verbarg sich etwas, sie konnte es riechen, sogar fühlen, als ob der Mörder ein zweites Opfer lebendig vergraben hätte.

Hätte sie noch Zweifel daran gehabt, dass hier ein paranormales Wesen beteiligt gewesen war, sie wären spätestens jetzt verflogen. Mit bloßen Händen begann Kaja, auf der Suche nach dem, was der Mörder hinterlassen hatte, die Erde aufzuwühlen.

Paris, Samstag,
den 30. März 2019

Seth, mein Liebster,

kannst du mir einen Gefallen tun?

Meine Truppe und ich sind einer großen Sache auf der Spur. Unser Killer ist ein Mensch, aber er kopiert ein historisches Vorbild, das seine Wurzeln in unserer Stadt hat. Bestimmt hast du schon von Delphine LaLaurie gehört. Die Frau lebte im 19. Jahrhundert und war eine Dame der feinen Gesellschaft, allerdings eine, der man lieber nicht in die Quere kam. Vor allem nicht, wenn man dunkelhäutig und ihr Sklave war. LaLaurie war eine sadistische Serienmörderin, die ihre Opfer auf unvorstellbar grausame Weise quälte und verstümmelte. Selbst mir läuft es kalt den Rücken herunter, wenn ich mir vorstelle … aber darum geht es nicht. Irgendwann gegen Ende des 19. Jahrhunderts wurde ihr der Prozess gemacht, danach verliert sich ihre Spur. Angeblich wurde LaLaurie hier in Paris bestattet. Trotz der Unterstützung durch den Falken habe ich keine Hinweise darauf gefunden, dass es der Wahrheit entspricht, und ich bin in einer Sackgasse gelandet. Die einzige Möglichkeit, die mir im Moment einfällt, um noch mehr über sie zu erfahren, ist ihr Anwesen.

Das Haus in der 1140 Royal Street existiert noch, angeblich befindet es sich im Besitz des Schauspielers Nicolas Cage. Könntest du nachprüfen, ob das stimmt, beziehungsweise wem es jetzt gehört? Ich habe hier keinen Zugriff auf die Datenbanken, in denen ich normalerweise selbst nachgeschaut hätte; außerdem erreiche ich Catherine nicht und kann sie nicht darum bitten, meinen Zugang wieder freizugeben. Ich habe das Gefühl, dass uns jedes kleine Stück Information, das wir bekommen können, weiterhilft. Ich würde dich nicht damit belasten, Seth, aber die Taten eskalieren, und ich muss unter allen Umständen verhindern, dass ein weiterer Mensch stirbt.

Küsse,
K.

Seth war fast fertig mit dem Zusammenstellen der gewünschten Informationen für Kaja, als Phoebe das Büro betrat. Wie jeden Morgen brachte sie frisch gebrühten Kaffee und Gebäck mit. Falls sie hoffte, sich Seths Sympathie über seinen Magen zu erschleichen, war sie auf einem guten Weg.

Es war keine große Sache gewesen, Kaja die gewünschten Informationen zu beschaffen. Das Haus LaLauries gehörte dem Schauspieler, dessen Privatnummer Seth zusammen mit einer Akte über die Geschichte des Anwesens per E-Mail an Kaja schicken würde, sobald die Archivarin der Shifter Cops in die Gänge kam. Aber die notorische Nachteule war tagsüber nur schwer zu erreichen. Es war ihm zwar gelungen, Madame Hiver hatte ihm jedoch gleich gesagt, dass es dauern würde, bis sie die Informationen über das LaLaurie-Haus an ihn weiterleiten könne. »Das Anwesen ist eine tickende Zeitbombe«, waren ihre genauen Worte gewesen, »und es handelt sich um Informationen der D-Klasse. Geben Sie mir drei Stunden, Seth.« Akten der D-Klasse bedeuteten, dass Madame Hiver erst eine Genehmigung der Chronistin einholen musste, die über die Erlaubnis zur Weitergabe entschied. Er machte sich keine Sorgen, dass ihm die Chronistin die gewünschten Informationen vorenthalten würde – schließlich lebte und arbeitete er in New Orleans, die Stadt war sein Revier. Und falls wirklich jemand fragen würde, warum er ausgerechnet mehr über das LaLaurie-Anwesen wissen wollte, konnte er immer noch behaupten, dass er einen Zusammenhang mit dem aktuellen Fall vermutete.

»Hast du herausgefunden, wer die Grabstelle bezahlt hat?« Phoebe klang so müde, wie er sich fühlte.

Seth schüttelte den Kopf. »Nicht wirklich. Ich kann sehen, dass die Stadt New Orleans für die gesamten Begräbniskosten aufgekommen ist, aber um Genaueres zu erfahren, müssen wir warten, bis die Beamten der Rechnungsstelle sich an die Arbeit begeben. Dazu ist es noch zu früh am Tag.« Er trank einen Schluck von dem Kaffee, den sie ihm mitgebracht hatte. »Ich habe den Großteil der Nacht damit verbracht, auf den verschiedenen Revieren der Stadt anzurufen und nachzufragen, ob es Sichtungen eines Zombies gab.«

»Du hast die Cops direkt gefragt?« Phoebe klang entsetzt.

Er lächelte müde. »Natürlich nicht. So etwas würde ich nicht einmal unseren Kontaktleuten zumuten. Was glaubst du, wie schnell ich in der geschlossenen Abteilung der Psychiatrie landen würde? Nein, ich habe mich natürlich diskret bei einem unserer Kontaktleute erkundigt. Die meisten Menschen, die zum ersten Mal einen Zombie sehen, halten ihn für einen Bettler oder einen Obdachlosen. Aber es gab keinerlei Beschwerden über eine solche Person. Unser Zombie, wenn es denn einer ist, hat sich nicht gezeigt.« Die Erleichterung in Phoebes Augen war unübersehbar, aber Seth war noch nicht fertig. »Die einzige Meldung, die eventuell mit dem Verschwinden der Leiche in Verbindung stehen könnte, betrifft einen gewissen Nicolas Toussaint. Er besitzt einen Laden im French Quarter, unweit vom Jackson Square. Der diensthabende Sergeant meint, die Kaschemme wäre eine typische Touristenabzocke, mit Voodoo-Püppchen, Liebestränken to go und dem ganzen Krempel, den man als Besucher eben erwartet. Toussaint wurde vor drei Tagen von seiner Freundin als vermisst gemeldet. Seitdem gibt es keine Spur von ihm.«

»Ich habe dir gesagt, dass ich schwarze Magie gespürt habe.« Phoebe schaute ihn gekränkt an.

»Du ziehst voreilige Schlüsse«, warnte Seth. »Nicht jeder Mann, der einen Voodoo-Shop betreibt, ist ein Bokor. Du hast auch gesagt, dass Kaja in Gefahr schwebt und du mir deshalb nicht erzählen darfst, warum du in New Orleans bist. Und sehe ich so aus, als würde ich jedes Wort aus deinem Mund glauben? Ich habe keinen Beweis für irgendeine deiner vagen Behauptungen.«

Ihre Finger zupften an den Fingerspitzen ihrer weißen Handschuhe. »Es ist ...«

»... kompliziert, ich weiß.« Seth machte sich nicht die Mühe, seinen Überdruss zu verbergen. »Du bist nun einmal hier. Daran kann ich nichts ändern. Aber das bedeutet nicht, dass ich dir vertraue oder mit dir zusammenarbeite. Du kannst mich überall hin begleiten, aber erwarte nicht, dass du in meinen Augen ein echter Cop bist.«

Phoebe murmelte etwas, das verdächtig nach »Macho« klang.

»Das hat nichts mit Macho oder männlichem Überlegenheitsgehabe zu tun. Glaubst du wirklich, Kaja wäre mit mir zusammen, wenn ich sie nicht als vollkommen gleichwertig empfinden würde, unabhängig von ihrem Geschlecht?«

»Sorry. Du hast recht.«

Seth war so überrascht, dass er zuerst glaubte, sich verhört zu haben. »Wunderbar. Ich habe recht.« Sein Sarkasmus war mit den Händen zu greifen. »Ich nehme an, das bedeutet, dass du mir nun erzählst, warum du wirklich hier bist?« Er schob die Tüte mit den unangetasteten Doughnuts zu ihr hinüber, nur um irgendein Ventil für seine aufsteigende Unruhe zu finden. Ein leises Pling aus dem Lautsprecher seines PCs signalisierte ihm, dass Madame Hiver ihm die Akte über das LaLaurie-Haus geschickt hatte. Er fügte seiner eigenen Nachricht an Kaja den Anhang hinzu und wollte die E-Mail gerade abschicken, als das Telefon klingelte. Hatten sich heute alle gegen ihn verschworen? Ausgerechnet in dem Moment, in dem Phoebe womöglich bereit war, auszupacken, wurden sie unterbrochen.

»Ives«, bellte er in den Hörer und hörte, wie am anderen Ende jemand hörbar nach Luft schnappte.

»Es tut mir leid, wenn ich störe.« Es war schon wieder Lieutenant Hanswick. »Aber ich glaube, ich habe einen Toten, den Sie sich anschauen sollten.«

KAPITEL 8

Cajun Courier
von Donnerstag, dem 16. August 2012

Cross-Killer noch nicht gefasst

Eine trügerische Ruhe hat das Mississippi-Delta erfasst. Für einen oberflächlichen Betrachter mag es so aussehen, als ob alles seinen gewohnten Gang ginge, aber für denjenigen, der genauer hinschaut, sind die Zeichen des nahenden Sturms unverkennbar. Mehr als eine Ahnung von Blut und Gewalt liegt in der Luft. Junge Mädchen werden von ihren besorgten Eltern zur Schule gebracht und wieder abgeholt. Kindern erzählt man bereits jetzt Geschichten vom Cross-Killer, der sie holen wird, wenn sie nicht artig sind.

Der Mann, der zwei Leben auf so widerwärtige Weise beendete, wurde mittlerweile zu einem übernatürlichen Wesen hochstilisiert, zu einem Mythos, ähnlich wie Jack the Ripper, der ebenfalls nie gefasst wurde.

Mehr gibt es am heutigen Tag nicht zu sagen. Auch mir lähmt die Angst beinahe die Feder, die ich unerschrocken schwinge, während die Polizei uns immer noch Antworten vorenthält.

Wie viele junge Mädchen müssen noch auf unvorstellbar grausame Weise sterben, bis die Polizei den Serienmörder endlich hinter Schloss und Riegel bringt?

… fragt unverdrossen Ihre Roslyn Jones.

Gegen halb fünf Uhr morgens hielt Kaja endlich in Händen, was die Kollegen von der Spurensicherung nicht gefunden hatten: einen schwarzen Hahn, dem man einen Pfahl durchs Herz getrieben hatte. Der Vogelkörper mit den dreckigen Federn wog trotz seiner Größe fast nichts. Der Anblick des Tieres traf sie fast ebenso schlimm wie die Fotografien von Suzie und Madeline. Weder Mensch noch Tier hatten es verdient, bei lebendigem Leib aufgespießt zu werden, dachte sie und wischte behutsam die letzten Erdkrümel aus dem Gefieder. Sie wusste, sie reagierte viel zu emotional, konnte und wollte das aber auch gar nicht ändern. Je vertrauter sie mit der Signatur des Mörders war, desto leichter würde es ihr fallen, ihn aufzuspüren. Jetzt, wo sie ihren Fund in Händen hielt, spürte sie die Spuren der schwarzen Magie, die dem Tier anhafteten, noch deutlicher. Dort, wo ihre Hände den Hahn berührten, fühlten sie sich schleimig an und prickelten, ähnlich wie ein Blutegel, der sich festsaugte und sich nährte. Das Gefühl verschwand auch nicht, als sie den misshandelten Tierkadaver in einer Kiste im Kofferraum verstaute, in der sie normalerweise ihre Lebensmittel transportierte.

Kaja fand ihre Sachen dort, wo sie sie zurückgelassen hatte, zog sich an, säuberte sich die Hände notdürftig mit einem Taschentuch und überlegte, was sie als Nächstes tun sollte. Die verschlossenen Münder der Mädchen erinnerten an die Praxis, den wiedererweckten Toten den Mund zu verschließen, damit sie nicht verraten konnten, wer sie aus ihren Gräbern hatte auferstehen lassen. Doch das war nicht der einzige Hinweis auf dunkle Voodoo-Magie. Der lebendig gepfählte schwarze Hahn war ein typisches Opfer für die Marinette Bois Sèch, was übersetzt »kleine Marine mit den trockenen Armen« bedeutete. Sie war die grausamste und gewalttätigste weibliche Loa, wie man die Geistwesen im Voodoo nannte, und der Cross-Killer hatte sich mit der Opferung des schwarzen Hahns ihren Beistand erbeten. Loa waren wankelmütige Wesen, aber wenn die Marinette dem Cross-Killer wohlgesonnen war, hatte Kaja allein keine Chance gegen ihn. Wann immer in der Geschichte sich die Loa gezeigt hatte, waren Chaos und Zerstörung das Ergebnis gewesen, wie zum Beispiel während der haitianischen Revolution im 18. Jahrhundert. Sie benötigte Blut und Verderben, so wie ein Mensch Luft zum Atmen brauchte. Wahrscheinlich war der Cross-Killer ein Mensch, was Kaja keine Erleichterung brachte. Selbst wenn er kein Bokor, kein dunkler Voodoo-Priester war, deutete ein Opfer für die Marinette auf eine Finsternis im Kopf des Killers hin, der sie allein nicht gewachsen war.

Es gab nur eine Möglichkeit für Kaja: sich ebenfalls Unterstützung zu holen.

Sie fuhr auf direktem Weg zurück zu Harkdales Haus und schnappte sich den toten Hahn aus dem Kofferraum. Harkdale schien nicht erstaunt zu sein, als sie Sturm klingelte, was sich jedoch schlagartig änderte, als sie ihm das kopflose Tier in die Hand drückte. Ihre Fast-Freundin schälte sich hinter Harkdale aus den Schatten und ließ den hochgewachsenen Mann fast zwergenhaft aussehen. Nun fehlte nur noch Roslyn Jones, um das Trio Infernale komplett zu machen.

»Das nenne ich mal ein originelles, wenn auch wenig erfreuliches Gastgeschenk.« Mit spitzen Fingern hielt Harkdale den toten Vogel von sich. Phoebe warf einen Blick über Harkdales Schulter auf den Hahn und wurde leichenblass. Als Harkdale sich zu ihr umdrehte, wich sie panisch zurück. Ihre Angst vor Berührungen beschränkte sich also nicht nur auf Menschen, genau wie Kaja es sich gedacht hatte. »Wie ich sehe, hast du dir meine Einladung noch einmal durch den Kopf gehen lassen.«

Kaja schnaubte. »Sie haben etwas an sich, was mich die gute Erziehung meiner Grandmère vergessen lässt«, erwiderte sie.

»Ich nehme das als Kompliment.« Mit seiner Rechten auf dem Herzen verneigte er sich auf eine Weise vor ihr, die man nur als ironisch bezeichnen konnte. »Es gibt jedoch Zeiten, in denen Höflichkeit eher ein Betonschuh ist, der seinen Träger in die Tiefe zieht.«

»Sie müssen immer das letzte Wort haben, oder? So unterhaltsam dieses Geplänkel auch ist, ich bin nicht zurückgekommen, um mit Ihnen Konversation zu betreiben.«

»Richtig«, bestätigte er den ersten Satz, während seine Augen den zweiten mit *Schade!* kommentierten. Harkdale trat zur Seite und ließ sie ins Haus. »Ich, hm, freue mich, dass du mit deinem unappetitlichen Fund zu mir gekommen bist. Das heißt, du vertraust mir?«

Kaja schüttelte den Kopf. »Ich habe die Wahl zwischen Pest und Cholera«, gab sie bissig zurück und suchte nach Phoebe, die eben noch hier im Flur gewesen war. »Ich traue Ihnen nicht, aber ich denke, das hier«, sie nickte zu dem enthaupteten Hahn hinüber, den Harkdale immer noch in Händen hielt, »schaffe ich nicht allein.«

»Wollen wir nicht beim Du bleiben?«, fragte er geschmeidig, ohne auf die Offenbarung ihres Misstrauens einzugehen. »Ah, danke, meine Liebe.« Phoebe hielt ihm mit ausgestreckten Armen einen Pappkarton entgegen, in den er den Tierkadaver fallen ließ. Wie schade. Kaja hätte ihm gerne noch eine Weile dabei zugesehen, wie er mit dem unappetitlichen Kadaver hantierte. »Es war sehr klug von dir, ein Behältnis für das Tier zu besorgen. Danke, mein Liebes«, sagte er an Phoebe gewandt. Kaja unterdrückte ein Grinsen, als Phoebe mit den Augen rollte. Entweder war sie immun gegen Harkdales Charme, oder sie hatte gelernt, sich gegen ihn abzuschirmen. »Du hättest die Opfergabe nicht mitbringen müssen, um mir etwas zu beweisen, ma chère. *Ich* vertraue dir. Es hätte genügt, mir von dem Hahn zu erzählen.« Er lächelte spöttisch.

»James also«, gab Kaja zurück, die langsam ungeduldig wurde. »Sollen wir die nächsten Stunden weiterhin in deinem prachtvollen Flur herumstehen oder endlich miteinander reden? Ich warne dich«, sagte sie und schloss Phoebe mit einem Blick in ihre Worte ein, »keine weiteren Ausweichmanöver! Falls ihr vergessen habt, dass ein weiteres Leben auf dem Spiel steht – ich habe es nicht.« In dem Moment, in dem sie ihren Satz beendet hatte, fielen ihr die

Worte ein, mit denen Roslyn Jones die Leser stets daran erinnerte, dass es ein nächstes Opfer geben würde. »Wo bleibt eigentlich deine Kolumnistin?«, fragte sie James, der lautlos durch den Flur schritt und sie mit einer Geste aufforderte, ihm zu folgen. Vor den getäfelten Wänden wirkte er wie die Inkarnation eines Südstaaten-Gentlemans, wenngleich die Lautlosigkeit, mit der er über die Marmorfliesen glitt, eher an einen Vampir erinnerte. Er führte sie an der Wendeltreppe vorbei, deren eleganter Schwung sie an die alten Schwarz-Weiß-Filme erinnerte, die ihre Grandmère so liebte. Mit einem Cape oder auch einem samtenen Hausmantel angetan, sähe Harkdale Bela Lugosi zum Verwechseln ähnlich, allerdings einem jungen Bela, dessen markante Züge noch nicht hinter der drogentypischen Schwammigkeit verschwunden waren.

Kaja folgte ihm zögernd. Er warf ihr einen amüsierten Blick über die Schulter zu. »Alles zu seiner Zeit«, sagte er und blieb stehen, um an einem der Paneele herumzudrücken. Es klickte, und eine in der Wand verborgene Tür öffnete sich einen Spaltbreit. Kaja sagte nichts, aber insgeheim fragte sie sich, welche Überraschungen sie wohl noch erwarteten. Sie hätte ihre rechte Hand darauf verwettet, dass Harkdale das Anwesen wegen solcher Details wie dem Geheimzimmer und der Wendeltreppe gekauft hatte, die eine perfekte Kulisse für das Image abgaben, mit dem er so versiert spielte.

Der Raum, den sie betrat, hätte ebenfalls einem Gruselfilm entstammen können. Im Kamin loderten Flammen, die sich bei näherer Betrachtung als Projektionen erwiesen, aber die Bücher in den deckenhohen Regalen waren echt. Wie sein Besitzer war das Zimmer eine verwirrende Mischung aus Vorspiegelungen und Realität. Sie strich mit der Hand über die Buchrücken und zog aufs Geratewohl ein paar heraus. »Black Magic Women« von Lizzie Burnhaire war eines der Standardwerke über die Geschichte der Hexen. Für »The Taste of Blood« galt das Gleiche in Bezug auf Vampire. Direkt neben dem blutrot gebundenen Werk über die Blutsauger fand sich eines, das sich mit Ghulen befasste und den verheißungsvollen Titel »Leichenfresser und wie man sich ihrer erwehrt« trug. Als sie weiterging und eine Ausgabe von »Dracula« aus dem Regal zog und aufschlug, traute sie ihren Augen kaum: »Für James, mit bestem Dank für Inspiration und Unterstützung. Bram.«

»Du kannst gerne bei Gelegenheit in meiner Büchersammlung stöbern«, ertönte James' Stimme hinter ihr. »Wolltest du uns nicht einem gnadenlosen Verhör unterziehen?« Kaja warf einen letzten Blick auf eine Vitrine, in der die wirklich interessanten Bücher standen. James Harkdale besaß mindestens drei Grimoires, deren Autoren bereits zu ihren Lebzeiten geächtet worden waren und deren Namen man noch heute lediglich im Flüsterton aussprach. »Setz dich und trink etwas mit uns. Was hättest du gerne? Wasser, Sherry oder etwas Stärkeres?«

Kaja entschied sich für Wasser. Die Gegenwart des Inkubus verwirrte ihre Sinne schon genug, auch ohne die Unterstützung von Alkohol. Die schweigsame Phoebe reichte ihr ein Glas mit dem gewünschten Getränk. »Was ist mit Ms. Jones?«, kam sie auf ihre ursprüngliche Frage zurück und sah, dass Phoebe den Karton in der hintersten Ecke der Bibliothek deponiert hatte. »Wo ist sie?«

Phoebe und James wechselten einen Blick. *Willst du oder soll ich?*, schienen seine Augen zu fragen. Der wortlose Austausch zwischen den beiden genügte, um eine Ahnung in Kaja aufsteigen zu lassen. War sie wirklich so blind gewesen?

»Es gibt keine Ms. Jones«, sagte sie langsam. Phoebes Reaktion auf ihren Kommentar bezüglich des Aussehens der Journalistin. Die Tatsache, dass Roslyn Jones zu perfekt war, um real zu sein. Phoebes beständiges Tippen im Büro, ihre Sicherheit bei den Voraussagen, wie Jones reagieren würde ... natürlich! »Du bist Roslyn Jones.« Die Wut über ihre eigene Begriffsstutzigkeit ließ Kajas Stimme tonlos klingen.

Phoebe – oder Roslyn – hob abwehrend die Hände, als würde Kajas Zorn sie körperlich attackieren. »Es tut mir wirklich leid, aber James und ich haben keine andere Möglichkeit gesehen, um die Ermittlungen voranzutreiben. Glaub mir, es ist mir nicht leichtgefallen, mich Tag für Tag in diesen grässlichen Verschlag zu quetschen, dir gegenüberzusitzen und zu wissen, dass ...« Sie verstummte.

»Dass du mich belügst? Hör auf.« Kaja schaute in das künstliche Feuer, das im Kamin vor sich hin prasselte, ohne jemals zu erlöschen. Wenn sie aufstand und gegen den Sims pochte, würde sie dann das hohle Geräusch von Knöcheln auf Pappmaché hören? »Ich verstehe ja, dass ihr mit euren Vermutungen nicht zur Polizei gegangen seid, aber warum seid ihr mit eurem Wissen nicht schlicht und einfach zu mir gekommen?« Mit jedem Wort war sie lauter geworden, bis sie beinahe schrie. Nein, nicht beinahe. »Und woher wusstet ihr, dass ich eine Gestaltwandlerin bin? Niemand außer meiner Grandmère und mir weiß davon.« Sie verschränkte die Arme vor der Brust und schaute die beiden Verschwörer mit trotzig erhobenem Kinn an. Kaja war sich bewusst, dass sie wie ein nörgelndes Kind klang, und gab sich alle Mühe, sich wieder zu beruhigen.

»Die paranormale Gemeinschaft hier in Baton Rouge ist nicht besonders groß«, erklärte Phoebe, »und James ... nun ja, ihm entgeht nicht viel, was in unserem Teil der Welt geschieht.«

»Wie nützlich für ihn, als Herausgeber einer Zeitung«, kommentierte Kaja. James' Lächeln blitzte auf, wenn auch nur für den Bruchteil einer Sekunde. Nahm dieser Mann denn gar nichts ernst? Wie als Antwort auf ihre Gedanken, verdüsterte sich das Gesicht des Mannes, der lässig in einem Ohrensessel thronte, die Hände vor dem flachen Bauch gefaltet.

»Es gibt noch einen anderen Grund, wieso wir wissen, dass du ein Shifter bist«, fiel er ein. »Phoebe hat gewisse Fähigkeiten, auch wenn sie selbst ihre Gabe eher als Handicap bezeichnet.«

»Das war nicht zu übersehen. Sie hat ja panische Angst vor Körperkontakt. Was ist es, Phoebe? Liest du die Gedanken der Menschen, oder bekommst du Visionen?« Kaja beschränkte ihren Kontakt zu anderen paranormalen Wesen auf ein Minimum und hatte sich nie sonderlich für die Fähigkeiten anderer Spezies interessiert, nachdem sie zu ihrer Grandmère gezogen war. Deshalb glichen ihre Fragen eher einem Herumstochern, als dass sie zielgerichtet waren.

»Ich ... es ist eher eine Mischung aus Psychometrie und kurzen, szenenhaften Blicken in die Zukunft. Manchmal funktioniert es auch mit Gegenständen, und es kommt vor, dass ich nicht nur das, was passieren wird, sondern auch die Vergangenheit sehen kann.«

Kajas Lippen kräuselten sich. »Und was, bitte schön, hat das mit mir zu tun?« Noch während sie sprach, fiel ein weiteres Puzzlestück an Ort und Stelle. »Oh nein.« Sie stand auf und beugte sich über die sitzende Phoebe, indem sie beide Hände auf deren Sessel aufstützte. »Erzähl mir nicht, dass du gesehen hast, wie ich den Cross-Killer festnehme.«

»Nicht so ganz.« Die gefühlt doppelt so große Frau wich vor Kaja zurück, so weit es eben ging. Kaja war ihr derart nahe, dass sie ihr Spiegelbild in Phoebes geweiteten Pupillen sah. Schwarzbraune Strähnen umgaben ihr weißes Gesicht wie Schlangen das Haupt der Medusa, und sie fletschte die Zähne wie ein angriffslustiges Raubtier. Der Schock, sich selbst so zu sehen, ließ sie zurückweichen. Wann war sie zu jemandem geworden, der andere gnadenlos bedrängte und sogar bedrohte?

Phoebes üppiger Busen hob und senkte sich hektisch, und ihre Worte kamen stoßweise. »Ich habe tatsächlich gesehen, wie du den Cross-Killer festnimmst, Kaja. Aber da war noch mehr.« Der blaue Ring um ihre Augen wurde kleiner und kleiner, bis er fast vollkommen vom Schwarz der Pupillen verschluckt wurde. »Ich habe noch mehr gesehen.« Kaja sah, wie Phoebe schluckte und kurz die Augen schloss. Als sie weiterredete, klang ihre Stimme sanft, fast träumerisch. »Du wirst den Cross-Killer fassen, Kaja, bald ... ich habe gesehen, wie du ihm Handschellen anlegst. Es wird nicht einfach werden, doch du schaffst es. Aber ...« Sie verstummte. Als Kaja etwas sagen wollte, legte James seine Hand auf ihre und bedeutete ihr mit einem warnenden Blick, still zu sein. »Doch das ist nicht das Ende des Cross-Killers. Er wird wiederkommen.«

Gänsehaut bedeckte Kajas Arme. Sie versuchte sich einzureden, dass sie nicht an dunkle Prophezeiungen glaubte, dass Wahrsagerei Humbug war und Phoebe ihr aus einem unerklärlichen Grund einen Streich spielte, aber vergeblich. James' Finger streichelten ihren Handrücken, und zum ersten Mal war Kaja dankbar für seine Nähe. »Er wird wieder morden, und diesmal wird es nicht so einfach sein, ihn aufzuhalten. Beim nächsten Mal hat er Hilfe.«

Tausend Fragen schossen Kaja durch den Kopf. Wann, wie, wo, warum, aber Phoebe hatte die Augen wieder geschlossen und schien eingeschlafen zu sein. James stand lautlos auf und bedeutete Kaja, ihm zu folgen. Bevor sie gingen, breitete er eine Decke über Phoebe, strich ihr das Haar aus dem blassen, breiten Gesicht und küsste sie sanft auf die Stirn. »Schlaf gut, Liebes.« Die Tür fiel mit einem leisen Klicken hinter ihnen ins Schloss.

Nun war sie mit dem Inkubus allein.

Paris, Sonntag,
den 31. März 2019

Seth,

ist alles in Ordnung? Es sieht dir gar nicht ähnlich, dich nicht zu melden.

Wahrscheinlich mache ich mir unnötig Sorgen; du steckst bestimmt bis zur Nasenspitze in einem Fall.

Hast du etwas über das LaLaurie-Haus herausfinden können? Ich weiß, ich klinge ungeduldig, aber die Zeit drängt.

Ich habe schon zwei Mal versucht, dich anzurufen, und immer nur die Mailbox erreicht. Melde dich doch bitte. Ein oder zwei Worte genügen.

Küsse,
K.

Sobald er den Toten sah, wusste Seth, dass dies der Moment war, vor dem er sich in den letzten Wochen gefürchtet hatte.

Er stand mitten auf der Ruelle d'Orleans, Sud, die besser unter dem Namen Pirate Alley bekannt war – es hatte irgendetwas mit einem berühmten Schriftsteller und seinem ersten Roman zu tun –, und starrte in das Gesicht eines toten Mannes. Genauer gesagt auf den Mund, den jemand sorgfältig zugenäht hatte. Kreuzweise und mit Paketband.

Die Wut legte sich wie ein roter Schleier über sein Sichtfeld. Einen Moment lang befürchtete er, sich hier und jetzt zu wandeln und Phoebe alle Gliedmaßen einzeln herauszureißen. Es dauerte geschlagene fünf Minuten, in denen er einfach nur mit leicht gespreizten Beinen dastand und versuchte, die tödliche Bestie in seinem Inneren zu beruhigen. Niemand wagte es, sich ihm zu nähern. Die Cops und die menschlichen Spurensicherer blieben auf Abstand. Phoebe, die kluge Frau, hatte sich sogar bis hinter das Absperrband zurückgezogen und hielt sich in einem Hauseingang von den Menschenmassen fern, die versuchten, einen Blick auf den blutigen Tatort zu erhaschen.

»Entschuldigung.« Es war Hanswick, der sich räusperte, bevor er neben Seth trat. »Ich weiß nicht, was Sie hier treiben, aber ...« Sein Blick verriet Seth, dass Hanswick vermutete, Seth wirke irgendeine geheimnisvolle Magie und traue sich nur nicht, es offen auszusprechen. »Aber die Leute von der Spurensicherung warten. Zeit ist Geld, wissen Sie, und mein Budget ...«

Seine Stimme wurde leiser und verstummte, als Seth den Kopf hob. Hanswick riss die Augen auf, als sich ihre Blicke trafen.

»Haben Sie den Toten identifiziert?«, fragte Seth.

»Es handelt sich um einen gewissen William Charting.« Der Lieutenant befand sich auf sicherem, nicht-magischem Boden, was ihm an der Erleichterung in der Stimme deutlich anzumerken war. Einen Namen vorweisen zu können, war etwas Handfestes, was ihm die dringend benötigte Sicherheit bei der Untersuchung des mit Magie behafteten

Mordes verlieh. »Einer meiner Männer hat ihn erkannt, auch wenn die amtliche Identifikation noch aussteht. Charting wurde vor sechs Monaten wegen Kindesmissbrauchs angeklagt, aber wegen eines Verfahrensfehlers freigesprochen.«

»Das tut mir leid.« Seth wusste aus eigener Erfahrung, wie sehr es an einem Cop nagte, einen Verbrecher laufen lassen zu müssen, zumal einen, der sich an den Allerschwächsten vergangen hatte.

Hanswick nickte und wirkte nun deutlich entspannter, als er fortfuhr: »Es könnte sich um einen Racheakt handeln, aber dieser vernähte Mund ...« Er kratzte sich am Kopf. »Ehrlich gesagt, läuft es mir bei seinem Anblick kalt den Rücken herunter. Ich habe so etwas schon einmal gesehen.« Er schluckte. »Vor sieben Jahren gab es eine Mordserie oben in Baton Rouge. Ich war damals innerhalb der Louisiana State Police frisch zum CID versetzt worden, als zwei junge Mädchen verschwanden.« Er blinzelte, als ob er unangenehme Erinnerungen vertreiben wollte. »Man fand ihre Leichen im Black Bayou, und der Mörder hatte ihnen die Münder auf die gleiche Art zugenäht. Er hat dazu Paketband benutzt, als wären sie Gegenstände.« Hanswick spuckte auf den Boden, was so gar nicht zu seiner adretten Erscheinung und der zurückhaltenden Art passte.

Seth erinnerte sich, dass er ähnlich empört gewesen war, fast schon verletzt, als er dieses Detail in der Akte gelesen hatte, und ließ den Mann reden. Erstens musste Hanswick mit seinen Emotionen irgendwohin, sonst würde er durchdrehen, und zweitens war es hochinteressant, die

Geschichte von Kajas erstem Fall aus der Perspektive eines Zeitzeugen zu hören. Früher oder später würde er es nicht vermeiden können, auch Kaja zu befragen, aber die Vorstellung, dies telefonisch zu tun, gefiel Seth ganz und gar nicht. Ihr erster Fall hatte tiefe Spuren bei ihr hinterlassen, und wenn er die Vergangenheit aufrührte, wollte er ihr dabei ins Gesicht sehen können, um ihre Reaktionen einzuschätzen. »Ich habe gehört, dass er geschnappt wurde, bevor er ein drittes Opfer gefunden hat.«

»Ja, und wenn Sie mich fragen, war das eine verdammt komische Sache.« Er drehte den Reportern den Rücken zu, die damit begonnen hatten, ihn beim Namen zu rufen und Fragen zu brüllen. Seth vernahm das Klicken von Kameras und tat es Hanswick gleich. Er hatte nicht das Bedürfnis, sein Gesicht schwarz auf weiß gedruckt zu sehen. »Einer Kollegin aus der Presseabteilung gelang es, ihn im Alleingang zu stellen.« Er zog die Augenbrauen zusammen. »Die ganze Sache war nicht koscher. Ich meine, nicht weil sie eine Frau war, und noch dazu so ein mickriges Ding.« Hanswick schaute nach rechts und links, als könnte Kaja jeden Augenblick aus einem der Läden springen und ihm für seine unverschämten Worte Prügel androhen.

Seth musste sich zur Seite drehen, um sein Schmunzeln zu verbergen. Selbst wenn Kaja Tausende von Meilen fort war und Hanswick sie sieben Jahre nicht gesehen hatte, war seine Freundin bei ihm immer noch präsent. Das nannte man wohl Charisma.

»Was daran wirklich suspekt war, war das, was im Anschluss passierte, nachdem sie ihn festgenommen hatte. Ich meine, diese Lenoire schleppt einen gut zwei Köpfe größeren Mann morgens um sechs aufs Revier, wirft ihn den Beamten vor die Füße und sagt, er wäre der Cross-Killer und sie hätte ihn im Black Bayou festgenommen. So weit, so gut.« Er lachte nervös. »Aber dann wird es richtig seltsam.« Der Lieutenant neigte den Kopf so nahe zu Seth, dass er den Atem des Mannes an seinem Hals fühlte. »Jeremy Foster legte ein Geständnis ab. Alle freuten sich, klopften Lenoire auf die Schulter und gratulierten ihr, obwohl ihre Geschichte Lücken hatte, die größer als die ... na ja. Sie hat zu Protokoll gegeben, dass Foster sie entführt hatte und dass es ihr gelungen war, sich zu befreien, bevor er sie töten konnte. Nicht einen Kratzer hatte sie. Und dann tauchten Fosters Anwälte auf, so ein paar Typen aus New York mit mächtig viel Geld im Rücken, und brachten die Geschichte in Umlauf, dass diese Lenoire Foster gefoltert hätte, um ein Geständnis von ihm zu erzwingen.« Seth hielt den Atem an. »Er hat behauptet, Lenoire hätte sich in ein Tier verwandelt, in einen Panther, und ihn mit ihren Krallen aufgeschlitzt.« Hanswick zückte ein Taschentuch und wischte sich über die Stirn. »Er hatte die entsprechenden Wunden, das ist sicher. Das haben sogar die Ärzte bestätigt, die unsere Staatsanwälte hinzugezogen hatten. Fosters Anwälte rieben sich die Hände und plädierten auf unzurechnungsfähig.«

»Und dann?«

Hanswick zuckte mit den Achseln. »Der Rest ist vergleichsweise unspektakulär. Fosters Anwälte kamen mit der Unzurechnungsfähigkeit nicht durch, was mich bis heute wundert, aber man einigte sich inoffiziell darauf, den Prozess unter Ausschluss der Öffentlichkeit stattfinden zu lassen. Ich glaube, Fosters Anwälte nahmen an, dass er mit lebenslänglich davonkäme, wenn sich die Öffentlichkeit etwas beruhigt hätte.« Seth dachte bei sich, dass der Richter mit fast hundertprozentiger Sicherheit selbst ein Gestaltwandler gewesen war und das Seine getan hatte, um Kaja zu schützen. »Foster wurde trotzdem zum Tode verurteilt und vor gut einem Monat hingerichtet. Lenoire verschwand von der Bildfläche. Ich habe sie bis heute nicht mehr gesehen. Man munkelt, dass ihr damaliger Boss, Captain Carl Moras, von ihr in den Selbstmord getrieben wurde. Er gab sich die Kugel, gleich nach Lenoires Verschwinden.«

»Danke, dass Sie so offen waren.« Seth schlug dem anderen Mann auf die Schulter und dämpfte im letzten Moment seine Kraft. Er überlegte kurz. Der Mann schien seine Meinung über Seth und die Kompetenz der Shifter Cops revidiert zu haben – konnte er sich auf eine Zusammenarbeit mit den Menschen einlassen? Ihm fehlte die Zeit, um auf die Ankunft der paranormalen Spurensicherung zu warten, einmal abgesehen davon, dass es im ganzen Land lediglich vier Teams gab, die entsprechend überlastet waren. Er wählte Catherines Nummer, um seine Entscheidung mit ihr abzuklären, aber sie war nicht im Büro. Er sah, dass Kaja angerufen hatte, und fluchte lautlos. Der Rückruf würde warten müssen. Er bat Hanswick um einen Moment Geduld und wählte dann die Nummer von Magister Blackwood. Die Chefin des Hexenzirkels hob, allen Göttern sei Dank, nach dem ersten Klingeln ab. »Detective Ives, was für eine Überraschung!« Ihre klangvolle Stimme versetzte ihn um ein Jahr zurück in die Zeit, in der Kaja und er ihren ersten gemeinsamen Fall gelöst hatten. Zufriedenstellend, wie er fand, auch wenn Magister Blackwood diese Sicht nicht teilte.

»Ich möchte Sie um einen Gefallen bitten, Magister.«

»Warum wundert mich das nicht?«

»Weil Sie eine intelligente Frau sind.« Es gelang ihm gerade noch rechtzeitig, aus der Frage eine Feststellung zu machen. In knappen Worten schilderte er sein Problem. »Ich brauche jemanden, der dem menschlichen Team zur Seite steht und die paranormalen Spuren sichtet. Am besten jemanden, der mit Menschen umgehen kann und der nicht gleich als Hexe oder Hexer erkennbar ist.« Unter den magischen Spezies waren Hexen diejenigen, die am meisten auffielen. Sie färbten sich ihr Haar rot, wenn es von Natur aus nicht die Farbe hatte, die man mit Hexen assoziierte, trugen wallende Röcke und fielen mit ihrem exzentrischen Benehmen aus dem Rahmen. Im Grunde genommen scherte es sie nicht im Geringsten, was gewöhnliche Menschen von ihnen dachten, und eigenartigerweise gingen sie meistens als verrückte, aber harmlose Anhänger der New-Age-Bewegung durch.

»Ich habe genau den Richtigen für Sie, Ives. Wo sind Sie?«

Seth hielt es für besser, Blackwoods Wahl nicht zu hinterfragen, also nannte er ihr die Adresse.

»Ben Burton wird in einer Viertelstunde bei Ihnen sein. Sie werden ihn mögen. Oder vielleicht auch nicht.« Seth rollte mit den Augen. »Aber Kaja wird von ihm angetan sein, das verspreche ich Ihnen. Die meisten Frauen mögen ihn.« Hörte er da etwa Schadenfreude in ihrer Stimme? Er dankte ihr für die unkomplizierte Hilfe, was die Hexe mit einem spöttischen Lachen kommentierte, und verabschiedete sich höflich.

Die Viertelstunde bis zum Eintreffen von Ben Burton verwandte er dazu, Hanswick auf die Ankunft des Hexers vorzubereiten. Der Lieutenant nickte ergeben und versprach, Burton in jeder Hinsicht zu unterstützen. Dann machte sich Seth auf, um Phoebe zu suchen.

KAPITEL 9

Cajun Courier
von Freitag, dem 17. August 2012

Ein Sturm zieht auf
Cross-Killer kurz vor Festnahme

Liebe Leserinnen, liebe Leser,
die Feder ist mächtiger als das Schwert, und manchmal trägt das unermüdliche Fragenstellen Früchte.

Wie aus ungewöhnlich gut informierten Kreisen zu vernehmen ist, hat sich ein blutjunger weiblicher Trooper die Worte des Cajun Courier zu Herzen genommen und im Fall des zweifachen Mädchenmörders in Eigeninitiative ermittelt. Die ausnehmend hübsche und zierliche Polizistin, deren detektivische Fähigkeiten von ihren Vorgesetzten beharrlich ignoriert wurden, hat die betreffenden Akten in mühevoller Kleinarbeit durchforstet und ist sich zu hundert Prozent sicher, den Mörder innerhalb der nächsten Tage festnehmen zu können. Wir ziehen unseren Hut vor der Courage der jungen Frau, die für ihren Einsatz mit einer Suspendierung belohnt wurde und der die Entlassung droht – und das einzig und allein deshalb, weil sie den Mut hatte aufzustehen und ihren Vorgesetzten mit unbequemen Fragen auf den Pelz zu rücken. »Ich werde mir heute noch die Spuren im Black Bayou anschauen«, versicherte die tapfere junge Frau, die sich trotz ihrer Suspendierung nicht davon abhalten lässt, den Fundort von Suzie Clifton zu inspizieren. Ihr entschlossener

Blick aus den strahlend grünen Augen, die katzenhaft zufrieden wirken, lässt nichts Gutes für den feigen Mörder ahnen. »Das Morden muss und wird ein Ende haben«, versicherte uns Ex-Trooper Kaja Lenoire. »Ich bin jetzt auf mich allein gestellt, aber das ist kein Hindernis. Im Gegenteil.« Lesen Sie das ausführliche Interview auf den Seiten 2 und 3 im Innenteil.

Noch ist der Cross-Killer auf freiem Fuß, aber jeder, der Trooper Lenoire ins entschlossene Gesicht geblickt hat, kann sicher sein, dass sich dieser Zustand in den nächsten Tagen, vielleicht sogar Stunden, ändern wird. In der Hoffnung, diesen Satz ein letztes Mal niederzuschreiben, fliegen die Finger Ihrer werten Kolumnistin über die Tasten:

Wie viele junge Mädchen müssen noch auf unvorstellbar grausame Weise sterben, bis die Polizei den Serienmörder hinter Schloss und Riegel bringt?

… fragt unverdrossen Ihre Roslyn Jones.

»Oh mein Gott«, stöhnte Kaja. »Das muss ein Albtraum sein.« Sie saß in Harkdales überraschend gemütlicher Küche und setzte ihren Café au Lait auf dem Tisch ab.

James und Phoebe, die ihr gegenübersaßen, grinsten einander verschwörerisch an. »Ja, es ist ziemlich reißerisch«, gab Phoebe zu, »aber es wird seinen Zweck erfüllen. Glaub mir.«

»Ich weiß, du hast es *gesehen*«, antwortete Kaja bedrückt und konnte nicht verhindern, dass das letzte Wort einen ironischen Beiklang hatte. »Ich frage mich nur, warum wir dem Schicksal auf die Sprünge helfen mussten, indem wir mich zum Köder gemacht haben. Selbst wenn ich mich dazu überwinden könnte, an Wahrträume und Zukunftsvisionen zu glauben, verstehe ich nicht, warum wir nicht einfach gewartet haben, bis diese Dinge von selbst geschehen.«

»Es ist nicht so einfach, wie es klingt«, mischte sich James ein. Er trug einen samtenen Morgenmantel über einem gestreiften Pyjama und sah mit seinem zerzausten dunklen Haar und dem Bartschatten ziemlich appetitlich aus. Und ausgesprochen dekadent, fand Kaja und fragte sich, wie es mit ihnen beiden wohl weitergehen würde. Als sie ihm heute Morgen gesagt hatte, dass sich die Nacht in seinem Bett nicht wiederholen würde, hatte er sie nur mit seinem typischen trägen Lächeln bedacht und nichts weiter dazu gesagt. »Phoebe hat eine ausgesprochen hohe Trefferquote, was ihre Voraussagen angeht, aber wir können es uns nicht leisten, abzuwarten und Tee zu trinken. Denk nur an das dritte Opfer, Kaja.«

Sie fuhr sich mit der Hand durch das Haar. »Komm mir nicht mit moralischer Erpressung.« Sie zwang sich zu einem harten Blick. »Ich habe mich bereit erklärt, bei eurem Spielchen mitzumachen, aber das heißt nicht, dass ich mich mit euren nichtssagenden Erklärungen und eurem ständigen Ausweichen zufriedengebe. Ich traue euch beiden nicht so weit.« Sie hielt Daumen und Zeigefinger einen Millimeter voneinander entfernt hoch. »Was bedeutet, dass der Killer wiederkommt? Wann wird das sein, und was hat er vor? Und vor allem möchte ich wissen, was ihr gegen Moras in der Hand habt, dass er lieber seinen eigenen Kopf riskiert, wenn seine Verbindung mit euch ans Tageslicht kommt, als nicht zu tun, was ihr von ihm verlangt.« Sie nahm einen Schluck von ihrem Kaffee und blickte ihn über den Rand der Tasse hinweg an. Kaja musste zugeben, dass der Milchkaffee köstlich war, denn James hatte ihm eine Spur Kardamom beigemischt, wie Grandmère es immer getan hatte.

James und Phoebe tauschten wieder einen dieser Blicke, die Kaja bald in den Wahnsinn treiben würden. »Moras ist bestechlich, nichts weiter«, erklärte James und nickte Phoebe zu, dass sie nun an der Reihe war zu reden. Kaja glaubte nicht, dass dies alles war, was sie in Bezug auf ihren Vorgesetzten – oder ehemaligen Vorgesetzten, denn sie war ja suspendiert worden – wissen sollte, doch es gab dringlichere Dinge zu klären.

»Ich kann dir kein Datum nennen, aber in meiner Vision warst du ein paar Jahre älter. Ein Mann war bei dir, mit dem du sehr vertraut schienst. Er ...« Phoebe fuhr sich mit der Zunge über die rauen Lippen. »Du hast viel Blut verloren. Er hielt dich im Arm und schien zu glauben, dass du sterben wirst.« Kaja schaute sie abwartend an. Das war doch sicher nicht alles, was Phoebe in ihren Träumen von der Zukunft gesehen hatte. »Der Mann sieht James ein bisschen ähnlich«, fuhr Phoebe fort. Harkdale reichte ihr ein Taschentuch, mit dem sie sich über die Stirn fuhr, um die Schweißperlen abzuwischen.

Es war ein merkwürdiges Gefühl, Phoebe von einer älteren Kaja sprechen zu hören, die lebensgefährlich verletzt war. Es war Angst, die Kaja bei der Vorstellung empfand, aber auch Erleichterung. Wenn sie starb, dann in den Armen eines Mannes, der sie liebte, und das war tröstlich. Trotzdem waren ein paar Jahre – vielleicht waren es sieben oder acht – eine viel zu kurze Zeitspanne für den Rest ihres Lebens. »Wir wissen also, dass ich die Begegnung mit dem Cross-Killer in der Gegenwart überleben werde. Aber wie kannst du dir sicher sein, dass es sich bei dem Mann, der mich in ein paar Jahren umbringen wird, um unseren Cross-Killer handelt? Wenn es stimmt, was du sagst, werde ich ihn stellen. Und in der Zukunft gelingt es ihm, aus dem Gefängnis auszubrechen und weiterzumorden?« Sie schüttelte vehement den Kopf. »Unsere Gefängnisse sind sicher. Selbst wenn er nicht wegen Mordes hingerichtet wird, sind seine Chancen auf Flucht verschwindend gering.«

Das Taschentuch kam erneut zum Einsatz. »Aber es ist nicht unmöglich, oder?« Kaja beantwortete die rhetorische Frage nicht. »Außerdem weiß ich es, weil ich gesehen habe, dass deine Lippen mit Paketband vernäht waren. Kreuzweise.« Unter Phoebes Achseln zeigten sich dunkle Schweißflecke.

»Es könnte ein Nachahmungstäter sein«, dachte Kaja laut nach. James griff über den Tisch und drückte Phoebes Hand. Kaja fragte sich kurz, was die beiden eigentlich miteinander verband und warum Phoebe sich nicht vor seiner Berührung fürchtete, doch dann schob sie den Gedanken als weniger wichtig in die hinterste Ecke ihres Kopfes.

»Nein«, stieß Phoebe hervor, »ich weiß, dass es derselbe Mann ist. Kaja, bitte vertrau mir. Uns.« Sie sah James an und holte tief Luft. »Wenn das hier«, sie deutete auf den Cajun Courier mit der reißerischen Schlagzeile in schwarzen und roten Lettern, »vorbei ist, darfst du dich nicht in Sicherheit wiegen. Heute geht alles gut aus, aber es ist noch nicht vorbei. Pass auf dich auf. Versprich es mir!«

»Heute?«, hakte James nach. Er runzelte die Stirn. »Phoebe?«

»Heute Abend«, murmelte die große Frau.

»Prima, dann bereite ich mich mal auf meinen großen Moment in der Kriminalgeschichte vor.« Das Adrenalin in Kajas Körper war in gefühlt null Komma null eins Sekunden von null auf tausend angestiegen.

»Vergiss nicht, dass ich bei dir sein werde«, versicherte ihr James.

»Wie könnte ich?« Galgenhumor, selbst in seiner missglücktesten Form, war ihre letzte Zuflucht vor der Angst. »Glaubt ihr nicht, wir haben zu dick aufgetragen? Ich meine, dieser Typ muss ganz schön dämlich sein, wenn er nicht durchschaut, dass wir ihm eine Falle gestellt haben. Ich werde allein und auf eigene Faust den Tatort inspizieren«, zitierte sie aus dem Cajun Courier. »Meine Güte.«

»Er wird kommen«, versprach Phoebe. »Du darfst nicht vergessen, dass er noch nicht bekommen hat, was immer er will. Außerdem bist du genau sein Typ: klein, zierlich und dunkelhaarig. Er wird dir nicht widerstehen können.«

»Ihr zwei könnt mir nicht zufällig verraten, was es genau ist, was er will?« Kaja dachte an den schwarz gefiederten Hahn und die zugenähten Münder und schauderte. Die Vorstellung, dass ihr jemand irgendwann in der Zukunft mit einer groben Nadel und Paketschnur den Mund vernähen würde, war von all den beängstigenden Dingen der letzten Tage das Furchtbarste, vor allem weil sie diese Prozedur bei lebendigem Leib über sich ergehen lassen würde. Immer vorausgesetzt, Phoebe hatte recht und dem Cross-Killer gelang in absehbarer Zeit die Flucht aus dem Gefängnis.

Doch dazu würde sie ihn erst einmal festnehmen müssen, erinnerte sie sich und kämpfte gegen den aufsteigenden Schwindel an. Vergangenheit, Gegenwart und Zukunft vermischten sich in ihrem Kopf zu einem undurchdringlichen Dickicht.

»Wer weiß schon, was im Kopf eines Verrückten vor sich geht?«, beantwortete James ihre Frage mit einer eigenen.

»Jetzt komm schon«, drängte Kaja ihn. »Verdammt noch mal, es geht hier um mein Leben! Ich könnte also ein paar Hinweise auf das, was mich heute Abend erwartet, gut gebrauchen.« James schüttelte unmerklich den Kopf und sah hinüber zu Phoebe, die zusammengesunken am Küchentisch saß.

»Sie hat recht, James. Erzähl es ihr.« Phoebe erhob sich mühsam, als wäre sie eine alte Frau, von ihrem Sessel. »Entschuldigt mich. Ich werde mich etwas hinlegen. Kaja, du solltest das Gleiche tun.« Sie wich James' forschendem

Blick aus. »Wir sehen uns später.« Mit hängenden Schultern schlurfte Phoebe aus dem Raum. James machte sich an der Kaffeemaschine zu schaffen und stellte den Milchkaffee für Kaja auf der Anrichte ab.

»Lass uns nach oben gehen«, sagte er und wollte sie an sich ziehen, aber Kaja machte sich stocksteif und blieb, wo sie war. Nach ein paar Sekunden des Kräftemessens reichte James ihr den Milchkaffee und setzte sich wieder an den Küchentisch. Mit dem Finger fuhr er über einen tiefen Kratzer in der Holzplatte.

»Es gibt nur wenige Dinge, vor denen Phoebe sich fürchtet«, fing er an. »Im Grunde ist es nur eine Sache, und das ist Voodoo.« Kaja, die in den Sümpfen mit Voodoo groß geworden war und die sich noch haargenau an die Priesterin erinnerte, deren Hühner sie freigelassen hatte, konnte das durchaus nachvollziehen. Kein vernünftiger Mensch und erst recht kein Paranormaler, der seinen Verstand beisammen hatte, legte sich mit einer Mambo oder einem Bokor an. Auch Kaja nicht. Zumindest, wenn sie die Wahl hatte.

»Sei nachsichtig mit Phoebe, Kaja. Phoebe hat ihren eigenen Tod gesehen, sagte sie mir einmal, aber das ist nicht das, was ihr Angst macht. Sie erlebte im Traum, wie ein Bokor sie aus dem Reich der Toten zurückholte und sie seinem Willen unterwarf.« Auf James' glatter Oberlippe perlten feine Schweißtropfen. »Ich kann mir kein grauenhafteres Los vorstellen, als gewaltsam aus Hypnos' sanfter Umarmung gerissen zu werden und feststellen zu müssen, den eigenen freien Willen verloren zu haben.«

Als er ihren fragenden Blick sah, erklärte er: »Hypnos ist der griechische Gott des Schlafes. Ich stelle mir den Tod gerne als ewigen Schlaf vor.«

»Ich verstehe«, flüsterte Kaja. Für sie waren Zombies gefühllose Wesen, die keinen Funken Bewusstsein mehr besaßen. James' Worte erinnerten sie daran, dass jedes Ding zwei Seiten besaß und es nicht schadete, zwischendurch einmal die Perspektive des Gegners einzunehmen. »Es tut mir leid.« Sie straffte sich und schob den Milchkaffee von sich fort, der auf einmal einen säuerlichen Beigeschmack hatte. Sie selbst konnte sich belügen und Phoebes Blicke in die Zukunft als Fantastereien abtun, doch Phoebe blieb diese Möglichkeit verwehrt. Wie schrecklich musste es sein, diese Dinge zu sehen und an ihre Unausweichlichkeit zu glauben. »Was verbindet euch eigentlich, dich und Phoebe? Ein Liebespaar seid ihr nicht. Oder?«

»Da hast du recht«, bestätigte James. »Uns verbinden engere Bande.« Mehr schien er zu diesem Thema nicht sagen zu wollen. Doch als Kaja ihn weiterhin auffordernd anschaute, seufzte er und bequemte sich zu einem weiteren Satz. »Ma chère, es spielt weder für den Fall noch für uns eine Rolle, was Phoebe und ich füreinander sind. Können wir es einstweilen dabei belassen?« Das Blau seiner Augen wechselte von der Farbe des Himmels zu der des Meeres, und Kaja fragte sich, ob er als Inkubus willentlich sein Aussehen ändern konnte. »Du hast selbst gesagt, dass sich die Nacht nicht wiederholen wird.«

»Ich frage dich nicht, weil ich eifersüchtig auf Phoebe

bin, sondern weil ich wissen möchte, mit wem ich es zu tun habe«, gab Kaja verärgert zurück. Sie schaute zu James hinüber und versuchte, in seinem Gesicht zu lesen. Er sah nicht aus, als würde er nachgeben, also kam sie wieder auf Phoebe und ihre Gabe zurück. »Hat Phoebes Vision von ihrem Tod und der Wiedererweckung etwas mit dem Cross-Killer zu tun?« Der Schatten in seinem Blick verriet Kaja, dass sie mit ihrer Vermutung richtiglag. »Dann müssen wir sie heute Abend auf jeden Fall vom Black Bayou fernhalten«, sagte Kaja. »Können wir irgendwie verhindern, dass Phoebe auf den Cross-Killer trifft?«

»Es gibt eine Möglichkeit«, sagte James leise. »Wenn du ihn heute Abend stellst, ma chére, dann musst du ihn töten.«

Paris, Montag,
den 1. April 2019

Seth,
langsam werde ich wirklich unruhig.

K.

Seth hatte zuerst daran gedacht, Phoebe an Ort und Stelle mit der Leiche zu konfrontieren, es sich dann aber anders überlegt. Dafür war später noch genug Zeit, wenn der Tote im Leichenschauhaus lag. Viel zu viele Augenzeugen säumten in diesem Moment den Jackson Square, als dass er es sich hätte leisten können, Phoebe unter aller Augen zu dem Toten zu schleifen und sie dazu zu zwingen, ihn zu berühren. Er hatte sich also dazu entschieden, ihr Gespräch am selben Ort aufzunehmen, an dem sie es unterbrochen hatten. Das Büro war ein genauso guter Ort wie jeder andere, nur würde es diesmal keine Schmalzkringel und auch keinen Kaffee geben.

Phoebe sagte während der ganzen Fahrt kein Wort, sondern starrte aus dem Fenster. Auch er betrachtete das bunte Treiben und die architektonische Schönheit der Häuser. Die Bewohner des French Quarter und die Ladenbesitzer hatten Glück gehabt und waren von Katrina zum größten Teil verschont geblieben. Andere Viertel hatte es deutlich schlimmer getroffen, auch wenn man jetzt, Jahre nach dem verheerenden Hurrikan, die schlimmsten Auswirkungen beseitigt hatte. Trotzdem würde es noch einmal Jahre, wenn nicht gar Jahrzehnte dauern, bis die neu errichteten Gebäude nicht mehr wie Narben aus dem Gesicht der Stadt herausstachen.

»Hier«, er reichte Phoebe eine Flasche Wasser über den Tisch, als sie endlich im Büro angekommen waren. Sie saß wie ein Häufchen Elend auf Kajas Stuhl, an Kajas Schreibtisch und starrte ihn aus ihren Rehaugen an. »Und jetzt erzählst du mir, warum Kaja in Frankreich bleiben soll und was du wirklich hier willst.« Er lehnte sich nach hinten, um ihr ein wenig mehr Raum zu geben.

Phoebe griff sich in den Nacken und zog das Haargummi heraus, das ihre braunen Haare mit den vereinzelten Silberfäden in einem Pferdeschwanz zusammenhielt. Sie spielt auf Zeit, dachte Seth, oder sie braucht einfach etwas, mit dem sie ihre Hände beschäftigen kann. »Wie du weißt, bin ich Psychometrikerin.« Sie begann, ihre weißen Baumwollhandschuhe auszuziehen. Als sie damit fertig war, faltete sie sie sorgfältig zusammen und legte die Hände flach auf den Tisch.

Nun wusste er, warum sie ihre Hände niemals offen zeigte. Die Haut war von Brandnarben übersät, die meisten von ihnen alt und verblasst, aber Seth entdeckte auch einige, die frisch aussahen. Phoebe hielt ihm die Handflächen entgegen. Auch dort zeigten sich die Spuren starker Verbrennungen. »Jedes Mal, wenn ich einen Menschen oder einen Gegenstand berühre, bleibt eine Spur davon auf meinen Händen zurück. Es spielt keine Rolle, ob ich in die Zukunft blicke oder ob das, was ich sehe, in der Vergangenheit liegt. Etwas davon bleibt bei mir. Immer.« Sie sprach in einem distanzierten Tonfall, fast wie ein Arzt, der eine tödliche Krankheit diagnostiziert hatte und seinem Patienten mitteilte, dass er nicht mehr lange leben würde. »In wachem Zustand kann ich mich davor schützen, indem ich diese Dinger«, sie nickte zu den Handschuhen herüber, »trage, aber nachts ... verselbstständigt sich meine Gabe. Dann träume ich von Dingen, die noch geschehen werden.«

»Du hast Wahrträume?« Seth war überrascht. Er kannte eine ganze Reihe Paranormaler, aber keinen einzigen, der, wie Phoebe, über mehr als eine Gabe verfügte. Er konnte seinen Blick nur mit Mühe von den Brandmalen und den Narben losreißen. Sie bereiteten ihm Unbehagen, wahrscheinlich weil sie wie Stigmata aussahen und er die religiösen Assoziationen nicht mit Phoebe in Einklang bringen konnte. Sie wirkte nicht wie eine gläubige Person, und er hatte nie ein äußeres Zeichen ihres Glaubens, wie beispielsweise eine Kette mit einem Kreuzanhänger, an ihr bemerkt.

»Ja, die habe ich.«

»Und du hast in einem deiner Träume gesehen, dass jemand Kaja tötet.« Ihm wurde eiskalt bei der Vorstellung, dass sie nie wieder lachen oder weinen würde, dass er ihre Haut berührt und sie geküsst hatte, ohne zu wissen, dass es wahrscheinlich das letzte Mal sein würde. Er ballte die Hände zu Fäusten und stand auf, nur um irgendetwas zu tun und ein Ventil für die Hilflosigkeit zu finden, die ihn in diesem Augenblick fest im Griff hatte.

»Seth, bitte hör mir zu.« Die große Frau saß zusammengesunken an Kajas Schreibtisch. »Deine Reaktion ist genau der Grund, weshalb ich dir nichts davon erzählt habe.«

Sein Kopf flog herum. »Wie meinst du das?«

Sie seufzte und legte die Fingerspitzen gegeneinander wie eine Politikerin, die Besonnenheit und Kompetenz ausstrahlen wollte. »Meine Trefferquote ist ziemlich hoch, aber das heißt nicht, dass ich das, was ich sehe, auch richtig interpretiere. Du hast bestimmt schon einmal von selbsterfüllenden Prophezeiungen gehört, oder?«

Er nickte knapp. »Du sagst jemandem, dass du seinen Grabstein gesehen hast, und nennst ihm das eingemeißelte Datum. Die Chancen stehen hoch, dass der Betreffende so beunruhigt ist, dass er an dem entsprechenden Tag tatsächlich stirbt, zum Beispiel durch Herzversagen.«

»Ganz genau. Es ist wie die alte Geschichte vom Kaufmann, dem gesagt wird, dass der Tod ihn am heutigen Abend aufsuchen wird. Er nimmt das schnellste Pferd und verlässt die Stadt. Als er jedoch an seinem Ziel ankommt, erwartet ihn dort bereits der Tod. Es ist die alte Geschichte der selbsterfüllenden Prophezeiung.«

Er runzelte die Stirn. »Aber das heißt auch, dass du mich gesehen haben musst. Denn wenn ich nicht in deiner Vision – oder wie auch immer du das nennst – vorkomme, dann kann ich Kajas Tod nicht verhindern.« Er setzte sich ihr gegenüber und beugte sich vor. »Was genau hast du vor sieben Jahren gesehen?«

KAPITEL 10

Cajun Courier von
Freitag, dem 17. August 2012

Die Frau, die den Cross-Killer schnappen wird: Ich bin bereit

Ein Gespräch mit Kaja Lenoire

CC: Ms. Lenoire, wir haben bereits gehört, dass Sie vom Dienst suspendiert wurden.

KL: Richtig.

CC: Wie kam es dazu?

KL achselzuckend: Ich habe meinen Vorgesetzten auf Fehler während der Ermittlungen hingewiesen. Nach dem zweiten Mal sagte Captain Moras wortwörtlich zu mir, ich solle den Cross-Killer doch selbst zur Strecke bringen, wenn ich besser als die Kollegen wäre. Konnte ja keiner ahnen, dass er diese Bemerkung nur ironisch gemeint hat.

CC: Das direkte Ergebnis Ihrer mutigen Handlungsweise ist eine Suspendierung, ja sogar die drohende Entlassung. Was werden Sie jetzt tun? Aufgeben?

KL: Ganz sicher nicht (lacht). Ich bin erleichtert, dass ich mich nicht mehr an die Vorschriften halten muss, die einem Cop die Hände binden. Heute Abend werde ich zum Black Bayou fahren und mich am Fundort von Suzie Cliftons Leiche noch einmal umsehen. Ich habe da einen ganz bestimmten Verdacht, dem ich nachgehen möchte, und das kann ich nur auf eigene Faust tun (lacht noch einmal). Im Grunde bin ich Captain Moras und dem Chief sogar dankbar, das dürfen Sie mir glauben. Jetzt habe ich freie Hand.

CC: Sie scheinen sich sehr sicher zu sein, den Cross-Killer fangen zu können. Kennen Sie seine Identität?

KL: Nein, aber so gut wie. Heute Abend werde ich meine Theorie beweisen, und dann heißt es: Ab in den Knast mit dem Cross-Killer! Wie ich gehört habe, gehen sie dort nicht zimperlich mit Männern um, die sich an jungen Mädchen vergreifen. Sie können schon einmal die Erfolgsmeldung für morgen verfassen, liebe Ms. Jones.

CC: Möchten Sie noch etwas hinzufügen? Haben Sie eine Botschaft für den Cross-Killer?

KL: Ich möchte den Eltern der toten Mädchen mein tief empfundenes Beileid ausdrücken. Ich verspreche, dass ich ihren Kindern Gerechtigkeit verschaffen werde. Und was den Mörder angeht … nein. Ich habe keine Botschaft für ihn. Ich bezweifle, dass er intelligent genug ist, eine Zeitung wie den Cajun Courier zu lesen.

CC: Wir danken für das Gespräch, Ms. Lenoire.

Kaja hatte definitiv kein gutes Gefühl, als sie sich auf der Fahrt von Baton Rouge zum Black Bayou das angebliche Interview in Erinnerung rief, welches sie gemeinsam mit James und Phoebe zusammengeschustert hatte. Als sie ihr Unbehagen angesichts der prahlerischen und, wie sie fand, übertrieben tumben Art und Weise geäußert hatte, in der sie über den Cross-Killer sprechen sollte, war Phoebe unerbittlich geblieben. »Du hast ihn richtig wütend gemacht, Kaja. Das ist genau das, was wir wollen. Wer wütend ist, kann nicht mehr klar denken und macht Fehler.«

»Das stimmt, aber Zorn verleiht auch ungeahnte Kräfte.« Immer wenn Kaja ihre Fast-Freundin anschaute, musste sie an das denken, was James ihr gestern erzählt hatte.

»Du musst keine Angst haben, das verspreche ich dir«, hatte Phoebe ihr versichert. Sie hatte wohl in Kajas Gesicht gesehen, dass ihre Worte ins Leere liefen, denn sie seufzte und tat etwas, was Kaja nie vergessen würde. Die riesenhafte Frau nahm ihre Hand und schloss die Augen. Zuerst fühlte Kaja nichts, doch dann begann ihre Handfläche dort, wo Phoebes weiche Finger sie berührten, zu kribbeln. Instinktiv wollte sie ihre Hand wegziehen, aber es gelang ihr nicht. Phoebes Finger schlossen sich wie Klammern aus Eisen um ihre Hand. Das Kribbeln wurde zu einem Prickeln, das Prickeln zu einem Brennen, bis Phoebe sie endlich aus der Umklammerung entließ.

Ihre Gesichtsfarbe verwandelte sich ins Gräuliche, und die Ränder unter ihren Augen waren in den wenigen Sekunden größer geworden. »Dir wird heute Abend nichts geschehen. Ich schwöre es bei allem, was mir heilig ist.«

»Ist schon gut«, murmelte Kaja. »Ich weiß, dass ich in Sicherheit bin.« Sie hatte noch etwas hinzufügen wollen, etwas Leichtes, Heiteres, bevor James und sie sich auf den Weg machten, aber ihr war nichts eingefallen. Also hatte sie sich auf die Zehenspitzen gestellt und Phoebes massige Mitte umarmt. »Wir sehen uns.«

»Ist alles okay?«, unterbrach James ihre Erinnerungen und setzte den Blinker.

»Klar«, gab Kaja einsilbig zurück. Die Scheinwerfer seines Wagens erfassten ein Straßenschild. Noch drei Meilen, dann hatten sie ihr Ziel erreicht. Kaja hatte vorgeschlagen, einen anderen Parkplatz anzusteuern als den, der sich am nächsten beim Leichenfundort befand, aber James hatte mit der Begründung abgelehnt, dass der Cross-Killer ihr Auto nicht nur sehen dürfe, sondern es auch solle.

»Er weiß, dass du da bist«, hatte er gesagt. »Das ist Teil der Falle, die wir ihm stellen.«

»Hast du Angst?«, fragte er und nahm den Fuß vom Gas.

Zuerst wollte sie die Furcht leugnen, aber dann zuckte sie mit den Achseln. »Ich wäre dumm, wenn ich mich nicht fürchten würde«, gab sie zurück und wischte sich die feuchten Hände an ihrer dunklen Jeans ab.

Im dunklen Innenraum des Wagens war sein Lächeln mehr zu erahnen als zu sehen. »Das ist gut. Die Furcht macht dich wachsam. Angst kann dir das Leben retten. Du darfst dich nur nicht von ihr versklaven lassen.«

»Ich versuch's.«

»Ich weiß.« Er ließ das Lenkrad los und streichelte mit seiner Rechten ihr Bein. »Vergiss nicht, ich werde immer in deiner Nähe sein.« Sie hatte nicht vor, ihn nahe genug an den Mörder herankommen zu lassen, um ihn berühren zu können. Sein unverblümter Vorschlag, den Mann nicht zu verhaften, sondern zu töten, jagte ihr beinahe mehr Angst ein als die Gewissheit, dass sie dem Cross-Killer bald Auge in Auge gegenüberstehen würde. Als sie ihn gefragt hatte, wie sich das mit Phoebes Vision von der Zukunft vereinbaren ließ, in der Kaja den Mann festnahm, hatte er nur gesagt, dass er nicht zulassen würde, dass jemand Phoebe wehtat.

»Wir sind gleich da. Bist du bereit?«

Sie nickte und räusperte sich. »Ja.« James drosselte das Tempo und lenkte den Wagen auf den verlassenen Parkplatz. »Wie kommt es eigentlich, dass es hier nicht von Menschen wimmelt?«, wollte sie wissen und schaute sich um. »Nach der großen Ankündigung im Cajun Courier hätte ich vermutet, dass sich eine ganze Menge Schaulustiger und Reporter anderer Zeitungen hier herumtreiben, um die Festnahme mit eigenen Augen mitzuerleben.«

»Ich habe einen Bann um den Ort gelegt. Niemand außer uns und dem Mörder wird sich in einem Radius von vier Meilen hier aufhalten. Auch kein Geistwesen wie die Marinette.«

Kaja fühlte, wie ihr Herz vor Erleichterung einen Satz machte. »Das hättest du mir ruhig früher sagen können.«

»Ich war mir nicht sicher, ob es funktioniert«, gab er zu und zog den Schlüssel aus dem Zündschloss. Das Licht der Scheinwerfer erstarb und ließ sie beide in völliger Dunkelheit zurück. »Ich bin eher ein Amateur auf dem Gebiet der Hexerei.« Er beugte sich zu ihr und streifte ihre Lippen. Kaja fühlte seinen Hunger wie ein lebendiges Wesen, das sich nach ihr reckte und streckte, aber sie hatte keine

Angst. James Harkdale war ein Inkubus, der sich jederzeit unter Kontrolle hatte, wie er bewiesen hatte, als sie die Nacht miteinander verbracht hatten. Wenn er von ihrer Lebensenergie getrunken hatte, während er sie liebte, dann so wenig, dass sie es nicht gespürt hatte.

Sie erwiderte den Kuss und schlang die Arme um seinen Hals. »Bis später«, flüsterte sie an seinem Mund, löste sich von ihm und öffnete die Wagentür.

»Au revoir, ma chère.« In seiner Stimme lag ein Lächeln.

Kaja unterdrückte den Impuls, sich ein letztes Mal umzusehen, und machte sich auf den Weg in den Zypressenwald. Wie mit James und Phoebe abgesprochen, gab sie sich nicht die geringste Mühe, ihre Anwesenheit zu verheimlichen, sondern trampelte auf den herumliegenden Ästen herum und leuchtete mit ihrer Taschenlampe wild hin und her. Zwei Mal tat sie so, als sei sie vom Weg abgekommen, und fluchte, während sie zwei, drei Schritte in den Morast hineintrat.

Wenn der Cross-Killer sich irgendwo versteckte, dann machte er seine Sache gut. Mehr als einmal wünschte sich Kaja, sie könnte sich die Kleider vom Leib reißen und als Pantherin die Spur des Mannes aufnehmen. James hatte ihr zwar vorgeschlagen, genau das zu tun, aber sie hatte abgelehnt. Denn anders als Kaja hatte die Pantherin in ihr nichts gegen die Vorstellung einzuwenden gehabt, diejenigen zu beschützen, die sie als ihre Freunde betrachtete, und Kaja hatte Angst, dass sie im Falle einer Auseinandersetzung auf Leben und Tod das Tier nicht mehr kontrollieren konnte.

Wo war er? Und wo war James? Abgesprochen war, dass er ihr unauffällig zur Lichtung folgen sollte, auf der man Suzie Clifton gefunden hatte und wo der Mörder den Hahn vergraben hatte. Aber nichts, keine Spur, kein Laut. Selbst als Kaja sich umdrehte und witterte, konnte sie James' Duft nach Zimt und Moos nicht wahrnehmen. Mühsam ihre Ungeduld unterdrückend, lief sie auf der Lichtung hin und her, kniete sich hin und ließ den Strahl der Taschenlampe auf vermeintlich interessante Funde auf dem Boden fallen.

Als sie das nächste Mal auf die Uhr sah, war bereits eine Stunde vergangen und vom Cross-Killer immer noch nichts zu sehen. Selbst das Quaken der Frösche und das Zirpen der Grillen, die sie bei ihrem ersten Abstecher hier im Black Bayou ununterbrochen begleitet hatten, waren verstummt.

Sie knipste die Taschenlampe aus, um sich ganz auf ihr feines Gehör konzentrieren zu können, aber es blieb unnatürlich still.

Irgendetwas stimmte nicht. Sie schaute sich um. Kein Cross-Killer. Kein James. Ein Blick auf die Armbanduhr verriet ihr, dass es bereits halb drei war. Eine halbe Stunde würde sie noch warten, und wenn sich bis dahin nichts getan hatte, mussten sie, James und Phoebe sich eben einen anderen Plan ausdenken, um den Cross-Killer unschädlich zu machen. Jeder konnte sich irren, und auch den besten Wahrsagerinnen unterlief mal ein Fehler.

In diesem Moment hörte sie es. Jemand näherte sich mit verstohlenen Schritten der Lichtung. Rasch knipste

Kaja die Taschenlampe wieder an und kniete sich neben der Grube, in der sie den schwarzen Hahn entdeckt hatte, auf den Boden. Es kostete sie alle Kraft, zu der sie fähig war, dem mutmaßlichen Mörder den Rücken zugewendet zu lassen. Was, wenn er doch kein Mensch war? Die Marinette mit den dürren Armen galt auch als Schutzherrin der Werwölfe. Mit einem Wolf konnte es Kaja in ihrer menschlichen Gestalt nicht aufnehmen. Und selbst wenn er ein Mensch war, trug er vielleicht eine Waffe bei sich. Gestaltwandler waren zäher als normale Menschen, aber nicht unsterblich oder nur durch eine Silberkugel außer Gefecht zu setzen. Wenn der Killer ihren Kopf anvisierte und traf, dann half ihr keine Magie der Welt, zu überleben. Dann kannst du ja als Zombie zurückkehren, flüsterte die verräterische Stimme der Angst in ihrem Kopf.

»Hey, Großmaul.« Es war beinahe eine Erleichterung, die Stimme des Mannes zu hören, der zwei Mädchen getötet hatte. Abgesehen von der rasenden Wut, die man ihm anhörte, klang er ... normal. Sie tat so, als würde sie sich erschrecken, als sie das Klicken hörte, mit dem er eine Waffe entsicherte. »Steh auf und sieh mir ins Gesicht.« Kaja richtete sich langsam auf und ließ den Strahl der Taschenlampe über den Boden wandern, bis er seine Füße traf. »Wirf die Lampe weg.«

»Aber dann kann ich dich nicht ansehen«, erwiderte sie mit zitternder Kleinmädchenstimme. In Wahrheit brauchte sie den Lichtkegel der Lampe nicht, um sein Gesicht zu erkennen. Es war ein langweiliges, durchschnittliches Gesicht mit schmalen Lippen, leicht gerundeten, flaumigen Wangen. Das Einzige, was ihr einen Schauer über das Rückgrat jagte, waren seine trotz der zornigen Stimme vollkommen ausdruckslosen Gesichtszüge. Da war keine Freude über seinen vermeintlichen Triumph, keine Sorge, dass er aus der Begegnung mit der jungen Superpolizistin nicht als Sieger hervorgehen würde, gar nichts.

Das war der Mann, der ihr in einer nicht näher bestimmten Zukunft die Lippen mit Paketschnur vernähen würde. Er war der Grund, weshalb sie vielleicht sterben und Phoebe, wenn sie recht behielt, als Untote zu einer Existenz zwischen Leben und Tod verdammt sein würde. Wo blieb James überhaupt? Er hatte ihr doch versprochen, immer in ihrer Nähe zu sein.

Es wäre so leicht, die Pantherin zu wecken und dem Cross-Killer mit einem Hieb ihrer Krallen die Kehle aufzuschlitzen. Phoebe wäre in Sicherheit, ebenso wie sie selbst. Er war nur ein Mensch, ein Mörder noch dazu, der versucht hatte, sich schwarzer Magie zu bedienen. Wenn sie ihn in ihrer Panthergestalt tötete, würde niemand je davon erfahren, außer James und Phoebe. Ihre Kollegen würden durch die Pfotenabdrücke und die Art der Wunde davon ausgehen, dass der Mann dem Angriff eines wilden Tieres zum Opfer gefallen war. Das Morden hätte ein Ende. Die Welt wäre ohne ihn besser. Kein drittes Opfer. Keine Wiederkehr in ein paar Jahren.

»Komm her, Schlampe.«

Kajas Kopf ruckte zur Seite, als sein Speichel sie traf. *Lass mich raus,* zischte die Pantherin. *Ich mache kurzen*

Prozess mit ihm. Er ist ein Schwein und verdient es nicht, am Leben zu bleiben.

Nein.

Er konnte im Dunkeln nicht annähernd so gut sehen wie sie, das war ein Vorteil, den sie nutzen musste. Warum half James ihr nicht? Tat er das mit Absicht, damit sie sich verwandelte und den Mann umbrachte?

»Suchst du jemanden?« Ihr Herz setzte einen Schlag aus. »Falls du darauf wartest, dass dir dieser geschniegelte Typ, mit dem du hergekommen bist, zu Hilfe kommt, dann kannst du lange warten. Ich habe ihm die Kehle aufgeschlitzt.«

»Nein«, heulte sie, oder war es die Pantherin?

»Die Marinette hat mir verraten, wo er sich versteckt«, fuhr die Stimme fort. Der Schmerz der Pantherin war so groß, dass sie das Tier kaum noch im Zaum halten konnte. *Denk nach,* befahl sie sich und kämpfte verzweifelt gegen die Versuchung an, der Pantherin das Kommando zu überlassen. Atmen. Nachdenken.

»Aber sie ist nicht bei dir, deine Marinette. Sie hat dich im Stich gelassen.« Kaja sah das kurze Zucken der Hand, in der er die Waffe hielt. Zorn, erinnerte sie sich. Phoebe hatte gesagt, sie müsse den Cross-Killer wütend machen, damit er seine Vorsicht vergaß und Fehler machte. »Sie hat dich im Stich gelassen. Oder siehst du sie irgendwo?« Sie machte eine kurze Pause und versuchte abzuschätzen, ob sie ihm die Waffe entwinden konnte. Verdammt, sie brauchte die Pantherin. Ohne das Tier war sie nicht kräftig genug, um es mit ihm aufzunehmen. »Hallooo«, rief sie übertrieben,

»Marinette? Bist du hier irgendwo?« Sie zuckte lässig mit den Schultern und hoffte, dass er nicht bemerkte, dass sie ihm näher kam.

»Halt die Schnauze!«, brüllte er, machte aber keine Anstalten, den Abzug der Waffe zu drücken.

»Warum? Ich sage nichts als die Wahrheit«, rieb Kaja Salz in die Wunde. Noch ein halber verstohlener Schritt. »Sie hat dich benutzt und weggeworfen, du armes Würstchen. Du bist nichts als Abschaum in ihren Augen.«

»Ich werde dir das Maul stopfen«, brüllte er und überwand die Distanz zwischen ihnen schneller, als sie es für möglich gehalten hatte. Das Bild, wie er sich über sie beugte und ihr den Mund zunähte, schoss ihr durch den Kopf. Kaja wich zurück, konnte aber nicht verhindern, dass er sie mit dem Lauf der Waffe am Kopf traf. Der Schmerz brandete auf und lähmte sie für wertvolle Sekunden, während Sterne vor ihren Augen tanzten. Finger griffen in ihr Haar und zerrten ihren Oberkörper gnadenlos nach vorne. *Lass mich!*, schrie die Pantherin, aber immer noch weigerte sich Kaja, sie loszulassen. Das Knie des Killers traf ihren Magen. Die Luft entwich ihren Lungen mit einem pfeifenden Geräusch, das Kaja wie aus weiter Ferne hörte. Nun kannte die Pantherin kein Halten mehr. Mit aller Macht riss sie an den Fesseln, mit denen Kaja sie zurückhielt. »Ich werde dir bei lebendigem Leib ...«

Was immer er auch sagen wollte, ging im Rauschen ihres Blutes unter, das alle anderen Geräusche übertönte. Selbst die Sterne verblassten. Um Kaja wurde es schwarz. Mit aller Macht hielt sie die Pantherin im Zaum. Erst als sie merkte, dass sie jeden Augenblick das Bewusstsein verlieren würde und keine Wahl hatte, gab sie nach und schenkte der Pantherin mit einem lauten Schrei die Freiheit.

Paris, Dienstag,
den 2. April 2019

Seth,

ich sitze am Flughafen Paris-Charles-de-Gaulle und habe den nächsten Flug nach New Orleans gebucht. Hier ist es 4 Uhr morgens, bei dir müsste es … 9 Uhr abends sein. Gott, ich kann nicht einmal mehr kopfrechnen! Was ist los bei dir?

Ich komme gegen 12 Uhr Ortszeit am Louis Armstrong Airport an.

Wenn du nicht antwortest, weil du vergessen hast, dein Handy aufzuladen, werde ich ziemlich sauer sein und dich mit mir zurück nach Paris schleifen. Dann können wir dem LaLaurie-Killer gemeinsam auf die Pelle rücken. Ich lasse meine Jungs und Mädels nur ungern allein, aber ich stehe kurz vorm Durchdrehen, weil ich mir wahnsinnige Sorgen um dich mache.

K.

Phoebe zog sich die Handschuhe über und griff nach der Wasserflasche. Erst nachdem sie die halbe Flasche geleert hatte, sagte sie: »Du kennst die Akte. Dann weißt du, dass Kaja den Cross-Killer im Alleingang gestellt hat.«

»Jetzt komm endlich zum Punkt«, herrschte Seth sie an. »Ich kann die Akte auswendig herbeten. Was mich wirklich interessiert, sind die Lücken. Zum Beispiel die Frage, warum sie mutterseelenallein unterwegs war. Die Kaja, die ich kenne, ist vielleicht kein großer Teamplayer, aber sie ist nicht dämlich.«

Phoebe hob die Augenbrauen, als wollte sie seine Behauptung infrage stellen, ging aber nicht weiter darauf ein. »Ich arbeitete damals für eine Zeitung, den Cajun Courier, und einen Mann namens James Harkdale.« Ihre Stimme begann zu zittern, aber sie fing sich wieder. »James war ein Inkubus und nutzte den Cajun Courier, um die paranormale Community über wichtige Dinge auf dem Laufenden zu halten. Unter dem Deckmantel einer Zeitung für Menschen gelang es uns, Informationen zu verbreiten, die wir für wichtig hielten. Jeder, der selbst ein Paranormaler war, konnte zwischen den Zeilen lesen. Im Fall des Cross-Killers vermutete James sofort, dass schwarze Voodoo-Magie im Spiel war.« Sie schluckte und sah auf ihre Hände. »Um genau zu sein: James wusste es. Einen Monat, bevor es mit dem Morden losging, begann ich von dem Killer zu träumen. James und ich ...« Ihre Augen füllten sich mit Tränen, die sie vergeblich wegzublinzeln versuchte. Seth verhärtete sein Herz gegen ihren Schmerz. Er empfand Mitleid für sie, aber das würde weder ihm noch Phoebe und erst recht nicht Kaja helfen. »James und ich versuchten, die Morde zu verhindern, aber wir schafften es einfach nicht. Dann hatte ich den ersten Traum von Kaja. Ich sah, wie er sich seinem nächsten Opfer näherte, fühlte seine Wut auf die Frau, die ihn in aller Öffentlichkeit als Idioten abgestempelt hatte. Aber diesmal gelang es der Frau, den Spieß umzudrehen. Aus dem Opfer wurde die Jägerin, die ihn zur Strecke brachte.«

»Sie hat sich verwandelt«, sagte Seth, als Phoebe schwieg. »Du wusstest also, dass Kaja schaffen würde, was dir und diesem Harkdale nicht gelungen war. Wie hast du sie gefunden?«

»Das war nicht leicht, aber James kannte viele Paranormale, die wiederum jemanden kannten ... und so weiter. Kaja hat sich viel Mühe gegeben, nicht aufzufallen, aber du kennst sie ja.« Sie tauschten ein Lächeln, das sie beide für einen Augenblick aus dem Sumpf des Todes herauszog. Sobald wir wussten, wer sie war, mussten wir eine Möglichkeit finden, ihr die Aufgabe begreiflich zu machen, die ihr zugefallen war. Das war der schwierigste Punkt an der ganzen Sache, denn damals wollte Kaja nichts mit ihrer anderen Seite zu schaffen haben und als Mensch durchgehen. Sie dachte, wenn sie die Pantherin unterdrückt, würden die Kollegen sie als eine der ihren akzeptieren. Du weißt ja, wie das ist.«

»Und dann?« Seth hatte nicht das geringste Bedürfnis, mit Phoebe über seine Erfahrungen zu sprechen.

»James machte ihren Vorgesetzten ausfindig und ... nun ja, er erpresste ihn, mir eine Stelle als Praktikantin bei der Louisiana State Police in Kajas unmittelbarer Nähe zu verschaffen, damit ich sie auf den richtigen Weg führen konnte.« Der Vorgesetzte musste der Mann gewesen sein, der am Ende der Ermittlungen Selbstmord begangen hatte. Seth öffnete den Mund, um Phoebe danach zu fragen, und schloss ihn wieder. Eine Ablenkung vom eigentlichen Thema war das Letzte, was er wollte, nun, da sie endlich redete! Sie schnitt eine Grimasse. »Was nicht so einfach war, denn sie bemühte sich nach Kräften, ihre übernatürliche Seite auszumerzen.«

»Warum hat Harkdale dich geschickt, anstatt direkt Kontakt zu Kaja aufzunehmen? Ich verstehe, dass ihr geglaubt habt, sie würde euch auslachen, aber du, mit deiner Gabe, als Praktikantin in der Presseabteilung bei der Polizei? Es muss die Hölle für dich gewesen sein.«

»Das war es«, bestätigte Phoebe. »Was James angeht – er war ein Inkubus, und Kaja war eine ziemlich hübsche Frau in der, hm, Blüte ihres Lebens.« Sie wurde tatsächlich rot.

Obwohl die Situation alles andere als lustig war, musste Seth lachen. »Hast du jetzt wirklich ›in der Blüte ihres Lebens‹ gesagt?«

Phoebes Blick sprach von gekränkter Eitelkeit und wachsender Verlegenheit. »Wie du dir vorstellen kannst, ist mein Erfahrungsschatz in körperlichen Dingen eher beschränkt.« Sie hob kurz die Hände. »Hautkontakt ohne Schutz, ob an den Händen oder sonst wo, ist bestenfalls unangenehm und schlimmstenfalls grauenhaft, denn ich kann nicht beeinflussen, welche Erinnerungen und Gefühle meines Gegenübers sich auf mich übertragen. Und glaub mir, es gibt Dinge, die man einfach nicht wissen will.«

»Tut mir leid«, entschuldigte sich Seth und räusperte sich. »Du hattest also Bedenken, dass sie dem Inkubus Avancen macht.«

»Nein, es war genau umgekehrt. Inkubi ernähren sich von Energie, und die intensivste Energie wird beim Geschlechtsverkehr freigesetzt. Glaub mir, einem hungrigen Inkubus oder seinem weiblichen Pendant möchtest du nicht begegnen.« Phoebe rieb sich die Augen. »Ich war also mit Kaja in diesem Minibüro zusammengepfercht und ermutigte sie, auf eigene Faust zu ermitteln. Ich sah die ganze Angelegenheit relativ locker, weil ich ja wusste, dass sie den Cross-Killer schnappen würde. Ich dachte, ich könnte mich entspannt zurücklehnen und beobachten, wie meine Blicke in die Zukunft zur Realität werden. Aber dann ...«

Diesmal sagte Seth nichts, sondern wartete geduldig ab.

»Dann kamen andere Visionen, in denen Kaja älter war.« Phoebe begann zu zittern. »Ich habe gesehen, wie du sie in den Armen hieltst. Sie hatte viel Blut verloren, glaube ich, denn sie war blass wie der Tod. Aber das war noch nicht das Schlimmste.« Sie leckte sich mit der Zunge über die spröden Lippen. »Jemand hatte ihr den Mund zugenäht, auf genau die gleiche Art und Weise, wie es der Cross-Killer mit seinen Opfern tat. Ich wusste, dass er es war, Seth, ich konnte es in der Vision so deutlich fühlen, wie ich dich in diesem Moment sehe.«

»Jeremy Foster ist tot.« Mit der Unerbittlichkeit eines Films spulten sich die Szenen in seinem Kopf ab: Jeremy Foster, der durch die Giftspritze starb. Phoebe, die seinen Tod mit eigenen Augen sehen musste. Kaja, die nach Frankreich gereist war, fort von ihm, der sie in den Armen halten würde – wenn Phoebes Visionen stimmten. Das anonyme Grab auf dem Silent-Hill-Friedhof, bezahlt von der Stadt New Orleans, die für die Kosten aufkam, wenn ein Bürger ohne Angehörige verstarb. Aber wie passte William Charting ins Bild, der Mann, der heute Morgen – nein, es war nach Mitternacht, es war gestern gewesen – mit zugenähten Lippen aufgefunden worden war?

Phoebe hatte ihn keine Sekunde aus den Augen gelassen. Ihr Gesicht war weiß, als sie seinen Verdacht aussprach: »Jemand hat Jeremy Foster zurückgeholt. Und wir müssen unter allen Umständen verhindern, dass Kaja in seine Nähe kommt.«

KAPITEL 11

Daily Picayune von Mittwoch, dem 3. April 2019

Kinderschänder getötet
Rache oder Gerechtigkeit?

Heute Morgen wurde William Ch., ein einundvierzig Jahre alter Mann, in der Nähe des Jackson Square tot aufgefunden. Der Mann, der vor sieben Monaten einer Anklage wegen mehrfachen sexuellen Missbrauchs aufgrund eines Verfahrensfehlers entkommen konnte, starb eines gewaltsamen Todes, über dessen genauere Umstände die Polizei keine Details verlauten lässt.

Die Empörung über den Tod des Mannes hält sich jedoch in Grenzen. Die Eltern der Zwillinge, die Ch. in seiner Eigenschaft als Footballtrainer betreute, hüllen sich in Schweigen. Aus dem näheren Umfeld der gramgebeugten Eltern war jedoch zu hören, dass sie die Tat für eine Fügung Gottes halten. »Gerechtigkeit« ist ein Wort, das oft fällt, wenn vom Sterben Ch.s die Rede ist. Es werden jedoch auch Stimmen laut, die den Vater der beiden Mädchen für die Tat verantwortlich machen und behaupten, dass er grausame Rache an Ch. übte.

Wir fragen Sie:

Ist der Mord an Ch. ein Akt der Rache oder der Gerechtigkeit?

Stimmen Sie ab unter https://picayune-daily/frage.des.tages/wllmchrtng

Lassen Sie uns wissen, was Sie denken! Ihre Meinung zählt!

Vierzehn Stunden war Kaja unterwegs gewesen, einen Zwischenstopp in Atlanta inklusive, und die erzwungene Untätigkeit hatte ihre Nervosität ins Unendliche gesteigert. In Atlanta hatte sie kein Netz gehabt, und als sie endlich einen Münzfernsprecher gefunden hatte, war ihr Flug nach New Orleans aufgerufen worden, und sie musste einchecken. Das Erste, was sie nach ihrer Ankunft tat, war, ihr Handy wieder einzuschalten. Es dauerte zwei Minuten – eine gefühlte Ewigkeit für Kaja –, bis das Telefon ihr zwei verpasste Anrufe und eine Nachricht von Seth anzeigte. Sie zögerte einen Moment, bevor sie nachsah, wer versucht hatte, sie telefonisch zu erreichen.

In Momenten wie diesem hasste sie ihren Job. Innerlich war Kaja von Natur aus Pessimistin und jetzt noch überaus nervös, darauf gefasst, dass die Nachricht von seinem Handy aus verschickt worden war, aber von einem Kollegen, der ihr Seths Tod mitteilte. Oder ein irrer Killer hatte ihn gefangen genommen, jemand, der eine Rechnung mit ihr offen hatte und Seth an ihrer Stelle bluten ließ.

Jemand wie der Cross-Killer, flüsterte eine innere Stimme. Doch das war nicht möglich, er hatte die Giftspritze bekommen und war tot. Catherine und sicher auch Seth, dem sie ansatzweise von Jeremy Foster erzählt hatte, hätten ihr Bescheid gesagt, wenn der Psychopath begnadigt worden wäre. Oder?

Er wird wiederkommen, raunte ihre innere Stimme ihr zu, woraufhin Kaja sie in einem Akt purer Willenskraft in die hinterste Ecke ihres Kopfes schob. Die Vergangenheit war genauso tot und begraben wie der Cross-Killer. Jemand rempelte sie an und meckerte. Kaja merkte, dass sie mitten im Weg stand, und suchte eine Stelle in dem Getümmel, an der niemand sie beim Lesen von Seths Nachricht störte. Es musste einfach eine positive Nachricht von ihm sein. Sie war bestimmt nur paranoid, das war der Grund, weshalb sie hypernervös war, und nicht etwa so etwas Absurdes wie eine Vorahnung. Das Wort hallte in ihrem Kopf wider. Sie kämpfte sich durch die Menschenmassen, das Telefon in der schweißnassen Hand, bis sie an einer Bank am Rande des Terminals angekommen war. Mit schweren Beinen ließ sie sich auf dem Metallsitz nieder und wischte einmal über das Display.

Es war eine typische Seth-Nachricht, kurz und knapp:

Sorry. Hier herrscht Chaos. Falls du das noch vor deinem Abflug liest, bleib in Frankreich. Falls nachher, nimm den nächsten Flieger zurück nach Paris. Ich rufe an, sobald ich kann.

Seth.

Was zum ... Kaja las die Nachricht noch einmal, nur um sicherzugehen, dass sie alles richtig verstanden hatte. Seth wollte sie nicht in New Orleans wissen, das war eindeutig. Doch solange er ihr nicht den Grund dafür nannte, würde sie den Teufel tun und umkehren. Ihr Instinkt sagte ihr, dass ihr Liebster sie brauchte.

Entschlossen schlang sie ihren Rucksack über die Schulter, verstaute das Handy in ihrer Hosentasche und machte sich auf den Weg zum Ausgang. Statt ihn anzurufen, wollte Kaja direkt zu ihm fahren. Mit etwas Glück war er im Büro. Falls nicht, würde sie in ihrer gemeinsamen Wohnung auf ihn warten. Oder sein Handy orten lassen und auf geradem Weg zu ihm fahren. Wenn er glaubte, sie beschützen zu müssen, hatte er sich getäuscht. Und zwar ganz gewaltig! Sie hatte nicht ... Kajas Nacken prickelte. Jemand beobachtete sie.

Zögerlich drehte sie sich um – und da stand Seth. Sein Gesicht war blass, die dunklen Brauen, über die sie so gerne mit dem Finger fuhr, drohend zusammengezogen. Kaja versuchte ein Lächeln, aber es erstarrte, als sich hinter seiner breitschultrigen Gestalt eine zweite hervorschob. Eine, die ihr vage bekannt vorkam und die ihre Unruhe auf ein neues, nie gekanntes Level steigen ließ. Dieses Gesicht ... die hohen Wangenknochen, der breite Mund, der nur selten lächelte ... Kaja erstarrte mitten im Lauf und kümmerte sich nicht um die Flüche der Passanten hinter ihr. In ihrem Mund breitete sich der saure Geschmack der Angst aus, der sich nicht herunterschlucken ließ. Der Geruch nach Sumpf, nach Brackwasser und Moder traf ihre Nase.

Phoebe Caldwell.

Seth war jetzt bei ihr angekommen und streichelte ihre Wange, bevor er sich zu ihr herunterbeugte und sie küsste. Sein vertrauter Geruch nach Moos und Wasser umfing sie, und sie erlaubte sich einen Augenblick der köstlichsten Schwäche, indem sie sich an ihn lehnte. Und dann war Phoebe in Kajas Blickfeld, immer noch genauso groß wie früher, aber deutlich schlanker, fast schon dürr. Sie schlang ihre langen Arme um Kajas Taille, hob sie in die Luft und drückte sie an sich. Für den Bruchteil einer Sekunde machte sich Kaja steif wie ein Brett. Sie hasste es, wie eine Puppe hochgehoben zu werden, aber dann sah sie die Tränen in den Augen ihrer Fast-Freundin und erinnerte sich, wie sehr Phoebe Berührungen verabscheut hatte, und erwiderte die Umarmung.

Endlich hatte sie wieder festen Boden unter den Füßen und wusste gar nicht, was sie zuerst fragen sollte. Seth und Phoebe schien es ähnlich zu gehen, denn bis Seth ihr den Arm um die Taille schlang und das Parkhaus ansteuerte, sagte keiner von ihnen ein Wort. Kaja fiel auf, wie er darauf achtete, Phoebe vor den entgegenkommenden Menschen abzuschirmen. Er wusste also, was sie war.

»Möchtet ihr mir nicht endlich sagen, was los ist?«, brach Kaja das Schweigen. »Und kommt mir nicht mit ›Es ist kompliziert‹«, ergänzte sie rasch. »Das ist es nämlich immer.«

»Kannst du dich bitte gedulden, bis wir irgendwo sind, wo uns niemand stört?«, brummte Seth. »Ich hätte nicht übel Lust, dich schnurstracks nach Frankreich zurückzuschicken.«

»Ich weiß es sehr zu schätzen, dass du es nicht tust«, erwiderte Kaja spitz, obwohl sie von ihren Worten nicht wirklich überzeugt war. Sie liebte Seth wegen seiner Loyalität, doch manchmal übertrieb er es etwas mit dem Beschützerinstinkt. Aber okay, sie konnte sich gedulden. Früher oder später mussten die beiden ihr sagen, was los war und was sie sich noch nicht zusammengereimt hatte. Gott, sie hasste es zu spekulieren.

»Hier, trink«, sagte Seth, als sie endlich im Büro angekommen waren, und drückte ihr einen Schwenker mit Cognac in die Hand. Sie machten sich immer einen Spaß daraus, die Flasche hinter den Büchern hervorzukramen, wie es dem Klischee in Hardboiled Krimis entsprach. Doch heute war nichts Witziges daran, so zu tun, als wäre einer von ihnen Sam Spade, und sie hatten auch keinen erfolgreich abgeschlossenen Fall zu feiern. Im Gegenteil. Jetzt ging es erst richtig los. Kaja wollte sich gerade wie immer an ihren Schreibtisch setzen, als sie merkte, dass Phoebe bereits dort saß, ganz so, als würde sie sich dort zu Hause fühlen. Sie schob den Funken Eifersucht fort und schwang ihre Kehrseite auf die breite Fensterbank. Dann würde sie eben mit ihrem zweitliebsten Platz im Büro vorliebnehmen. Seth nahm hinter seinem Schreibtisch Platz, von wo aus er die Eingangstür und das Fenster gleichzeitig im Visier hatte. Er behielt eben gern alles unter Kontrolle, ihr Krokodilwandler.

»Wie wäre es, wenn du und Phoebe erst einmal alles klärt, was sich in den vergangenen Jahren an Neuigkeiten angesammelt hat?« Kaja hätte Seth am liebsten geküsst. »Dann kann ich in der Zwischenzeit noch ein paar Dinge erledigen, die sich bei mir angesammelt haben. Auf diese Weise verlieren wir weniger Zeit.« So viel zu einem einfühlsamen Mann. Er war wohl doch eher praktisch veranlagt.

»Warum nicht«, stimmte Kaja zu und kippte den Cognac in einem einzigen Schluck hinunter. »Aber lass uns ins

Nebenzimmer gehen«, sagte sie an Phoebe gewandt, setzte das Glas ab und verließ ihren Fensterplatz. »Dann kannst du in Ruhe arbeiten.« Im Vorbeigehen küsste sie Seth auf die stoppelige Wange. »Es ist trotz allem schön, wieder hier zu sein«, flüsterte sie.

Besagtes Nebenzimmer war zwar drei Mal so groß wie die Kammer, die sie und Phoebe sich vor sieben Jahren geteilt hatten, aber immer noch klein genug, um die ungewöhnliche Größe der Frau hervorzuheben. Sie und Seth hatten das Zimmer mit Kameraattrappen in den Ecken der weiß gekalkten Wände und drei Stühlen an einem billigen Resopaltisch als provisorischen Verhörraum hergerichtet. Trübe Fensterscheiben verwehrten den Blick nach draußen, um eine möglichst ablenkungsfreie und deprimierende Umgebung zu schaffen, was ihnen definitiv gelungen war. Als sie und Phoebe auf den harten Plastikstühlen einander gegenübersaßen, erkannte Kaja im harten Licht der nackten Glühbirne über ihren Köpfen, dass die Zeit nicht spurlos an ihrer Fast-Freundin vorübergegangen war. Erste graue Fäden mischten sich in das braune Haar, aber vor allem die Falten um Augen und Mundwinkel ließen sie älter als ihre Mitte dreißig erscheinen.

»Ich weiß, ich sehe ganz schön fertig aus. Aber«, Phoebe klopfte sich auf den flachen Bauch, »ich habe abgenommen.«

»Es hat mich nie gestört, dass du dick warst«, erwiderte Kaja. »Warum auch? Du warst ja auch nie genervt davon, dass ich klein bin.« Sie überlegte einen Augenblick, dann sprach sie aus, was ihr durch den Kopf ging, seit sie Phoebe vorhin wiedergesehen hatte. »Warum bist du damals einfach verschwunden? Ich ...« Sie drehte den Kopf zur Seite. Nein. Sie würde nicht weinen.

»Ich war halb verrückt vor Angst und Trauer«, sagte Phoebe. Sie sprach leise, aber in dem nahezu leeren Raum hallten ihre Worte von den Wänden wider. »Ich werde es mir nie verzeihen, dass ich James' Tod nicht vorausgesehen habe. Ich hätte es wissen müssen.« Ihre Hände in den Handschuhen ballten sich zu Fäusten. »Er war der Einzige, der mich jemals ... mit dem ich ...«

»Schon gut«, unterbrach Kaja ihr Gestammel. Es zerriss ihr das Herz, Phoebes Trauer zu sehen, die auch nach sieben Jahren immer noch wie eine offene Wunde zu schmerzen schien. Dann wurde ihr mit einem Schlag klar, was Phoebe ihr gerade gestanden hatte. »Du und James – ihr wart ein Paar?« Das Entsetzen jagte ihre Stimme um eine halbe Oktave nach oben. Ein Blick in Phoebes Gesicht reichte als Antwort. »Hätte ich das gewusst, ich hätte nie ... ich meine, ich wäre nicht mit ihm ...« Jetzt war sie es, die keine vollständigen Sätze mehr bilden konnte. »Oh Phoebe, es tut mir unendlich leid.«

Die andere Frau räusperte sich. »Ich wusste immer, dass eine Frau nicht genug ist, um James' Appetit zu stillen. Das ist durchaus wörtlich zu verstehen.« Kaja erinnerte sich an seine Berührungen, die in der einen Minute leicht wie eine Feder gewesen waren, nur um in der nächsten Minute ins Gegenteil umzuschlagen. Aber das war lange her, und der James aus ihren Erinnerungen war längst tot. »Als ich begriff, dass James nicht mehr nach Hause kommen würde, war ich ...« Phoebe suchte nach Worten. »Es war nicht nur Wut auf mich selbst, weil ich nicht vorausgesehen habe, dass der Cross-Killer ihn töten würde. Ich habe dich gehasst, Kaja, mehr als ich jemals in meinem Leben jemanden gehasst habe. Mehr als den Cross-Killer.« Obwohl Kaja nachvollziehen konnte, was Phoebe damals empfunden hatte, schockierte sie das Ausmaß von Phoebes Hass. »In den Nachrichten sagten sie, dass du den Mörder von Madeline Roux und Suzie Clifton festgenommen hättest. Ich saß zu dieser Zeit in James' leerem Haus und wartete, dass er jeden Augenblick zur Tür hereinkäme. Aber das tat er nicht. Als ich verstand, dass ich ihn nie wiedersehen würde, musste ich Baton Rouge verlassen, oder ich hätte dich mit eigenen Händen erwürgt.«

»Ich verstehe.« Kaja schob die Erinnerungen an James, an seine Stimme, die wandelbaren blauen Augen und sein Lächeln rigoros zur Seite. »Ich konnte erst spät am Abend nach dir schauen«, ergänzte sie nun ihren Teil der Ereignisse. »Die Kollegen haben mich richtiggehend verhört, vor allem wegen der Wunden. Ich musste mir auf die Schnelle etwas ausdenken, was halbwegs plausibel klang. Es tut mir so leid, ich hätte dich sofort anrufen sollen, nachdem das alles vorbei war.« Sie dachte an das Chaos in ihrem Kopf, nachdem sie sich wieder in einen Menschen verwandelt hatte, an die Fragen der Kollegen. Was sie um diese Zeit im Black Bayou verloren hatte. Hatte Foster versucht, sie zu vergewaltigen, oder warum war ihre Kleidung zerrissen? Wer hatte den berüchtigten Cross-Killer dermaßen zugerichtet? Selbst in der Erinnerung begann ihr Kopf sich noch zu drehen. Und das alles hatte sie ertragen, während sie sich immerzu fragte, wie es Foster, einem verdammten Menschen, gelungen war, einen Inkubus zu töten. »Es war schon dunkel, als ich James' Haus erreichte. Die Tür stand offen, und du warst nicht da.« Sorgsam achtete Kaja darauf, nicht die leiseste Anklage in ihren Worten mitschwingen zu lassen. »Ich habe wochenlang auf ein Zeichen von dir gewartet und den ganzen Staat nach dir abgesucht.« Vorbei war es mit der stimmlichen Neutralität. »Wo zur Hölle hast du gesteckt, Phoebe?«

Eine ganze Zeit lang war aus dem Verhörraum lediglich das Gemurmel zweier weiblicher Stimmen zu vernehmen gewesen. Seth hatte es geschafft, sie weitestgehend auszublenden, und versucht, sich einen Überblick über die Untersuchungsergebnisse des Mordes an Charting zu verschaffen.

Hanswick hatte eine Tür-zu-Tür-Befragung veranlasst, die ergebnislos verlaufen war. Keiner der Nachbarn hatte etwas gesehen, gehört oder behauptete es zumindest.

Die menschliche Spurensicherung hatte unzählige Fundstücke fotografiert, eingetütet und ins kriminaltechnische Labor geschickt, wo die Kollegen mit Hochdruck an der Analyse arbeiteten. Seth wollte nicht in ihrer Haut stecken. Er hatte den Müll gesehen, der in der Pirate Alley herumlag. Kaffeebecher aus Styropor, achtlos fortgeworfene Zigarettenkippen und Plastikverpackungen jeglicher

Form waren die Kehrseite des Tourismus, der seit Katrina wieder deutlich an Aufschwung gewonnen hatte. Er stellte sich die Gesichter der Kollegen vor, wenn sie feststellten, dass die DNA auf einem Fetzen Haut oder in einem Haar einem verurteilten und bereits verstorbenen Mörder gehörte.

Seth war sich zu einhundert Prozent sicher: Jemand hatte den Cross-Killer von den Toten auferstehen lassen. Nur der Grund entzog sich ihm wieder und wieder. Immer, wenn er glaubte, jede Sekunde das gesamte Bild zu erkennen, verschwand es wieder hinter dem Chaos aus Spuren und Bildern in seinen Gedanken. Die Unordnung in seinem Kopf wurde durch seine Sorge um Kaja nicht weniger.

Phoebe hatte von der selbsterfüllenden Prophezeiung gesprochen, aber es sah ganz danach aus, als hätte das Schicksal bereits entschieden, was geschehen würde, ob mit oder ohne Seths Wissen um Phoebes Visionen.

Sollte er Kaja kurzerhand ins Flugzeug verfrachten und sie zwingen, zurück nach Frankreich zu fliegen? Irgendwie hatte er das dumpfe Gefühl, dass ihm diese Entscheidung nicht weiterhelfen würde, selbst wenn Kaja sich wegschicken ließe. Nein, es musste eine andere Möglichkeit geben, sie zu beschützen.

Seth rieb sich die Augen. Er musste denjenigen finden, der für Fosters Wiedererweckung verantwortlich war, und ihn unschädlich machen. Seine Gedanken richteten sich auf den seit drei, nein vier Tagen nicht mehr auffindbaren Ladenbesitzer. Er war im Augenblick seine heißeste Spur. Seth schnaubte leise. Wem wollte er etwas vormachen?

Der verschwundene Nicolas Toussaint war sein einziger Verdächtiger.

Er wandte sich dem vorläufigen und sehr knappen Bericht von Ben Burton zu. Ja, es gab Spuren schwarzer Magie am Tatort. Ja, vermutlich war Voodoo mit im Spiel, aber ohne den Leichnam genauer untersucht zu haben, wollte Burton sich nicht festlegen. Er vertröstete Seth auf den nächsten Morgen und schrieb, dass er die Nacht im Leichenschauhaus verbringen würde, um sich dem Toten ohne lästige menschliche Augenzeugen widmen zu können.

Okay, das war immerhin etwas. Seth wusste, dass paranormale Fälle, wie alle anderen auch, ein Höchstmaß an Hintergrundarbeit erforderten, aber Burton stellte seine Geduld, die Phoebes beharrliches Schweigen in den letzten Wochen bereits überstrapaziert hatte, schwer auf die Probe. Andererseits bot sich Seth hier eine Möglichkeit, Kaja aus der Schusslinie zu schaffen.

Genau, das war eine hervorragende Idee! Er machte sich daran, Toussaint aufzuspüren, während Kaja und Phoebe dem jungen Hexer im Leichenschauhaus zur Seite stehen würden.

Jetzt musste Kaja den Köder nur noch schlucken.

KAPITEL 12

Daily Picayune
von Donnerstag, dem 4. April 2019

Sie haben abgestimmt:
Es ist Gerechtigkeit

Der Gerechtigkeit wurde Genüge getan – das ist Ihre Meinung zum Tod von William Ch.

Wir bedanken uns für Ihre Teilnahme und verweisen auf die Online-Ausgabe unserer Zeitung, in der Sie das Ergebnis im Detail sehen können. Viele von Ihnen haben die Umfrage kommentiert; auch dafür ein herzliches Dankeschön. Menschen wie Sie, die sich nicht scheuen, ihre Meinung frank und frei zu sagen, sind es, die unsere Arbeit zu etwas Besonderem machen.

Kaja wusste ganz genau, was Seth mit seinem »Vorschlag« beabsichtigte. Er wollte sie von dem Teil der Ermittlungen fernhalten, den er für gefährlicher *und* erfolgversprechender hielt als die Spur, der sie nachging. Seth, Phoebe und sie hatten noch gute zwei Stunden zusammengesessen und den Stand der Ermittlungen beziehungsweise ihr weiteres Vorgehen besprochen. Seth hatte recht, was Toussaint betraf. Auch Kaja hielt den Ladenbesitzer für den wahrscheinlichsten Verdächtigen, obwohl es auf den ersten Blick keine Verbindung zwischen ihm, dem Cross-Killer und seinen Opfern gab. Eine erste Suche in den angeschlossenen Datenbanken der Polizei hatte nichts zutage gefördert. Toussaint war nicht einmal über hundert Ecken mit den Cliftons oder den Roux' verwandt und ebenso wenig mit Jeremy Foster.

Während Seth sich also aufmachte, die Freundin, die Toussaint als verschwunden gemeldet hatte, aufzusuchen, waren Kaja und eine widerstrebende Phoebe auf dem Weg in die Leichenhalle. Vorher hatte Kaja noch Yanis in Paris angerufen. Ihre Sorge um die kleine Truppe, die sie dort im Begriff war aufzubauen, war jedoch unnötig. Allen jungen Shifter Cops in Ausbildung ging es gut, aber sie waren im LaLaurie-Fall noch keinen Schritt weiter. Noch während sie miteinander sprachen, schickte Kaja Yanis die Unterlagen, die Seth ursprünglich für sie zusammengestellt hatte. Der charmante Mix aus Amerikanisch und Französisch lenkte Kaja für ein paar Minuten ab, bis Yanis fragte, wann sie denn zurückkäme. »Der Falke ist nicht begeistert über deinen Sonderurlaub«, informierte er sie.

»Daran kann ich auch nichts ändern«, gab sie eine Spur bissiger als notwendig zurück. Dann seufzte sie. »Ich tue, was ich kann, aber ich weiß es einfach nicht. Ich muss jetzt Schluss machen, Yanis.« Sie hörte Phoebe im Büro Schubladen aufziehen und wieder schließen. »Pass gut auf meine Jungs und Mädels auf. Und auf dich selbst auch. Au revoir.« Sie stand auf und ging in das andere Zimmer hinüber. »Sag mal, was suchst du in Seths Schreibtisch?«

Phoebe richtete sich kerzengerade auf. »Die Akte. Die alte, meine ich.«

Kaja runzelte die Stirn. »In einer Schublade?« Sie ging hinüber zu den Aktenschränken, zog die Schublade mit der Aufschrift »A – F« heraus und fuhr mit dem Finger über die Hängeordner. Wenn Seth etwas war, dann ordentlich – zumindest im Job. »Hier.« Sie reichte Phoebe den fingerdicken Ordner. »Was hast du vor?« Da ihr eigener Platz schon besetzt war, ließ sich Kaja hinter Seths Schreibtisch nieder und beobachtete, wie Phoebe mit ihren behandschuhten Händen die Akte entgegennahm.

»In meinem Traum von dir, in dem ich dich in Seths Armen sehe, seid ihr irgendwo unter der Stadt.« Kajas Herz machte einen Satz. »Es treibt mich in den Wahnsinn, dass ich nicht weiß, wo ihr seid. Ich habe in den letzten Wochen die halbe Stadt abgesucht und nichts, aber auch gar nichts gefunden, was dem Ort ähnelt.«

»Und du glaubst, in den alten Unterlagen wirst du diesen Ort finden?« Kaja überlegte. »Du denkst, er hat eine besondere Bedeutung für Foster, selbst in seinem derzeitigen Zustand, und er wird mich dorthin schleppen und ...« Sie brachte es nicht über sich, die Worte auszusprechen. »Du könntest recht haben«, sagte sie langsam. »Nachdem ich ihn auf dem Revier abgeliefert habe, wurden die restlichen Ermittlungen eher schlampig ausgeführt. Allen Beteiligten war nur daran gelegen, den Mörder hinter Gittern verschwinden zu lassen, damit die Bevölkerung ihn so schnell wie möglich wieder vergaß. Seine DNA wurde an den Leichen nachgewiesen, und das war's.« Sie machte eine kurze Pause und rief sich die Beklemmung ins Gedächtnis, die sie damals empfunden hatte. »Man hat sogar versucht, die Presse mundtot zu machen.« Sie schnitt eine Grimasse, weil sie insgeheim erleichtert darüber gewesen war, dass die Reporter sie verschont hatten. »Ich war offiziell suspendiert und durfte weder seine Wohnung betreten noch sonst etwas tun, um die Hintergründe zu klären. Niemand wollte wissen, warum er gemordet hatte und wie es mir gelungen war, ihn zu schnappen.« Kaja schaute auf die Papiere in Phoebes Händen. »Der Cross-Killer war ein ganz normaler Mensch, ohne jegliche paranormale Fähigkeiten«, überlegte sie laut. »Trotzdem verstand er genug von Voodoo-Magie, um sich der Hilfe einer Loa zu versichern. Das macht man nicht mal eben nebenbei, indem man ein schwarzes Huhn köpft und ein bisschen singt. Man braucht entweder eine Bindung an die Loa oder jemanden, der als Fürsprecher agiert, als Vermittler zwischen der realen Welt und der der Geister.« Kaja hielt den Atem an, als sie fühlte, wie die schlafende Katze in ihr zum Leben erwachte und die Ohren spitzte. Das war ein gutes Zeichen dafür, dass sie auf dem richtigen Weg war. Sie warf einen Blick auf die Uhr. Verdammt, es war schon kurz vor zwölf! »Wir sollten uns langsam auf den Weg zum Leichenschauhaus machen. Warum erzählst du mir nicht unterwegs, wie dieser geheimnisvolle Ort aussieht? Ich bin in New Orleans aufgewachsen und kenne die Stadt besser als du.« Ohne Phoebes Antwort abzuwarten, griff Kaja nach ihren Autoschlüsseln. »Und denk nicht mal daran, nach einer fadenscheinigen Ausrede zu suchen, warum du nicht mit mir kommst. Ich weiß, Seth will, dass du Charting anfasst, aber von mir aus können wir darauf verzichten. Ich«, sie streifte sich ihre abgewetzte Lederjacke über, »habe nämlich die Nase voll von düsteren Prophezeiungen und finsteren Orten, an denen der Tod auf mich wartet.« Die Pantherin schnurrte zustimmend.

»Was wird Seth dazu sagen, wenn ich ihm kein Ergebnis liefere?«

Kaja bedeutete Phoebe ungeduldig, ihr zu folgen. »Das kannst du getrost mir überlassen. Hast du etwa Angst vor ihm?«

Phoebe zuckte mit den Achseln. »Möglicherweise habe ich seine Geduld überstrapaziert. Dein Freund kann ganz schön furchteinflößend sein, obwohl er nicht viel sagt.« Sie ließ sich neben Kaja auf den Beifahrersitz fallen. »Er liebt dich sehr und würde alles tun, um dich zu beschützen. Alles«, wiederholte sie mit Nachdruck.

»Ich weiß«, flüsterte Kaja und startete den Wagen. »Und aus genau diesem Grund werden wir zwei jetzt unsere eigenen Wege gehen.« Sie dachte an den Moment vor sieben Jahren, als Phoebe ihr eröffnet hatte, dass sie in den Armen eines Mannes sterben würde, der sie liebte. Damals war es für Kaja ein Trost gewesen zu wissen, dass es diesen einen besonderen Mann in ihrem Leben geben würde, aber heute war das anders. »Wenn ich schon sterben muss – was ich nicht glaube –, dann möchte ich Seth diesen Moment ersparen.«

»Und wenn du das nicht kannst?«

Kaja fühlte, wie sich ihre Lippen zu einem grimmigen Lächeln verzogen und die Katze zustimmend fauchte. »Wenn ich gehen muss, dann werde ich den Cross-Killer mitnehmen, ob Zombie oder nicht.« Sie wusste, dass dies nicht die Antwort war, die Phoebe erwartete, aber es war die einzige, die sie hatte.

Tamara de Ville bewohnte das Apartment gleich über dem Laden ihres verschwundenen Freundes. Seth konnte also zwei Fliegen mit einer Klappe schlagen und sich im Voodoo-Shop umsehen, nachdem er die Frau mit dem albernen Pseudonym befragt hatte. Die Frau, die mit wahrem Namen Sandra Price hieß, verdiente ihren Lebensunterhalt mit dem Legen von Tarotkarten und hatte bereits zwei Mal wegen Betrugs vor Gericht gestanden. Seth hatte die Einträge mit Interesse gelesen. Wenn Tamara de Ville keine echte Paranormale war, dann standen die Chancen hoch, dass auch ihr Freund Nicolas Toussaint kein echter Voodoo-Priester war. Nach allem, was er wusste, konnte Toussaint genauso gut irgendwo versackt sein oder sich mit einer anderen Frau herumtreiben. Alles war möglich. Seth hoffte, dass er sich irrte und die beiden in den Fall verwickelt waren, denn wenn die Suche nach Toussaint kein Ergebnis brachte, musste er wieder von vorne anfangen.

Als er in die Rue d'Alsace einbog, gab es keinen Zweifel mehr, wo Toussaint seine Waren verkaufte. Schon von Weitem leuchtete ihm das blinkende Neonschild mit der Aufschrift »Toussaint's Sacrifices« entgegen und lotste ihn zu einem der seltenen freien Parkplätze in der Stadt.

Ein erster Blick ins Schaufenster bestätigte Seths Verdacht, dass der Verschwundene eine reine Touristen-Abzockbude betrieb. Es sah aus, als wäre die Wohnung eines farbenblinden Messies explodiert: Künstliche Skelette in handlichem Format lagen neben Phiolen mit Räuchermischungen, die entweder Glück, Liebe oder Geld versprachen; bonbonfarbene Masken tummelten sich neben Holztieren. Nicht fehlen durften auch die mit Nadeln gespickten Voodoo-Püppchen, die wahrscheinlich von indischen Kindern für einen Spottpreis zusammengeheftet und hier für unverschämte dreizehn Dollar das Stück verkauft wurden. Beleuchtet wurde das Sammelsurium von einem Scheinwerfer, der im Sekundentakt die Farbe wechselte und in einer Disco besser aufgehoben gewesen wäre.

Seth riss sich von der Auslage los, bevor er noch Kopfschmerzen bekam, und ging hinüber zur Tür. Ein Schild verkündete nicht nur, dass Toussaint's Sacrifices geöffnet war, sondern auch, dass die Möglichkeit bestand, im Laden Veranstaltungen mit echten, authentischen Voodoo-Riten zu buchen. Er drückte die Klinke herunter und betrat unter dem schauerlich blechernen Lachen eines künstlichen Totenschädels, der neue Kundschaft meldete, den Laden.

Die junge Frau hinter der Ladentheke ließ blitzschnell ihre Modezeitschrift unter der Theke verschwinden und setzte ein Lächeln auf, das an Künstlichkeit nicht zu überbieten war. Es erlosch allerdings, sobald der Blick aus ihren dunklen Augen Seths Erscheinung abgetastet hatte. »Na endlich«, waren die ersten Worte, die Seth zu hören bekam.

»Ich dachte schon, ihr würdet gar nicht mehr auftauchen. Gibt es etwas Neues? Habt ihr Nic gefunden? Geht es ihm gut?«

Seth hob die Hand. »Ms. de Ville, nehme ich an. Mein Name ist Seth Ives, und richtig, ich komme wegen der Vermisstenanzeige, die Sie aufgegeben haben.« Er hielt ihr seinen Ausweis entgegen und ließ ihn fast sofort wieder in seiner Brusttasche verschwinden.

»Das wurde aber auch Zeit«, fauchte sie. »Und? Was ist jetzt? Wo steckt Nic?« Tamara de Ville machte keine Anstalten, hinter der Theke hervorzukommen, sondern kreuzte die Arme vor der Brust und funkelte Seth wütend an.

»Können wir uns irgendwo in Ruhe unterhalten?« Seth tat so, als würde er nach einer Sitzgelegenheit Ausschau halten, und drehte sich provozierend langsam einmal um die eigene Achse.

»Sehen Sie hier irgendwo auch nur einen einzigen Kunden?« Nicht nur, dass im Toussaint's Sacrifices gähnende Leere herrschte, auch die wenigen noch vorhandenen Waren bedeckte eine dicke Staubschicht.

»Nein«, er tat überrascht. »Sagen Sie, womit verdient Ihr Freund Nic eigentlich wirklich seinen Lebensunterhalt?«

Ihr Blick flog nach oben, bevor sie sich an den Hals griff und damit begann, einen Anhänger zwischen Daumen und Zeigefinger hin und her zu rollen. »Na, hier mit dem Laden.« Sie schaute ihm, um eine offene Ausstrahlung bemüht, direkt ins Gesicht und klimperte mit den Wimpern. Ihr aufgesetzter Zorn vom Anfang war vollkommen in Vergessenheit geraten.

Seth ging mit bedächtigen Schritten auf sie zu. »Ms. de Ville – oder Ms. Price, wenn Ihnen das lieber ist –, bevor ich Ihnen die Frage noch einmal stelle, möchte ich Ihnen etwas über mich erzählen. Es ist wichtig, deshalb hören Sie gut zu.« Sie war zurückgewichen, bis ihr Rücken an das Regal hinter der Theke stieß und einen der Glasbehälter mit unappetitlichem Inhalt gefährlich ins Wanken brachte. »Ich habe eine besondere Gabe«, sagte er leise. »Ich weiß, wann jemand lügt. Immer.« Er lächelte. »Es ist angeboren, wissen Sie. So wie ... Farbenblindheit. Oder Linkshändigkeit. Ich habe mir alle Mühe gegeben, diese Fähigkeit ... auszumerzen.« Sein Lächeln wurde breiter, dann zuckte er mit den Achseln. »Aber ich habe keine Chance. Also, wenn ich Sie noch einmal frage, womit Nic wirklich sein Geld verdient hat, dann überlegen Sie sich gut, was Sie antworten.« Es war nicht eben nett, was er da trieb, aber für Nettigkeiten fehlte ihm die Zeit. Sandy Price wirkte auf ihn wie eine mit allen Wassern gewaschene und auf ihren Vorteil bedachte Frau. Sie würde ihm alles erzählen, damit sie ungeschoren davonkam. Und so war es auch.

Sie schluckte trocken und sah begehrlich zu einer Flasche Wasser hinüber, die auf der Theke stand. Seth gestattete ihr mit einem Nicken zu trinken und wartete geduldig ab, bis sie anfing zu reden. Als sie einmal angefangen hatte, gab es kein Halten mehr.

»Nic ist echt«, sagte sie. »Ich meine, er kann wirklich mit

Geistern reden. ›Loa‹ nennt er die. Der Laden ist nur Fassade, damit uns – ich meine, ihm – niemand auf die Schliche kommt. Er kann alle möglichen Sachen bewirken. Nichts Böses, das müssen Sie mir glauben. Nic ist kein schlechter Mensch, aber seine Ex lässt ihn richtig, richtig bluten. Die verdammte Kuh hat einen neuen Typen, und Nic muss trotzdem Unterhalt für sie bezahlen. Als er nicht mehr auftauchte, dachte ich zuerst, er wäre mit der ganzen Kohle zu ihr zurückgegangen. Ich war stinkwütend, das können Sie sich ja vorstellen, sonst hätte ich auch nicht die Bullen gerufen.«

»Eins nach dem anderen.« Seth sortierte in Gedanken, was sie ihm gerade um die Ohren gehauen hatte. »Von welchem Geld reden Sie?«

Schuldbewusstsein und Ärger stritten in ihrem Gesicht miteinander. »Oh, scheiße!«

Seth hob die Augenbrauen.

Sie seufzte. »Vor ein paar Tagen kam ein Typ in den Laden und hat ihm fünfzig Riesen für eine Sache geboten, die nicht ganz legal ist. Sie ist auch nicht verboten, aber eben auch ... na, egal. Nic sollte für ihn jemanden zurückholen.«

Sein Instinkt hatte Seth also nicht getrogen. Nicolas Toussaints Verschwinden hing mit der Wiedererweckung des Cross-Killers zusammen, ganz eindeutig. Er unterdrückte seinen Drang, die Frau vor ihm an den Schultern zu packen und die Wahrheit aus ihr herauszuschütteln, und nickte ihr lediglich zu.

»Das hat Nic auch getan, das hat er mir zumindest gesagt. Ich war nicht dabei. Nic mag es nicht, wenn ich solche Sachen sehe. Er sagt immer, ich wäre zu zart dafür.« Klar. Diese Frau war so zart wie eine Stück Granit. Seth hätte seinen mageren Monatslohn darauf verwettet, dass Sandy Price, hätte sie auch nur einen Funken übernatürlicher Begabung, ohne Skrupel eine ganze Armee von Toten erwecken würde, Hauptsache, es brachte ihr Geld, und die Untoten tanzten nach ihrer Pfeife.

»Haben Sie den Mann gesehen, der Nic diesen Auftrag gegeben hat? Könnten Sie ihn identifizieren?«

Sie schüttelte den Kopf. »Nein, und ich sag Ihnen was, ich bin verdammt froh darüber. Wer weiß, vielleicht hat dieser Mann Nic umgebracht, weil er zu viel wusste. Ich könnte auch tot sein!« Sie wurde blass und stützte sich schwer auf die Theke. »Sagen Sie, kann ich Polizeischutz bekommen? Was ist, wenn der Mann auch hinter mir her ist?« Sie beugte sich nach vorne.

Seth sah ein verblasstes, nicht identifizierbares Tattoo auf ihrem Dekolleté, das ihm bisher verborgen geblieben war. Rasch hob er den Blick zu ihrem Gesicht. »Darüber lässt sich reden. Aber vorher beantworten Sie mir noch eine Frage: Das Geld, das der Mann bei seinem ersten Besuch als Bezahlung erwähnte – hat Nic es bekommen? Vielleicht einen Teil davon als Anzahlung?« Wenn er ein paar der Scheine in die Hände bekäme, könnte er der Spur des Geldes folgen und den Auftraggeber ausfindig machen. Es war nicht ganz so einfach, wie es in Filmen und Büchern gerne dargestellt wurde, aber anhand der Seriennummern der Scheine konnte Seth herausfinden, wer sie abgehoben hatte. Manchmal war es die gute, altmodische Polizeiarbeit, die den Durchbruch in einem Fall brachte, wenn paranormale Methoden nicht griffen. Apropos – Ben Burton fiel ihm wieder ein. Hoffentlich hatte der Mann mehr für ihn als die Bestätigung des Vorhandenseins von schwarzer Magie am Leichnam des Kinderschänders.

»N-n-nein.« Es genügte, Sandra Price alias Tamara de Ville einen scharfen Blick zuzuwerfen. »Schon gut.« Sie zog eine Schnute, die anscheinend niedlich sein sollte, und hob ihre Handtasche auf die Theke. Bei deren Anblick wusste er, wer für die Dekoration im Schaufenster verantwortlich war. Rosa Glitzer und goldene Pailletten strapazierten seine Sehnerven. »Hier«, sie griff in die Tasche und reichte ihm ein Bündel Scheine aus dem prall gefüllten Portemonnaie. »Bekomme ich keine Quittung?«, wollte sie wissen, als Seth das Geld in einem Beutel für Beweismittel verstaute und einsteckte. »Und was ist mit meinem Polizeischutz?«

»Sie wollen eine Empfangsbestätigung für Geld, das Sie Ihrem Freund aller Wahrscheinlichkeit nach heimlich entwendet haben? Wie Sie wollen.« Er tat, als suche er in seiner Jackentasche nach Stift und Quittungsblock.

»Vergessen Sie's. Und, was ist jetzt?«

»Einen Moment. Ich rufe jemanden an, der Sie gleich abholt und in Sicherungsverwahrung nimmt.« Seth wusste, dass Magister Blackwood nicht begeistert sein würde, aber er hatte keine andere Wahl, als sie erneut um Hilfe zu bitten. Auf gar keinen Fall würde er Kaja dem Risiko aussetzen, das Ms. de Villes Gegenwart barg. Seth glaubte zwar nicht, dass der untote Cross-Killer es auf die Freundin seines Erweckers abgesehen hatte, aber sicher war sicher.

Nachdem er das Telefonat mit einer sehr missgestimmten Magister Blackwood beendet hatte, wies er Ms. de Ville an, den Laden abzuschließen und auf die Ankunft ihrer beiden Leibwächter aus den Reihen der Hexen zu warten. Noch während er zum Auto ging, wählte er Kajas Nummer.

KAPITEL 13

Daily Picayune
von Freitag, dem 5. April 2019

Copy-Cat-Killer oder untoter Mörder?

Während die zuständigen Behörden sich immer noch in Schweigen hüllen, brodelt es in New Orleans. Unsere Stadt, die sich durch mancherlei grausame Morde hervorgetan hat, hat eine neue Sensation: William Ch., der ermordete Kinderschänder, wurde auf haargenau die gleiche Weise zur Schau gestellt wie die Opfer des berüchtigten Cross-Killers, jenes Mannes, der 2012 zwei junge Mädchen umbrachte und ihnen die Münder zunähte.

Doch Jeremy Foster ist tot. Aber muss er das auch bleiben?

Gerüchten zufolge wurden am Fundort der Leiche Spuren von schwarzer Magie entdeckt, die – wie wir alle wissen – in unserer Stadt an der Tagesordnung ist.

Wie steht es mit Ihnen, die Sie tagtäglich durch die Straßen laufen, hier leben und arbeiten?

Glauben Sie an die Macht des Voodoo? Ist der Mörder von William Ch. ein einfallsloser Imitator des Cross-Killers oder wandelt der hingerichtete Killer selbst durch die Stadt und bringt seinesgleichen um?

Stimme Sie ab unter https: //frage.des.tages./copy-killerodertherealthing

Ihre Meinung zählt!

»Selbstverständlich sind wir im Leichenschauhaus, was dachtest du denn?« Kajas Stimme hallte von den gekachelten Wänden wider. »Ja, natürlich kannst du mit Magister Burton sprechen. Ich reiche dich weiter.« Sie achtete darauf, angesichts Seths – berechtigtem – Misstrauen nicht übertrieben gekränkt zu klingen, und reichte dem ausnehmend attraktiven Hexer ihr Handy. »Hier, für Sie.«

Sie wusste, welche mageren Ergebnisse Ben Burton ihrem Liebsten gerade mitteilte, also riss sie sich von Burtons Anblick los und wandte sich Phoebe zu. Nachdem weder die menschliche noch die magische Autopsie überraschende Ergebnisse zutage gefördert hatte, mussten sie einen neuen Ermittlungsweg einschlagen. Wie zum Beispiel den Ort zu finden, den Phoebe in ihren Visionen gesehen hatte. Die Schilderung war alles andere als präzise gewesen und wimmelte nur so von vagen Eindrücken. Was fehlte, waren Fakten. Kaja hatte Phoebe nach allem gefragt, was ihr in den Sinn gekommen war: nach Geräuschen wie beispielsweise Verkehrslärm oder dem Rauschen von Wasser, nach Gerüchen ... nichts. Phoebes Wissen beschränkte sich auf Dunkelheit, das Gefühl von Enge, Seths Anwesenheit, Kajas vernähten Mund und eine Menge Blut auf dem Boden. Moment mal. Vielleicht konnte Phoebe ihr sagen, wie der Boden aussah. Waren es Kacheln, wie hier im Seziersaal, oder lehmiger Boden, in dem das Blut versickerte? »Erzähl mir noch einmal von ...«, hob sie an und drehte sich zu Phoebe um, die eben noch hinter ihr gewesen war. Was Kaja sah, brachte ihr Herz beinahe zum Stillstand.

Phoebe stand an der Metallbahre, auf der die Leiche von Charting lag, und war im Begriff, ihre Handschuhe auszuziehen. Burton hatte ihnen den Rücken zugewandt und strich geistesabwesend über die Kühlfächer, während er mit Seth sprach.

Es war die Pantherin, die zuerst begriff, was Phoebe tun wollte, und Kaja zurückhielt. *Lass sie*, befahl ihr die Katze. *Je mehr wir wissen, desto schneller haben wir ihn.*

Nein.

Mit einem Satz war Kaja bei Phoebe und packte sie am Arm, um ihre Freundin zurückzureißen. »Du musst das nicht tun!« Doch es war zu spät. Phoebe stand stocksteif da, den Kopf nach hinten geworfen. Ihre Gesichtszüge verzerrten sich zu einer Grimasse, ihr Mund öffnete sich zu seinem Schrei, doch kein Laut drang aus ihrem Mund. Nach einer Zeit, die sich wie eine Ewigkeit anfühlte, schaffte Kaja es, Phoebes Hand vom Leichnam zu lösen. Mit einem Keuchen stützte sie sich an der kühlen Metallbahre ab. Phoebe zitterte am ganzen Körper, aber es gelang ihnen beiden, aufrecht stehen zu bleiben. Dort, wo Kaja sie berührt hatte, kokelte der Stoff von Phoebes Sweater.

»... nicht eindeutig zuzuordnen«, hörte sie Ben Burton sagen. Es war das reinste Wunder, dass Magister Burton nicht das Geringste von dem Zwischenfall mitbekommen hatte.

»Kannst du laufen?«

Ein schwaches Nicken war Phoebes Antwort.

»Geh schon mal zum Auto. Ich hole mir mein Handy

zurück, dann fahr ich dich …« Kaja verstummte. Sie hatte »ins Krankenhaus« sagen wollen, aber das war wohl kaum möglich. Jeder Arzt, der Hand an Phoebe legte, würde ihr unvorstellbare Qualen zufügen. »Mir fällt schon etwas ein. Geh jetzt!«

Magister Burton beendete das Gespräch in genau dem Moment, in dem Phoebe den Seziersaal verließ. Kaja schenkte ihm ihr bestes Lächeln, das der junge Mann mit einem süffisanten Grinsen erwiderte. »Hier«, er reichte ihr das Telefon. »Ich soll Ihnen ausrichten, dass Ihr Kollege noch länger unterwegs sein wird. Er ist jetzt auf dem Weg zum Revier des achten Bezirks und kommt im Anschluss nach Hause.«

»Danke«, erwiderte Kaja kurz angebunden, weil ihre Hand immer noch schmerzte. Sie verstaute das Telefon, ohne den Blick von Burton zu wenden. Etwas an der Art, wie er lächelte und sich bewegte, kam ihr vertraut vor.

»Wo ist Ihre Kollegin?«, fragte er und schaute sich nach Phoebe um. Für einen Hexer sah er wirklich gut aus, auch wenn er sich, für ihren Geschmack, seiner Wirkung auf Frauen allzu sehr bewusst war. Sie ließ die Hand wieder sinken, die sie auf seine Schulter hatte legen wollen. »Ihr Kollege sagte am Telefon, sie würde sich den Toten ebenfalls noch anschauen. Sie ist Psychometrikerin, wenn ich das richtig verstanden habe?« Es war mehr als Neugierde, die seine Augen zum Glänzen brachte, dachte Kaja. »Schade, ich hatte gehofft, von ihr etwas lernen zu können. Die meisten Psychometriker sind Scharlatane, wissen Sie. Leute, die bei der Polizei anrufen und vorgeben, helfen zu wollen, im Grunde jedoch nur nach ihrer kurzen Minute Ruhm gieren.« Er schob seine Brille mit einem Finger die Nase hoch. »Tut mir leid. Ich habe mich wieder fortreißen lassen. Manchmal vergesse ich, dass eine paranormale Gabe nicht nur Segen, sondern auch Fluch sein kann.« Er lächelte schräg.

Kaja fühlte ein Ziehen in ihrer Brust, dem sie keinen Namen geben konnte.

»Na dann, wenn Sie mich entschuldigen. Es gibt da noch eine Sache, die ich überprüfen möchte«, fuhr Burton fort. Er schielte sehnsüchtig auf den Tisch mit seinen Instrumenten. Statt der zu erwartenden Skalpelle, Zangen und was man sonst noch für eine Leichenöffnung brauchte, lagen dort ein abgewetztes Grimoire, ein Pendel und ein hölzernes Gestell mit Phiolen, deren Inhalt in allen Farben des Regenbogens schimmerte.

Sie wollte sich gerade umdrehen und die Leichenhalle verlassen, als eine Erinnerung sie streifte. Ein Mann, dessen samtene Stimme ihr anbot, seine Bibliothek unter die Lupe zu nehmen. Regale, die bis unter die Decke reichten. Bücher, die hinter Glas aufbewahrt wurden, sowohl um sie von der Luftfeuchtigkeit abzuschirmen, als auch um Besucher vor den Büchern zu beschützen.

»Woher haben Sie das?«, fragte sie und zeigte auf das Grimoire. Ihr war kalt, und ihr Herz klopfte zum Zerspringen. Wie magisch angezogen, ging sie auf den Tisch zu.

»Warum fragen Sie?«

Kaja machte einen Satz, als seine Stimme direkt an

ihrem Ohr erklang. Sie hatte gar nicht mitbekommen, dass er ihr zum Tisch gefolgt war, und als sie sich umdrehte, sah sie, dass er seine Brille abgenommen hatte und sie nicht einmal mehr ein halber Zentimeter voneinander trennte. »Gehen Sie zurück«, warnte sie ihn mit heiserer Stimme. Als er nicht reagierte, kam die Raubkatze in ihr zum Vorschein. Kaja fühlte, wie die Pantherin durch ihre Augen auf den Mann blickte und ihre Zähne fletschte.

»Ist ja schon gut«, krächzte Ben Burton und trat ein paar Schritte zurück. »Was ist denn los mit Ihnen? Es ist nur ein verdammtes Buch.«

»Ich mag es nicht, wenn man sich an mich heranschleicht«, gab Kaja zurück. Die Katze zog sich mit einem letzten warnenden Fauchen in Burtons Richtung zurück. »Und jetzt reden Sie, Mann. Woher haben Sie das Buch?«

»Ich habe es ganz legal auf einer Auktion erworben«, erwiderte Ben Burton gekränkt.

»Wem hat es vorher gehört? Wie ist es bei der Auktion gelandet?«

»Woher soll ich das wissen? Ich war mit meiner damaligen Freundin unterwegs, oben in Richtung Baton Rouge, als wir das Schild sahen, mit dem auf die Auktion hingewiesen wurde. Wir gingen hin, ich sah das Buch und wusste sofort, dass es echt war – fragen Sie mich nicht, warum. Also kaufte ich es für den lächerlich kleinen Betrag von fünfunddreißig Dollar, wenn Sie das auch noch wissen müssen.« Er machte eine Pause, während Kaja nachdachte. »Sie sind wirklich durchgeknallt, wissen Sie das? Ich mache hier nur meine Arbeit, und Sie flippen aus, weil Sie ein Buch sehen. Sie können ja nicht einmal etwas damit anfangen.«

Wahrscheinlich hatte es nichts zu bedeuten, dass sie eines von James' Büchern ausgerechnet in dem Moment fand, in dem der Cross-Killer von den Toten zurückgekehrt war. Burtons Geschichte klang abenteuerlich, aber nicht vollkommen unwahrscheinlich. Kaja hatte sich nach James' Tod nicht darum gekümmert, was mit seinem Besitz war. In Gedanken war sie davon ausgegangen, dass er Phoebe sein Haus samt Grundbesitz und allem, was sich darin befand, vererbt hatte. Aber Phoebe wirkte nicht wie jemand, der ein üppiges Erbe bekommen hatte, auch wenn es vor sieben Jahren gewesen war. Und war James überhaupt offiziell für tot erklärt worden? War es ein blöder Zufall, dass eines seiner Grimoires – noch dazu eines, das er unter Verschluss gehalten hatte – im selben Moment auftauchte, in dem der Cross-Killer wiedererweckt worden war?

Kaja hasste Zufälle.

»Sorry«, murmelte sie. »Tut mir echt leid, aber ich muss los.«

Sie spürte Ben Burtons bohrenden Blick in ihrem Rücken, doch sie widerstand der Versuchung, sich umzudrehen und ihm zum Abschied zuzuwinken, als sei nichts geschehen.

»Sie reißen mich mitten in der Nacht aus dem Schlaf, nur damit ich diese Geldscheine ins kriminaltechnische Labor schicke?« Hanswick klang zu gleichen Teilen aufgebracht und müde. Er fuhr sich mit der Hand durch das rote Haar, bis es in alle Richtungen abstand.

»Es ist wichtig«, beharrte Seth. »Ich brauche ein Ergebnis der Fingerabdruckanalyse, am besten sofort. Sie wissen doch genau, was passiert wäre, wenn ich die Banknoten abgeliefert hätte. Ihre Kollegen schätzen mich nicht besonders.«

»Wirklich erstaunlich«, murmelte Hanswick, aber so leise, dass Seth nicht darauf reagieren musste. »Also gut, ich versuche, Druck zu machen.«

»Sie sollen es nicht versuchen«, betonte Seth, »sondern Sie machen Druck. Oder wollen Sie riskieren, dass es noch einen ermordeten und nicht verurteilten Verbrecher gibt, den man in einem Akt der Selbstjustiz hingerichtet hat, bevor man ihn wie auf dem Präsentierteller mitten in der Stadt ablädt?«

»Schon gut«, knurrte Hanswick und griff nach dem Telefon. Fünf Minuten später waren die eingetüteten Scheine auf dem Weg ins Labor, das sich nicht weit vom Revier entfernt in der Stadtmitte befand. »Tun Sie mir einen Gefallen und warten hier auf die Ergebnisse? Wenn die Fingerabdrücke kein Ergebnis liefern, möchte ich, dass Sie Ihre Leute auf die Nummern der Scheine ansetzen. Nein«, überlegte Seth laut. »Das könnte man eigentlich jetzt schon veranlassen.«

Hanswick warf ihm einen schrägen Blick zu. »Ich frage

mich gerade, wann Sie das letzte Mal außerhalb Ihrer paranormalen Spezialeinheit ganz gewöhnliche Polizeiarbeit gemacht haben. Das passiert doch automatisch. Sobald die Banknoten unten angekommen sind, werden die Nummern durch den Computer gejagt.«

Seth musste dem Lieutenant recht geben. Es war eine Weile her, dass er als normaler Cop seinen Dienst getan hatte. Vielleicht war es wirklich an der Zeit, dass die Shifter Cops sich weniger abseits hielten und die menschlichen Kollegen intensiver in ihre Arbeit einbanden. »Entschuldigen Sie«, sagte er also und streckte dem anderen Mann die Hand entgegen. »Ich neige dazu, meine Umgebung herumzukommandieren, wenn ich mitten in einem Fall stecke. Ich fürchte, dass meine Partnerin ins Visier des Mörders geraten ist.«

Hanswick erwiderte Seths Händedruck. »Frauen«, sagte er in einem Tonfall, der fast schon an Vertraulichkeit grenzte. Seth war froh, dass Kaja außer Hörweite war, denn sie hätte ihm und dem Lieutenant sicher ein paar passende Worte gesagt. Zu Recht, wie Seth genau wusste, was aber nichts daran änderte, dass er sich verdammt große Sorgen um sie machte. »Möchten Sie, dass wir Ihre Kollegin in Schutzhaft nehmen oder sie in einem unserer sicheren Häuser unterbringen?«

»Danke, das ist eine hervorragende Idee. Ich werde mit ihr sprechen, aber ich kann sie natürlich nicht zwingen, Ihr Angebot anzunehmen.« Er entwickelte sich allmählich zum Diplomaten, denn er wusste haargenau, dass Kaja sich niemals verstecken würde, und stand auf. »Danke für Ihre

Hilfe, Lieutenant. Sie können mich jederzeit auf meinem Mobiltelefon erreichen.«

»Keine Ursache«, erwiderte Hanswick. »Ach, eines noch. Sie sprachen von dem Mörder, als ob Sie seine Identität bereits kennen. Wenn dem so ist, möchte ich es wissen. Sie verstehen, dann könnte ich meine Leute von dem Fall abziehen. Unsere Ressourcen sind knapp bemessen.«

Seth überlegte nicht lange. Hanswick hatte die Wahrheit verdient, und es stimmte, seine Leute waren ebenso chronisch überlastet wie Kaja und er. »Wir glauben, dass jemand Jeremy Foster wiedererweckt und auf eine mörderische Mission geschickt hat«, sagte er also.

Hanswick riss die Augen auf. Der Adamsapfel an seinem mageren Hals hüpfte auf und ab. »Große Güte«, flüsterte er. »Aber wer würde so etwas tun, außer einem Verrückten?«

Seth presste die Lippen zusammen. »Gramgebeugte Eltern, wie die Daily Picayune so schön sagt.«

»Sie meinen, es waren die Eltern der Zwillinge, die Charting missbraucht hat?« Er fing an zu schwitzen. »Ich habe sie damals kennengelernt«, erzählte er und sank auf seinen Stuhl. »Ich habe gleich gedacht, dass an der Frau etwas suspekt war, aber nie im Leben hätte ich vermutet, dass sie so skrupellos ist.«

Seth wurde hellhörig. »Was meinen Sie mit ›suspekt‹? Können Sie das genauer beschreiben?«

Hanswick rutschte unruhig auf seinem Sessel herum, dann stand er auf und zog die Bürotür zu. »Sie wissen ja, wie das hier in der Stadt ist. An jeder Ecke gibt es Spukhäuser, es gibt Geistertouren und Mördertouren für

Touristen, die auf der Suche nach dem besonderen Thrill sind. Und dann die ganzen Voodoo-Läden, die wie Pilze aus dem Boden schießen und wieder verschwinden. Ich sage Ihnen, die Welt geht den Bach runter.« Er fing Seths Blick auf und räusperte sich verlegen. »Ayleen Duval ist eine Frau, der ich nicht in die Quere kommen möchte. Ihr Mann war vollkommen außer sich, als Sie hier auftauchten und Charting anzeigten, aber sie war die Ruhe selbst. Kreolin, offensichtlich, und mit Voodoo-Krempel behangen wie ein Weihnachtsbaum. Sie sagte fast nichts, außer dass Maman Brigitte für Gerechtigkeit sorgen würde, besser als es die Polizei je könnte.« Er seufzte. »Ich fürchte, ihr Vertrauen in uns war und ist nicht besonders groß. Erst recht nicht, nachdem Charting aus der Untersuchungshaft entlassen wurde.«

Seth überschlug im Kopf die Wahrscheinlichkeiten. Verdammt. Er hatte drei Elternpaare, die verdächtig waren. Die Cliftons und die Roux', die er beide vor Wochen kennengelernt hatte, und nun auch noch die Duvals. Die Cliftons waren ruhige Menschen gewesen, von der Trauer um ihre Tochter immer noch geprägt. Den Roux', insbesondere ihm, hatte die Hinrichtung Fosters keineswegs die ersehnte Erleichterung gebracht, das war klar. Die Duvals kannte er nicht persönlich, und so konnte er nicht abschätzen, ob sie fähig waren, einen Totenbeschwörer in ihre Gewalt zu bringen und einen Rachefeldzug zu starten.

Entweder setzte er sich jetzt zu Hanswick ins Büro und wartete die Ergebnisse der Laboruntersuchung ab, oder er machte sich daran, die Elternpaare eins nach dem anderen aufzusuchen und mit ihnen zu sprechen. Es lief auf die Frage hinaus, ob er handfeste Beweise wollte oder ob er seinem Instinkt vertraute.

KAPITEL 14

Daily Picayune
von Samstag, dem 6. April 2019

Sie haben abgestimmt:
Es ist ein Copy-Cat-Killer

Unser herzlichster Dank gilt Ihnen, liebe Bürger und Bürgerinnen, die bei unserer gestrigen Frage des Tages abgestimmt haben. Es war ein klarer Sieg der Vernunft. Der Cross-Killer ist tot und bleibt es. Sie behalten auch in brenzligen Situationen wie dieser, an Tagen, in denen unsere Stadt in Aufruhr geraten ist, einen klaren Blick und wissen: Es kann nur ein Mensch gewesen sein, der William Ch. seinem gerechten – wie am Tage zuvor entschieden – Schicksal zugeführt hat.

Ein Hoch auf die Vernunft!

Kaja fuhr wie der Teufel, um Phoebe so schnell wie möglich zu sich nach Hause zu verfrachten. Sie hatte die am ganzen Körper zitternde Frau gefragt, wo sie wohnte, aber keine zusammenhängende Antwort bekommen. Ein paarmal hatte Phoebe versucht, sich auf dem Beifahrersitz aufzurichten, und unverständliche Worte gestammelt. Kaja hätte Phoebe lieber an einen sicheren Ort gebracht, an dem jemand auf sie aufpasste, aber wohin? Magister Blackwood wäre eine Möglichkeit gewesen, aber nach dem – gelinde gesagt – beunruhigenden Wiederauftauchen des Grimoires in der Leichenhalle war Kajas instinktives Misstrauen gegen die Hexen wiedererwacht. Manche Eigenschaften legte man nie ab, und Kajas Abneigung gegen alle Arten von Magie, die sie nicht verstand, gehörte dazu. Es war nicht gerade ihre glanzvollste Seite.

Das Einzige, was sie tun konnte, um Phoebe ohne die Hilfe der Hexen in Sicherheit zu bringen, war, Catherine anzurufen und sie zu bitten, jemanden zu schicken, der Seth und sie bei den Ermittlungen unterstützte. Doch ihr Boss saß in New York; es würde dauern, bis sie alles erklärt und Catherine einen Aufpasser für Phoebe gefunden hatte. Der sehnsüchtige Wunsch, den Kopf aufs Lenkrad sinken zu lassen, die Augen zu schließen und den Dingen ihren Lauf zu lassen, war groß.

Sie schaute zu Phoebe hinüber. Gott sei Dank, sie hatte die Augen geschlossen. Dieses enervierende Starren ins Leere war Kaja mehr unter die Haut gegangen, als sie sich eingestehen mochte. Wenn Phoebe ihr wenigstens hätte sagen können, was sie im Augenblick der Berührung gesehen hatte, dann hätte Kaja vielleicht damit umgehen können. Ungewissheit war tausendmal schlimmer als alle Visionen von Tod und Blut, die Phoebe haben konnte.

Sie fluchte leise, als sie merkte, dass sie eine Abzweigung verpasst hatte. Diese Grübeleien brachten sie nicht weiter! Wann war sie so schicksalsgläubig geworden, dass sie ihr Leben und Sterben von Prophezeiungen abhängig machte und wie ein Opferlamm auf den Schicksalstag wartete? Sie bremste, wendete in einer halsbrecherisch engen Kurve und bog links in die Rue Prunelle ein. Noch fünf Minuten, dann war sie zu Hause.

Am Ende dauerte es nicht fünf, sondern sieben Minuten, bis sie vor der Doppelhaushälfte stand, die Seth und sie zur Miete bewohnten. Ein rascher Blick die Straße hinauf und hinunter genügte, um zu sehen, dass um diese nachtschlafende Zeit alle Nachbarn im Bett lagen und schliefen. Manchmal hatte eine gutbürgerliche Wohngegend auch ihre Vorteile, obwohl Kaja gelegentlich der leise Verdacht beschlich, dass sie und Seth unter all den Ehepaaren mit Kind, Hund und zwei SUVs in der Doppelgarage herausstachen wie ein entzündeter Pickel in einem ansonsten makellosen Gesicht.

Jetzt ging es darum, Phoebe ins Haus zu schaffen. Kaja rannte um den geparkten Wagen herum und öffnete die Beifahrertür. Phoebe saß immer noch zusammengesunken da, aber dem Himmel sei Dank, der stiere Blick war verschwunden. »Kannst du laufen? Es sind nur ein paar Schritte bis ins Haus. Ich habe dich zu uns gebracht – zu Seth und mir, meine ich«, setzte sie schnell hinzu. Wenn ihre Freundin es nicht auf eigenen Beinen in die Sicherheit von Kajas vier Wänden schaffte, dann hatte sie ein Problem.

Phoebe nickte und stemmte sich aus dem Wageninneren. Als Kaja die Tür aufschloss, hielt sie sich am Treppengeländer fest und zitterte, aber es gelang ihr, sich ins Wohnzimmer zu schleppen und auf die Couch zu sinken. Kaja flitzte in die Küche, rannte mit zwei Flaschen Wasser wieder zurück und spurtete dann ins Schlafzimmer, von wo aus sie mit Decken und Kissen unter dem Arm zurückkam. »Kann ich deine Verletzung versorgen? Ich habe einen Erste-Hilfe-Kasten im Bad, aber ich wollte dich nicht unbedingt noch einmal anfassen.« Sie lächelte und hob entschuldigend die Hände. »Ich habe keine Ahnung, welcher Teufel mich da geritten hat«, sagte Kaja bedauernd.

»Schon gut«, krächzte Phoebe und richtete sich aus eigener Kraft auf. Sie schaute sich um und nahm die kahlen Wände kommentarlos in Augenschein. »Es war die Pantherin, nicht wahr? Als du mich berührt hast, konnte ich sie fühlen, als wäre sie ein eigenständiges Wesen.« Sie erschauerte. »Diese Wildheit in dir ... bis zu diesem Moment habe ich nicht begriffen, was es bedeutet, ein Gestaltwandler zu sein. Die Pantherin würde alles tun, um dich zu retten.«

»Das weiß ich«, entgegnete Kaja, für die das nichts Neues war. »Hast du etwas gesehen, was ich wissen sollte? Etwas über den Ort, den wir suchen? Irgendetwas, was mir weiterhilft?«

Phoebe schaute sie wortlos an und begann zu weinen. Kaja hob die Hand, um ihr die Schulter zu streicheln, und ließ sie dann wieder sinken. »Komm schon«, sagte sie. »So schlimm kann es nicht sein. Ich habe nicht die Absicht, mich umbringen zu lassen. Und wenn du recht hast, und Seth ist bei mir, dann wird er mich nicht sterben lassen.« Sie schob die unangetasteten Wasserflaschen zur Seite. »Aber wenn du etwas weißt und es mir nicht sagst, weil du Angst um mich hast, musst du es mir trotzdem sagen, Phoebe. Bitte.« Morgen früh werde ich tot sein, hallte es in ihrem Kopf.

Nicht, wenn es nach ihr ging.

»Geh endlich«, brachte Phoebe zwischen zusammengebissenen Zähnen hervor. »Kaja, bitte! Verschwinde endlich von hier.« Die letzten Worte kamen fast als Schrei heraus.

Kaja ging darüber hinweg, dass Phoebe sie wie ein ungezogenes Kind aus ihrer eigenen Wohnung warf, und machte sich auf die Suche nach einer Waffe.

Ihre Pistole hatte sie bei ihrem überhasteten Aufbruch in Paris zurückgelassen, außerdem würde sie damit gegen einen Zombie nichts ausrichten. Eine Machete wäre nicht schlecht, dachte sie und lächelte grimmig bei der Vorstellung, mit der Waffe in Händen durch das nächtliche New Orleans zu laufen. Einen Zombie konnte man nicht töten, weil er – ähnlich wie Vampire – nicht im eigentlichen Sinne des Wortes lebte. Die Magie, die ihn zwang, wiederaufzuerstehen, konnte nur durch einen Totenbeschwörer oder einen Voodoo-Priester zum Erlöschen gebracht werden, denn sonst entwickelten selbst abgetrennte Körperteile ein unappetitliches Eigenleben. Seth hatte Kaja zum Geburtstag ein Bowiemesser geschenkt, das sie in ihrem Nachttisch aufbewahrte – ja, das Messer von nun an mitzunehmen, wäre eine gute Idee. Sie wünschte sich, Seth wäre jetzt hier, bei ihr. Wenn das Schicksal ihr zugedacht hatte, in seinen Armen zu sterben, gab es nichts, was sie dagegen unternehmen konnte.

Sie nahm das Messer aus der Schublade und fuhr prüfend mit dem Finger über die Klinge. Ja, sie war scharf genug, um sich notfalls damit verteidigen zu können. Kaja lief zurück ins Wohnzimmer, wo Phoebe lag und immer wieder auf die Uhr sah.

In diesem Moment machte es klick in Kajas Kopf. »Du hast gesehen, dass er hierherkommt«, sagte sie leise. »Deshalb willst du mich auf einmal loswerden.« Der Keller, in dem sie in einer Lache aus Blut lag, war ihr eigener. Kein Wunder, dass Seth bei ihr war. Wie sollte sie ihn aus ihrer gemeinsamen Wohnung fernhalten?

Phoebe nickte. »Geh endlich. Verschwinde, Kaja.«

Doch Kaja schüttelte den Kopf. »Nein.« Sie setzte sich in den Sessel gegenüber vom Sofa und schloss die Finger fester um den Griff des Messers. Dann begann das lange Warten.

Kaja öffnete Seth die Tür, als er nach Hause kam, und schlang die Arme um seinen Hals. »Pst!« Sie legte den Zeigefinger auf seinen Mund und deutete mit dem Kopf hinüber ins Wohnzimmer. »Wir haben Besuch. Phoebe ist hier und schläft sich aus.« Kaja sah müde aus, fand Seth. Als hätte sie die ganze Nacht kein Auge zugetan.

Also keine Dusche, kein Kaffee aus der Maschine mit dem lauten Mahlwerk und im Flüsterton geführte Konversationen mit der Frau, mit der er wochenlang nicht richtig geredet hatte. Genauso hatte er sich das Nachhausekommen vorgestellt.

Sie ging voraus in die Küche und schloss leise die Tür hinter ihnen. »Warum ist sie hier?«

Kaja zuckte die Achseln und legte das Messer, das er

ihr zu ihrem letzten Geburtstag geschenkt hatte, auf den Küchentisch. Sie schaute überall hin, nur nicht in sein Gesicht. »Es gab einen kleinen Zwischenfall im Leichenschauhaus«, sagte sie. »Ich weiß«, sie hob beide Hände, obwohl er kein Wort gesagt hatte, »du wolltest, dass Phoebe den Toten berührt, aber …«

»Aber was?« Seth fühlte, wie sein angestauter Zorn das Reptil in ihm weckte. Träge blinzelnd erwachte es und streckte die Glieder.

»Es war keine bewusste Entscheidung von mir, aber ich habe sie daran gehindert. Und sie dabei berührt.«

»Und dann?« Er verschränkte die Arme vor der Brust. Fort war die Freude darüber, Kaja zu sehen, ihr so nahe gegenüber zu sitzen, dass er nur die Hände auszustrecken brauchte, um sie zu berühren.

»Sie wollte zuerst nicht mit der Sprache heraus.«

Er kannte da noch jemanden, der lieber alles für sich behielt.

»Sie versuchte die ganze Zeit, mich loszuwerden. Es dauerte eine Weile, aber dann wurde mir klar, was sie gesehen hat: Ich muss gar nicht nach Foster suchen. Er wird herkommen. Der Keller, in dem sie mich sterbend gesehen hat, ist unser Keller.«

»Und wann gedachte sie, das zu sagen?« Der Zorn schnürte ihm die Kehle zu, aber er bemühte sich, leise zu sprechen. Nicht wegen der nebenan liegenden Phoebe, sondern weil er befürchtete, jeden Moment die Fassung zu verlieren. »Diese Frau«, er machte eine Armbewegung zur geschlossenen Tür, »taucht hier auf Catherines ausdrücklichen

Wunsch hin auf und macht mich irre mit ihren dunklen Andeutungen und dem Gerede von selbsterfüllenden Prophezeiungen. Kaja muss in Frankreich bleiben, sie ist in großer Gefahr. Kaja wird sterben, ich weiß es.« Er imitierte Phoebes hellen Sopran. Sein Sarkasmus war unüberhörbar. Er konnte nichts dagegen tun, es fühlte sich an, als hätte sich die Wut auf Phoebe, Catherine und ihr verdammtes Gerede über eine nicht definierbare Gefahr für Kaja selbstständig gemacht oder seinen Körper übernommen. »Catherine hat sie als meine neue Kollegin hierhergeschickt. Dann soll sie sich zur Hölle noch mal auch wie eine benehmen!« Kaja wollte etwas sagen, aber er war noch nicht fertig. Wenn er jetzt nicht herausließ, was seit Wochen in ihm brodelte, würde er explodieren. »Ich habe keinen blassen Schimmer, was Catherine sich dabei gedacht hat, sie zu einem Shifter Cop zu machen. Sie sitzt einfach nur herum und dreht Däumchen, bis die nächste Vision kommt. Weißt du«, er senkte die Stimme, »ich könnte damit leben, wenn sie sich erst einmal eingewöhnen müsste. Aber«, er schüttelte den Kopf, »diese Frau ist nicht nur ein Ausbund an Untätigkeit, sie behindert auch unsere Ermittlungen. Selbst ein Mensch wäre von größerem Nutzen als sie.«

»Es geht aber nicht immer um den größten Nutzen, Seth«, warf Kaja ein, als er Luft holte. Sie hob ihm ihr Gesicht entgegen. Gott, sie war trotz der Ränder unter den Augen und dem angespannten Gesicht die schönste Frau, die er kannte. »Vor allem nicht, wenn es um ein fühlendes Wesen geht. Ich verstehe, dass du wütend bist. Ich bin es ja selbst.

Phoebe«, sie schenkte ihm ein zaghaftes Lächeln, »macht mich buchstäblich verrückt.«

»Aber trotzdem vertraust du ihr?«

»Natürlich«, erwiderte sie und zog die dunklen Brauen zusammen. »Selbst wenn ich es nicht täte – Catherine hat sie hergeschickt. Unsere Chefin würde nie etwas tun, was uns schadet.« Kaja reichte mit der Hand über den Tisch, aber er ignorierte ihre wortlose Bitte. »Was ist nur los mit dir, Seth? Ich erkenne dich gar nicht wieder. Du bist ungeduldig, wütend und ständig kurz davor, die Fassung zu verlieren.«

»So etwas passiert, wenn man im Begriff ist, die Frau, die man liebt, zu verlieren.«

Ihr Gesichtsausdruck wechselte von erstaunt über schockiert zu ... glücklich? Sie stand auf, ging um den Tisch herum, löste seine Arme und setzte sich auf seinen Schoß.

»Ich liebe dich auch«, flüsterte sie und schlang die Arme um seinen Hals. »Halt mich ein paar Sekunden fest, ja?«

Der rote Schleier der Wut vor seinen Augen löste sich und verschwand.

»Ich ertrage die Vorstellung nicht, dich zu verlieren«, sagte er.

»Das wirst du nicht. Ich verspreche es.«

Eine Weile saßen sie eng aneinandergeschmiegt da. Seth fühlte ihren warmen Atem an seinem Hals, aber irgendwann hob sie den Kopf und seufzte. »Willst du mir nicht erzählen, was du heute Nacht herausgefunden hast?«

»Nicht wenig, aber auch nicht genug, um von einer

heißen Spur zu sprechen.« Er berichtete von seinem Besuch bei Toussaint's Sacrifices und dem Mann, der dem Voodoo-Priester fünfzigtausend Dollar für etwas geboten hatte, das nach Aussage von Toussaints Freundin nicht legal war. »Ich vermute, unser Unbekannter hat ihm einen Teil der Summe als Anzahlung dagelassen.«

»Denkst du, der Voodoo-Priester ist freiwillig mit ihm gegangen?«

Seth schüttelte den Kopf. »Ich weiß es nicht. Es gab im Laden keine Anzeichen eines Kampfes, und Toussaints Freundin, die über dem Laden wohnt, hat keinen Lärm gehört. Die Frage ist nur, warum unser Totenbeschwörer das Geld mitgenommen hat, wenn er sich sicher war, nach dem erledigten Job wieder zurückzukehren.«

»Vielleicht hat er das gar nicht getan«, warf Kaja ein, die ihm aufmerksam zuhörte. »Ich denke, ein Mann mit einer Freundin wie Ms. de Ville hat die Kohle irgendwo versteckt, wo sie sie nicht vermutet. Er wusste vielleicht nicht, dass sie sich vorher schon bedient hatte.«

»Das klingt gut. Warum bin ich nicht selbst darauf gekommen?«

»Weil du ohne mich nur die Hälfte eines Teams bist, genau wie ich.« Kaja küsste ihn.

»Ich stelle es mir folgendermaßen vor: Unser Mann engagiert Toussaint und lässt ihm die Anzahlung da. Er betritt den Laden, und Toussaint, der ihn erwartet hat, hegt keinen Argwohn, denn schließlich will er auch den Rest der fünfzigtausend Dollar. Vielleicht hat Toussaint kalte Füße bekommen, als der wiedererweckte Jeremy Foster mit dem Morden anfing. Oder … was ist? Warum schüttelst du den Kopf?«

»Du hast etwas Entscheidendes vergessen. Wir sind uns einig, dass der Tod von William Charting kein Zufall war, oder?« Seth stimmte ihr zu. »Ein Zombie tötet nicht gezielt, wenn es ihm nicht befohlen wird. Klar, wenn ihm jemand zufällig über den Weg läuft, dann hat er keine Hemmungen. Aber niemals hätte sich der untote Cross-Killer aus eigenem Antrieb auf den Weg gemacht, um einen Kinderschänder zu töten. Das muss ihm derjenige befohlen haben, der ihn aus dem Grab geholt hat.«

»Die Frage ist nun, ob Toussaint freiwillig untergetaucht ist oder irgendwo gegen seinen Willen festgehalten wird.«

»Genau.«

Er küsste sie, aber Kaja unterbrach den Kuss und lehnte den Oberkörper nach hinten. »Die Frage ist auch, wie der untote Cross-Killer Charting gefunden hat.«

Seth hätte sich am liebsten mit der flachen Hand vor die Stirn geschlagen. »Natürlich. Der Mann, der hinter der Wiedererweckung und dem Mord an Charting steckt, muss Chartings Aufenthaltsort gekannt haben.«

Kaja nickte. »Da Charting aber nicht wegen sexuellen Missbrauchs verurteilt wurde, ist er im öffentlichen Sexualstraftäterregister nicht verzeichnet.«

Sie sahen einander an.

»Henry Clifton …«

»… arbeitete damals in einer kleinen Computerfirma«, ergänzte Kaja und schloss die Augen, um sich besser erinnern zu können. »Er war Programmierer.«

»Er kann sich in die Datenbank des Einwohnermelderegisters gehackt haben. Auf diese Weise ist er an Chartings aktuelle Adresse gelangt.«

»Und er hat vermutlich mehr Geld als der Vater von Madeline Roux, der ja Fabrikarbeiter ist.«

In Seths Kopf jagte ein Gedanke den nächsten. »Wir müssen herausfinden, ob Henry Clifton in den letzten Tagen eine Summe von seinem Konto abgehoben hat, die groß genug war, um Toussaint in Versuchung zu führen, Jeremy Foster als Zombie wiederauferstehen zu lassen.«

Kaja sprang von Seths Schoß, während er aufstand und nach seiner Jacke griff. »Denk nicht mal daran, mir zu sagen, dass ich hierbleiben soll«, warnte Kaja ihn. Seth kam nicht dazu, ihr eine Antwort zu geben, denn in diesem Augenblick meldete sich sein Handy. Es war Lieutenant Hanswick. »Warte«, sagte er warnend zu Kaja. Er kannte sie gut genug, um zu wissen, dass sie sich sonst auch ohne ihn auf den Weg zu den Cliftons gemacht hätte. »Ives«, meldete er sich.

»Hanswick hier. Ich habe Neuigkeiten für Sie.«

»Ich höre«, sagte Seth ungeduldig, nahm das Telefon vom Ohr und aktivierte den Lautsprecher, damit Kaja mithören konnte.

»Die Fingerabdrücke auf den Banknoten stammen von zwei Männern«, sagte Hanswick. Seth hörte, wie am anderen Ende der Leitung eine Tür geschlossen wurde. »Einige Teilabdrücke können wir mit Sicherheit zuordnen. Sie gehören Henry Clifton. Man hat sie ihm vor sieben Jahren im Zuge der Ermittlungen abgenommen, und sie waren immer noch gespeichert.«

Seth sah, dass Kaja unruhig von einem Fuß auf den anderen hüpfte. Eine Minute noch, signalisierte er mit erhobenem Finger. »Ich habe seine Kontobewegungen nachprüfen lassen«, fuhr Hanswick fort. »Er hat vor einer Woche fünfzigtausend Dollar abgehoben. Die Nummern der Scheine stimmen ebenfalls überein. Wir haben unseren Mann.«

»Danke«, sagte Seth und wollte gerade auflegen, als der Lieutenant ihm zurief, er solle noch einen Augenblick warten.

»Meine Leute sind schon mit Haftbefehl und Durchsuchungsbefehl im Gepäck unterwegs zu Henry Clifton.«

»Sind Sie von allen guten Geistern verlassen? Was haben Sie sich dabei gedacht?« Seth lief los und hörte Kajas Schritte hinter sich. »Wir wissen nicht, ob Toussaint mit ihm unter einer Decke steckt oder nicht«, sprach er im Laufen weiter. Mit der freien Hand kramte er in der Hosentasche nach der Fernbedienung für den Wagen und drückte die Taste für den Türöffner. Mit einem Piepen, das in der morgendlichen Stille viel zu laut war, öffnete sich die Verriegelung, und während er und Kaja einstiegen, sprach er weiter. »Sagen Sie Ihren Leuten, sie sollen auf uns warten. Es sei denn, Sie legen Wert darauf, sich mit einem Voodoo-Priester und einem Zombie anzulegen. Vergessen Sie den vor Trauer halb verrückten Vater nicht«, setzte er verärgert hinzu, beendete das Gespräch und startete den Wagen.

»War das Benny Hanswick?« Kaja schnallte sich an.

Seth scherte aus der Parklücke aus und gab Gas. »Du kennst ihn?« Natürlich. Jetzt fiel es ihm wieder ein. Hanswick hatte ihm von Kaja erzählt, als er damals in Baton Rouge gewesen war.

»Klar«, gab sie zurück. »Er war schon immer ein Trottel. Glaubst du, er hört auf dich und pfeift seine Männer zurück?«

»Bis vor einer Stunde hätte ich noch gesagt, dass er gar kein schlechter Kerl ist. Aber jetzt ...« Er presste die Lippen zusammen und überholte zwei Wagen, die vor ihm die Straße entlangkrochen.

»Publicity«, sagte Kaja, als wäre damit alles erklärt. Sie hielt sich mit der Hand am Türgriff fest, während er ein weiteres waghalsiges Überholmanöver startete. »Wenn du mich fragst, ist er scharf darauf, die Lorbeeren für die Festnahme einzuheimsen.« Sie behielt den Gegenverkehr im Auge. »Wenn du die Nächste links nimmst, dann ...« Bevor sie zu Ende sprechen konnte, schlug Seth das Lenkrad ein und bog ab, genau wie sie es gesagt hatte. »...dann sparen wir ein paar Minuten«, beendete sie ihren Satz und lächelte, nein, sie grinste. »Habe ich schon gesagt, wie schön es ist, wieder zu Hause zu sein?«

KAPITEL 15

New Orleans Times online von
Sonntag, dem 7. April 2019

Großeinsatz der Polizei
in Vorort von New Orleans

Wie die Pressestelle des NOPD bekannt gab, kam es heute Morgen zu einem Großeinsatz in der Cloud Street. Schwer bewaffnete Sondereinsatzkräfte hielten sich bereit, um das Haus zu stürmen, in dem sich eine oder mehrere Personen aufhielten, die im Verdacht standen, an der Tötung des vermeintlichen Kinderschänders Ch. beteiligt gewesen zu sein.

Ob und wie die Ermittler zu dieser Spur gelangten, ist nicht bekannt. Ebenso wenig wissen wir über die Identität des Mannes und der Frau, denen es schließlich gelang, sich Zugang zum Haus zu verschaffen.

Während Seth noch auf die friedliche Art versuchte, durch die Absperrung zum Haus der Cliftons zu gelangen, hatte Kaja schon lange die Geduld verloren und drängte sich einfach zwischen den Polizisten hindurch. Die Rufe hinter ihrem Rücken verstummten schnell. Gut. Offensichtlich war es Seth gelungen, den menschlichen Kollegen klarzumachen, dass sie nicht nur rechtmäßig hier waren, sondern auch die besseren Chancen hatten, das Haus lebend wieder zu verlassen. Kaja verlangsamte ihre Schritte, um Seth Zeit zum Aufholen zu geben, und schaute auf, als er neben ihr war. »Taktik?« Im Laufe der Monate, die sie nun schon zusammen ermittelten, hatten sie einige Strategien ausprobiert. »Guter Cop« und »böser Cop« funktionierte meistens gut, weil der Überraschungseffekt groß war, wenn der riesenhafte Seth den Guten gab und sie, die kleine, zarte Kaja, den Bösen.

»Als ich mit Phoebe bei der Hinrichtung war ...«

»Davon hast du mir gar nichts gesagt!« Kaja blieb nicht stehen, wurde aber langsamer.

»Können wir das später besprechen? Vielleicht nachher, wenn wir Clifton und Toussaint festgenommen und den Zombie unschädlich gemacht haben?« Er passte sich ihrem Schritttempo an, aber Kaja fühlte seine Ungeduld, den Drang, den unseligen Fall endlich abzuschließen. Sie bedeutete ihm, fortzufahren. »Die Roux' und die Cliftons waren auch dort und wollten unbedingt mir dir reden. Ich habe ihnen gesagt, dass ich ein Gespräch arrangiere, sobald du wieder im Lande bist. Wir sollten diesen Wunsch auf jeden Fall nutzen, um mit Clifton ins Gespräch zu kommen.«

»Also diesmal umgekehrt? Ich darf der gute Cop sein und reden, statt nur zu drohen?«

Seth blieb stehen und sah sie mit einem undeutbaren Ausdruck im Gesicht an. »Du bist immer der gute Cop, du kannst es nur nicht zugeben.« Dann marschierte er weiter, stieg die zwei Stufen zur Haustür empor und klingelte.

Kaja schob sich neben ihn. In der Tür war ein Spion, aber falls jemand von innen hindurchschaute, würde er sie nicht sehen, weil sie zu klein war. Also pochte sie mit den Knöcheln gegen das einstmals weiß lackierte Holz und rief: »Mr. Clifton? Mrs. Clifton? Hier ist Detective Kaja Lenoire. Sie wollten mit mir reden.« Aus den Augenwinkeln glaubte sie, eine Bewegung am Fenster rechts wahrzunehmen, aber als sie sich zur Seite wandte, war nichts mehr zu sehen. »Ich weiß, dass Sie da sind. Bitte öffnen Sie die Tür.«

Seths Körper neben ihr erstarrte, als von drinnen das Geräusch von Schritten zu hören war, die zur Tür schlurften. Zombie?, formte Seth lautlos mit dem Mund, aber Kaja schüttelte den Kopf. Für einen Untoten hob derjenige, der sich der Tür näherte, die Füße noch zu deutlich an. »Mr. Clifton, lassen Sie uns bitte miteinander sprechen, bevor noch Schlimmeres geschieht. Ich weiß, was Sie getan haben.«

Die Tür wurde einen Spaltbreit geöffnet, und der Lauf eines Revolvers schob sich hindurch. »Gehen Sie«, sagte Henry Clifton mit rauer Stimme. »Ich will Sie nicht töten, aber wenn Sie ...« Seine Stimme brach ab, als Kaja einen halben Schritt näher trat.

»Mr. Clifton«, sagte sie leise, »Henry. Ich weiß, dass der Schmerz, ein Kind zu verlieren, unvorstellbar sein muss, aber niemandem ist geholfen, wenn Sie hier mit der Waffe herumwedeln und die Cops da draußen glauben, dass Sie mir oder meinem Kollegen den Schädel wegpusten wollen.« Der Henry Clifton aus ihrer Erinnerung war ein sanfter Mann gewesen, der niemals auch nur die Hand erhoben hätte, um einem anderen Menschen zu schaden. Was hatte die Trauer in den vergangenen sieben Jahren aus ihm gemacht?

»Gar nichts wissen Sie«, kam es von drinnen. Kaja bemerkte, dass Seth sich ein paar Schritte von der Tür entfernt und damit begonnen hatte, sich umzuschauen. Gut. Sie würde weiter versuchen, Henry Clifton zum Öffnen der Tür zu bewegen. Seth konnte sich derweil umsehen, vielleicht sogar ums Haus gehen und versuchen, über den Hintereingang ins Haus zu gelangen. »Suzie war alles für mich. Für uns. Meine Ehe ist fast daran zerbrochen, dass dieses Schwein unsere Tochter getötet hat. Und nicht nur das, er musste sie auch noch herrichten wie ein ...« Er verstummte. »Und niemand hat es für nötig erachtet, mir Antworten zu geben. Jedes Mal, wenn ich gefragt habe, warum, warum meine Tochter, warum hat er ihr den Mund zugenäht, bekam ich keine Antwort, außer: Jeremy Foster ist geisteskrank.«

»Legen Sie die Pistole weg und lassen Sie mich ins Haus. Ich weiß, dass Foster nicht verrückt war, und ich kann Ihnen sagen, was in seinem Kopf vorging.« Sie trat näher, und der Lauf der Waffe zitterte stärker.

»Aber nur Sie allein.«

»Seth, ich gehe jetzt ins Haus.« Kaja drehte den Kopf, sah die Sorge in seinen Augen und schenkte ihm ein schmales Lächeln. »Du wartest hier auf mich.« Er schüttelte den Kopf und signalisierte ihr, dass er ums Haus herumschleichen und nach einer Möglichkeit suchen würde, es von der Rückseite aus zu betreten.

Der Türspalt wurde breiter. Der zitternde Lauf der Waffe verschwand, als Henry Clifton sich hinter der Eingangstür verschanzte. Als ob er dort vor den Kugeln der Kollegen sicher wäre! Kaja schob sich durch die Öffnung und trat ein.

Das Erste, was ihr auffiel, war der Gestank nach ungewaschenen Körpern und verrottendem Essen. Was fehlte, war der Geruch eines Zombies. Wer ihn einmal in der Nase gehabt hatte, würde ihn nie vergessen. Für den Bruchteil einer Sekunde befürchtete Kaja, dass sie sich getäuscht hatten und Clifton doch nicht derjenige war, der Foster hatte auferstehen lassen – denn wo war Jeremy Foster, und wo war der Mann, der ihn aus seinem Grab geholt hatte?

Das Zweite, was ihr ins Auge fiel und ihr einen schmerzhaften Stich versetzte, war der Zustand, in dem sich Henry Clifton befand. Er war nur noch Haut und Knochen, sein Gesicht mit den eingefallenen Wangen und den hervorquellenden, fiebrig glänzenden Augen glich einem Totenschädel. Er sah aus wie ein Mann, der nichts mehr zu verlieren hatte.

»Hallo Mr. Clifton«, sagte sie und bemühte sich, nichts von dem Schrecken zu zeigen, den sie bei seinem Anblick empfand. Er deutete mit der Waffe in das nächste Zimmer. »Wo ist Ihre Frau?«, wollte Kaja wissen, während sie sich zum ersten Mal wünschte, ihre Nase wäre der menschlichen nicht überlegen.

»Fort. Sie hat es mit mir nicht mehr ausgehalten.« Er lachte kurz und bellend. »Wundert Sie das?«

»Nein«, gab Kaja zu, denn über Bestätigung und Schmeicheleien war Henry Clifton schon lange hinaus. »Was haben Sie mit Toussaint gemacht? Und wo ist Foster?«

»Setzen Sie sich.« Eine Bewegung mit der Waffe verlieh seinen Worten Nachdruck.

Kaja räumte sich einen Platz auf dem Sofa frei, indem sie Pizzakartons und Plastikmüll mit dem Arm auf den Boden wischte. Bei der Geruchswolke aus überreifen Tomaten, schimmeligem Käse und muffigem Basilikum drehte sich ihr beinahe der Magen um. Clifton ließ sich ihr gegenüber auf einem Sessel nieder und saß nun mit dem Rücken zur Tür.

»Ich stelle hier die Fragen. Sie antworten.« Die Worte klangen wie eine Bitte, nicht wie ein Befehl.

»Dann fangen Sie an.« Kaja hätte sich gerne zurückgelehnt, wagte es aber angesichts der klebrigen Oberfläche nicht.

»Ich ...« Er schluckte, senkte die Waffe und hob sie wieder, als Kaja sich nach vorne beugte.

Sie hob beide Hände in einer, wie sie hoffte, beschwichtigenden Geste. »Mr. Clifton. Henry. Ich bin hier, um Ihnen zu helfen.«

»Bitte sagen Sie mir, warum meine Suzie sterben musste. Bitte. Danach ... werde ich aufgeben. Ich schwöre es beim Angedenken meiner Tochter.«

Es war verrückt, aber sie glaubte ihm nicht nur, sie hatte auch unendliches Mitleid mit ihm. Er verdiente die Wahrheit. »Jeremy Foster war ein kranker Mann«, sagte sie. »In dieser Beziehung hatten seine Anwälte recht. Aber es gibt ein paar Dinge, die nicht allgemein bekannt sind. Foster hatte sich in den Kopf gesetzt, einer Loa zu huldigen. Sie kennen sich mit Voodoo aus?« Er hatte zwar Toussaint angeheuert, aber das bedeutete nicht automatisch, dass Henry Clifton sich mit der Religion auskannte, die von den schwarzen Sklaven erst nach Haiti gebracht worden war und sich von dort aus im Süden der USA ausbreitete.

Der Mann ihr gegenüber schüttelte den Kopf. »Nicht genug«, sagte er bitter. »Sonst hätte ich wohl kaum diesen geldgierigen Idioten angeheuert, über den Sie mir auf die Spur gekommen sind.«

»Die Loa sind vergleichbar mit Geistern, die als Vermittler zwischen Menschen und Gott oder Göttern dienen. Im Voodoo vermischt sich der Geisterglaube der ursprünglichen Religion mit dem des Katholizismus, der den Sklaven damals aufgezwungen wurde. Es gibt viele Loa, und die meisten von ihnen sind in ihrer Launenhaftigkeit nicht viel besser als wir Menschen. Sie lieben, hassen und schenken ihre Gunst den Menschen, die ihnen Opfer bringen.« Clifton wurde noch eine Spur blasser, was Kaja nicht für möglich gehalten hätte. Irgendwo hinter ihr klickte etwas – eine Tür, die leise ins Schloss fiel, aber für das Gehör der Pantherin nicht leise genug.

»Kommen Sie zur Sache. Oder meinen Sie, ich weiß nicht, was Sie tun?«

»Ich mache das, was Sie mir gesagt haben: Ich erzähle Ihnen, warum Ihre Tochter sterben musste.« Das Zittern in Cliftons rechter Hand, die die Waffe hielt, wurde stärker. Wenn er sie anschoss, dann sicher nicht mit Absicht, sondern aus Angst. »Sagen Sie mir, warum Sie Toussaint gezwungen haben, Foster als Zombie wiederauferstehen zu lassen?«

»Können Sie sich das nicht denken?« Ein hämisches Lächeln erschien auf seinem Gesicht, das so gar nicht zu dem erschöpften Mann passen wollte, der vor ihr stand.

Langsam, beinahe als würde sie sich vortasten, sagte Kaja: »Ich kann mir vorstellen, dass der Tod für Foster in Ihren Augen keine angemessene Strafe war.«

In den Augen Cliftons leuchtete etwas wie Anerkennung auf. »Ich wusste, dass Sie es verstehen würden.«

Eine leichte Übelkeit breitete sich in ihrer Magengegend aus, aber solange Clifton glaubte, dass sie auf seiner Seite stand, würde er sie nicht erschießen. »Sie wollten, dass er ... Wiedergutmachung leistet.« In dem Augenblick, in dem die Worte aus ihrem Mund kamen, wusste sie, dass sie falschlag. Cliftons Gesichtszüge verdüsterten sich, und das hämische Lächeln erschien wieder. Hastig sprach sie weiter. »Ich weiß, dass nichts und niemand Suzies Tod wiedergutmachen kann, aber Sie wollten, dass Foster leidet. Als lebender Toter zu existieren, der Ihren Befehlen gehorchen musste, war eine bessere Strafe als der Tod, nicht wahr?« Ein knappes Nicken zeigte ihr, dass sie richtiglag. »Wann kamen Sie auf die Idee, ihn andere Kinderschänder töten zu lassen? Das war doch Ihr Plan, nicht wahr?«

Cliftons Gesicht verschloss sich. Verdammt, welcher Teil ihrer Vermutungen hatte die beginnende Verbindung zwischen ihnen gekappt? »Seit wann ist Ihre Frau denn fort?«, fragte sie, um ihn abzulenken.

»Lange genug. Weiter im Text. Erzählen Sie mir, warum meine Tochter sterben musste!«

Es war einen Versuch wert gewesen. Immerhin redete er immer noch mit ihr. »Jeremy Foster wollte sich eines der Geistwesen gewogen machen. Die Marinette Bois Sèch ist eine grausame Herrin. Sie ist zerstörerisch und bringt den Menschen, dic sie verehren, nichts als Hass und Leid.« Sie machte eine kurze Pause, in der sie Clifton in die müden Augen schaute. »Es tut mir unendlich leid, Henry. Was Foster letztendlich mit der Ermordung Ihrer Suzie beabsichtigte, weiß ich nicht, aber er brachte sie der Marinette als menschliches Opfer dar.«

Clifton schloss die Augen und stöhnte. Der Laut war voller Jammer und Elend, ein herzzerreißendes Geräusch, das Kaja bis an ihr Lebensende nicht vergessen würde. Sie griff über den Tisch und wollte ihm die Waffe aus den Händen nehmen, aber Clifton war schneller. In einer fließenden Bewegung setzte er den Lauf an seine Schläfe und spannte den Hahn.

Seth tauchte hinter ihm im Türrahmen auf. Mit einem Blick erfasste er die Situation, und er legte den Finger auf seine Lippen. Kaja wusste nicht, ob ihr Gesicht sie verraten hatte oder ob Clifton genug gehört hatte und von der Verzweiflung überwältigt wurde, aber Seth kam zu spät. All ihre Versuche, Henry Clifton wohlbehalten aus dem Haus zu schaffen und den sieben Jahre zurückliegenden Fall endlich zu einem Ende zu führen, machte er mit einer Bewegung seines Zeigefingers zunichte.

»Wo zum Teufel ist sie?«

Kaja rannte durch die Zimmer wie ein wütendes Raubtier, das sie ja auch war. Ein sehr wütendes Raubtier, korrigierte sich Seth in Gedanken. Er hingegen konnte angesichts Phoebes Verschwinden nichts als Erleichterung fühlen. Er hatte sich weiß Gott alle Mühe gegeben, sie zu mögen, aber er war mehr als glücklich, sie nicht mehr in seinen vier Wänden zu wissen.

»Ich glaube es einfach nicht«, sagte Kaja und riss sich die blutverschmierten Klamotten vom Leib. »Sie ist schon wieder verschwunden. Einfach so. Ohne ein Wort des Abschieds.« Sie griff nach dem Stapel Kleidung, lief nackt, wie sie war, ins Bad und stellte die Dusche an. Seth hörte, wie die Waschmaschine mit einem Rumpeln zum Leben erwachte, und schlüpfte ebenfalls aus seinen Sachen. Kaja hatte zwar den größten Teil der Körperflüssigkeiten abbekommen, als Henry Clifton sich erschossen hatte, aber auch er fühlte sich schmutzig. Er gab Kaja fünf Minuten, um sich zu beruhigen, dann stieg er zu ihr unter die Dusche.

Als sie beide sauber waren, schlüpften sie ins Bett. Seth lag an ihrem Rücken, den Arm um ihre Taille geschlungen, und lauschte dem Schlag ihres Herzens. »Glaubst du, es ist vorbei?«, fragte sie leise.

Er seufzte. »Ich weiß es nicht. Toussaint ist immer noch verschwunden, ebenso wie der untote Foster. Ich könnte mir vorstellen, dass Toussaint ihn im Sumpf versenkt hat und dann mit dem Geld abgehauen ist, aber ich weiß es nicht. Es ist möglich, dass wir ihn niemals finden werden.«

»Die Nachbarn bestätigen übrigens Cliftons Behauptung, dass seine Frau ihn verlassen hat«, sagte Kaja leise. »Vor ungefähr einer Woche hat man gesehen, wie sie mit zwei Koffern in ein Taxi stieg. Aber«, sie rutschte unbehaglich hin und her, »in der Wohnung sah es aus, als hätte dort schon länger niemand mehr sauber gemacht. Und all die halb leeren Pizzakartons ... ich weiß nicht.«

»Vermutlich hat Clifton auch Toussaint mit Essen versorgt. Er brauchte ihn schließlich wach und bei Kräften.« Seth versuchte, Kaja die Sorgen angesichts des nur halb geklärten Falles zu nehmen. »Ich weiß, wie unbefriedigend das ist, aber ich verspreche dir, ich werde mich darum kümmern. Sobald du im Flieger nach Paris sitzt, werde ich Toussaint und seinen Zombie auftreiben. Und falls Foster wirklich irgendwo im Sumpf liegt, werde ich ihn finden.« Er küsste ihren Nacken. »Ich verspreche es.«

Sie drehte sich um. »Ich habe ein ungutes Gefühl, dich allein zu lassen.«

»Und mir ist nicht wohl bei der Vorstellung, dich hier und nicht tausend Meilen weit entfernt zu wissen. Ich werde gleich morgen früh Catherine anrufen und sie bitten, mir Unterstützung zu schicken. Aber diesmal jemanden, der sich nicht nur in dämlichen Prophezeiungen ergeht, die Angst und Schrecken verbreiten, sondern einen richtigen Shifter Cop.«

Kaja lachte. Er liebte dieses Geräusch! »Lieber wäre mir, du würdest gleich mit mir nach Frankreich kommen«, seufzte sie und drückte sich an seine Brust. »Wenn du mit Catherine sprichst, frag sie nach Phoebe. Ich muss wissen, wo sie ist.« Die steile Falte zwischen ihren Brauen vertiefte sich. »Als wir im Leichenschauhaus waren, ist noch etwas Merkwürdiges passiert. Dieser Magister Burton, der den Leichnam untersuchte, hatte ein Grimoire.«

»Das ist nichts Ungewöhnliches für einen Hexer.«

»Das nicht, aber dieses ...« Sie stöhnte, als sein Handy klingelte. Es klang gedämpft, und Seth erinnerte sich, dass er es im Bad hatte liegen lassen. Vermutlich lag es im Korb unter seiner Wäsche begraben.

»Bleib, wo du bist«, sagte Seth und verließ widerstrebend das warme Bett, um sein Handy zu suchen. Er fand es, bevor der Anrufer die Geduld verlor, und meldete sich. »Lieutenant Hanswick, was gibt es?«, fragte er und bemühte sich, nicht verärgert zu klingen. Es gelang ihm vermutlich nicht, denn bevor Hanswick mit dem Grund seines Anrufes herausrückte, entschuldigte er sich drei Mal für die Störung.

»Wir wissen, wo Toussaint sich verkrochen hat«, sagte er endlich. »Es ist ein Hotel am Rande des Bayous auf der Straße nach Baton Rouge. Ich dachte, Sie wollen vermutlich dabei sein, wenn wir ihn festnehmen.«

»Schicken Sie mir die Adresse auf mein Handy. Ich mache mich sofort auf den Weg und melde mich von unterwegs noch einmal. Und ... danke, Lieutenant.« Er legte auf, schnappte sich eine halbwegs saubere Jeans aus dem Wäscheberg und ging ins Schlafzimmer zurück. Kaja war eingeschlafen. Ihre Pupillen unter den geschlossenen Lidern bewegten sich im Traum. Lautlos ging er hinüber zum Schrank und nahm sich ein frisches Hemd. Bevor er die Wohnung verließ, schrieb er Kaja eine Nachricht. Jetzt konnte er nur hoffen, dass er wieder zurück war, bevor ihr Flieger ging.

KAPITEL 16

New Orleans Times Newsticker online von
Montag, dem 8. April 2019

Großeinsatz endet mit Todesfall

Wie wir eben erfahren, endete der Einsatz des NOPD in der Cloud Street mit einem Todesfall. Vermutlich ist es der Besitzer des Hauses, ein Mr. Henry Clifton, der im Beisein zweier Beamter unter bislang nicht geklärten Umständen den Tod fand. Wie uns eine vertrauliche Quelle innerhalb der Polizei mitteilte, handelte es sich bei den beiden Cops in Zivil um Detective Kaja Lenoire und Detective Seth Ives von einer nicht näher bezeichneten und landesweit operierenden Spezialeinheit.

Das Erste, was Kaja bemerkte, war Seths Abwesenheit.

Dann bemerkte sie die Stille. Es war nicht nur ruhig wie in einem Haus, in dem der Partner mal eben mitten in der Nacht ins Bad verschwunden war und sich bemühte, leise zu sein, es war viel, viel ruhiger. Kaja tastete nach dem Bowiemesser, das sie für alle Fälle unter ihr Kopfkissen geschoben hatte, und stand auf. Zunächst warf sie einen Blick hinaus auf die menschenleere, nächtliche Straße und suchte im Schein der spärlich gesetzten Straßenlampen nach Seths Wagen. Er war fort. War das ein gutes oder ein schlechtes Zeichen? Sie tappte in die Küche und entdeckte den Zettel, den er ihr geschrieben hatte. »Hanswick hat angerufen, sie haben Toussaint entdeckt. Komme so schnell wie möglich zurück. Seth. PS: Geh wieder schlafen.«

Trotz ihres Ärgers musste sie lächeln. Es sah Seth ähnlich, genau zu wissen, was ihr erster Impuls war: sich anzuziehen, Hanswick anzurufen, die Informationen aus ihm herauszuquetschen und Seth dann hinterherzufahren. »Träum weiter, du verdammtes Krokodil«, murmelte sie und schrak zusammen, als mit einem schrillen Läuten die Türklingel ertönte. Sie griff wieder nach dem Messer – sicher war sicher – und tapste zur Tür.

»Wer ist da?«

»Hier ist Maggie Clifton, Detective. Kann ich mit Ihnen reden?«

»Einen Augenblick, bitte. Ich ziehe mir eben etwas über, Mrs. Clifton.« Kaja schlich zum Wohnzimmerfenster, von dem aus sie einen guten Blick auf den Bereich vor der Tür hatte. Es war tatsächlich Suzies Mutter. Der Bewegungsmelder hatte das Verandalicht aktiviert, das seinen unbarmherzigen Lichtschein auf ihr stark gealtertes Gesicht warf. Kaja öffnete das Fenster einen Spaltbreit und sog prüfend die Luft ein. Es roch nach Asphalt und nahendem Regen, dazu kam der Gestank von abgestandenem Zigarettenrauch, der von Suzies Mutter ausging. Aber weit und breit lag kein Zombiegeruch in der Luft.

Kaja öffnete die Tür. »Was kann ich für Sie tun?« *Sei vorsichtig,* flüsterte die Pantherin. Kaja schaute der Frau aufmerksam ins Gesicht und suchte nach einem Hinweis, warum sie mitten in der Nacht vor Kajas Tür stand. Sie sah verhärmt aus, aber das war nicht weiter verwunderlich.

Mrs. Clifton hatte ihr Kind auf die schlimmste Weise verloren, die man als Elternteil erfahren konnte, und ihr Mann hatte sich das Leben genommen. Es war ein Wunder, dass sie überhaupt noch bei Verstand war.

»Ich würde gerne mit Ihnen reden, wenn es Ihnen nichts ausmacht. Über Henry, aber auch über Suzie.« Tränen liefen ihr übers Gesicht. In einer flehenden Geste streckte sie die Hände aus. »Bitte, Detective. Ich habe sonst niemanden, der mir hilft.« Sie trug einen viel zu dünnen Trenchcoat und zitterte am ganzen Leib. Was Kaja sah, war eine Frau, die vom Schmerz des Verlusts halb verrückt war. Sie ließ die Pantherin ein Stück weit von der Leine. *Kannst du etwas riechen außer Angst und Schmerz?*

Nein. Trotzdem war die Katze weiterhin auf der Hut. *Sie könnte ein Köder sein, um dich aus dem Haus zu locken,* warnte die Raubkatze und schob sich ein weiteres Stück nach vorne.

Aber hier war niemand außer Mrs. Clifton. Seth war im Begriff, den Voodoo-Priester festzunehmen, und Kaja hätte ihre rechte Hand darauf gewettet, dass weit und breit kein Zombie in der Nähe war.

»Detective?« Mrs. Cliftons Stimme ähnelte dem Maunzen eines hungrigen Kätzchens. Die Knöchel ihrer Hand, die ihre Umhängetasche umkrampfte, waren weiß vor Anspannung, und sie schien die Tränen nicht zu bemerken, die ihr ohne Unterlass das Gesicht herunterliefen.

Lass sie nicht herein, warnte die Pantherin noch einmal. Jetzt hörte sie sich mehr als nervös an. *Irgendetwas stimmt nicht mit ihr. Lass mich raus!*

Sie ist nur eine menschliche Frau, noch dazu halb von Sinnen vor Trauer, entgegnete Kaja zögernd.

Nur eine menschliche Frau? Der Cross-Killer war auch nur ein Mensch, wie du es nennst, und hätte ich damals nicht eingegriffen, wärst du jetzt tot. Die Stimme der Pantherin in ihrem Kopf wurde lauter und lauter.

Also gut, gab Kaja nach und blinzelte. Mrs. Clifton stand immer noch vor ihr und sah sie abwartend an. »Es tut mir sehr leid, aber es ist ein schlechter Zeitpunkt für ein Gespräch.« Was sagte man in so einem Fall? Sie wünschte sich, dass Seth hier wäre. Mit ihm an ihrer Seite hätte Kaja keine Bedenken gehabt, die Frau hereinzubitten. *Ich auch nicht,* stimmte die Pantherin zu. »Warum kommen Sie nicht morgen früh in unserem Büro vorbei?«

»Bitte, Detective Lenoire. Nur fünf Minuten.« Mrs. Cliftons unverhohlenes Betteln versetzte Kaja einen Stich, aber sie blieb hart, auch wenn es ihr mit jeder Sekunde, die verstrich, schwerer fiel.

«Woher haben Sie eigentlich meine Privatadresse?« Es war eine logische Frage, die sie schon längst hätte stellen sollen.

»Henry ... Sie wissen ja, er war Programmierer, und nachdem Sie bei der Hinrichtung nicht aufgetaucht sind, wir aber unbedingt mit Ihnen reden mussten, hat er in den Unterlagen des Einwohnermeldeamtes nachgeschaut. Es gab keine Firewall, die er nicht umgehen konnte.« Der Schaden war angerichtet, Mrs. Clifton stand vor ihrer Haustür, aber wenigstens hatte Kaja eine Erklärung dafür, wie Henry Clifton an Chartings und ihre Adresse gekommen war.

Sie öffnete den Mund, um etwas zu sagen, als die Frau ihr gegenüber mit den Achseln zuckte, die Henkel der Tasche losließ und ihr versöhnlich die Hand entgegenstreckte. Dabei zitterte ihr Arm so sehr, dass die Tasche auf den Boden fiel und sich ihr Inhalt vor der Tür ergoss. Kaja tat das, was jeder normale Mensch in dieser Situation getan hätte: Sie öffnete die Tür weit genug, dass sie heraustreten und sich niederknien konnte, um Mrs. Clifton zu helfen, ihre verstreuten Habseligkeiten einzusammeln.

Sie hörte noch, wie die Pantherin *Nein!* schrie, dann wurde es dunkel um sie.

Es war dunkel und feuchtkalt, als sie die Augen wieder aufschlug. Ihr Mund fühlte sich ... merkwürdig an, fast so, als wäre er gelähmt oder taub wie nach einem Zahnarztbesuch. Ihr Herz schlug schneller, doch es gelang ihr, ruhig zu bleiben und ihre aufsteigende Panik in Schach zu halten. Sie schloss die Augen und öffnete sie wieder, als ihr schwindelig wurde. In ihrem Hinterkopf pochte ein stetiger Schmerz, aber er war erträglich. Sie hatte schon Schlimmeres erlebt. Langsam, ermahnte sie sich. Einen Schritt nach dem anderen. Sie saß auf jeden Fall auf dem Boden, das wusste Kaja, denn ihr Rücken war an eine kalte Wand gelehnt. Okay. Und ihre Hände waren vor ihrem Körper gefesselt.

Das Wichtigste war, herauszufinden, wie weit ihre Bewegungsfähigkeit eingeschränkt war und ob sie sich von ihren Fesseln befreien konnte. Sie bewegte die Finger, dann die Hände, die etwas steif, jedoch nicht so taub waren wie ihr Mund.

Jemand hatte sie mit einem Seil gefesselt. Ziemlich fest, aber eher amateurhaft. Das merkte sie an der Menge Seil, die um ihre Handgelenke gewickelt worden war. Nicht jemand, sondern Mrs. Clifton. Die Frau hatte sie niedergeschlagen und hierhergezerrt, wo auch immer »hier« war.

»Mrs. Clifton?« Das war zumindest das, was Kaja hatte rufen wollen, aber was aus ihrem Mund kam, ähnelte dem in keiner Weise. Was herauskam, war eine Mischung aus undeutlichen Lauten und Stöhnen, als hätte ihr jemand die Zunge abgeschnitten.

Oder den Mund zugenäht.

Oh Gott. Phoebes Vision ... sie hatte recht gehabt. Am Ende hatte Phoebe *immer* recht behalten, so auch diesmal. Nur war es nicht der von den Toten wiederauferstandene Cross-Killer, der sich an Kaja vergangen hatte, sondern Mrs. Clifton. Die Frau, vor der die Pantherin sie gewarnt hatte. Sie hätte auf die Raubkatze hören sollen.

Warum antwortete die Pantherin nicht? Normalerweise hätte sie sich die Gelegenheit zu einem *Ich hab's dir doch gesagt* nicht entgehen lassen. Wo war sie? Es fühle sich nicht so an, als schliefe sie. *Wo steckst du?*

Es herrschte Sille. Eine absolute, totale Stille, wie Kaja sie noch nie zuvor erlebt hatte.

Das war der Moment, in dem die Panik einsetzte.

Ihr Magen hob sich, und Kaja versuchte, die Übelkeit wegzuatmen, um nicht am eigenen Erbrochenen zu ersticken. Es dauerte ein paar Sekunden, bis sie die aufsteigende Magensäure wieder nach unten gezwungen hatte, ebenso wie das hysterische Lachen in ihrer Kehle. Oder war es ein Weinen? Sie konnte sich nicht erinnern, sich jemals so allein gelassen gefühlt zu haben. Seth war Gott weiß wo, um den Voodoo-Priester festzunehmen, ihre Pantherin hatte sie verlassen, Phoebe hatte sich wie vor sieben Jahren aus dem Staub gemacht, und zur Krönung all dessen war es Mrs. Clifton gelungen, sie niederzuschlagen, in eine unterirdische Kammer zu verschleppen und ihr den Mund zuzunähen.

Konnte es noch schlimmer kommen?

Bereits der Gedanke fühlte sich wie eine Herausforderung an. Wenn sie eines gelernt hatte, dann dies: Schlimmer konnte es immer werden, es sei denn, man war tot.

Aber noch war es nicht so weit. Sie lebte, sie atmete, und sie wollte verdammt sein, wenn sie hier wie ein Opferlamm liegen blieb. Immerhin hatte sie keine starken Schmerzen, dort, wo die Verrückte ihr den Mund zugenäht hatte, auch wenn das ziemlich erstaunlich war. Kaja kramte in ihrer Erinnerung nach allem, was sie über Mrs. Clifton wusste. Sie musste eine Möglichkeit finden, mit ihr ins Gespräch zu kommen.

Kaja stöhnte. Suzies Mutter hatte dafür gesorgt, dass eine Unterhaltung ein Ding der Unmöglichkeit war. Okay, dann brauchte Kaja eine andere Lösung. Sie hatte damals, vor sieben Jahren, kaum Kontakt zu der Frau gehabt, die sich ständig hinter ihrem Mann zu verstecken schien. Sie war Krankenschwester gewesen, fiel Kaja ein, Kinderkrankenschwester, wenn sie es richtig in Erinnerung hatte. Sie war nicht ein einziges Mal aus dem Schatten ihres Mannes herausgetreten, sondern hatte allenfalls stumm genickt, wann immer Henry Clifton etwas geäußert oder gefragt hatte. Es nützte nichts, sich jetzt wegen ihrer Blindheit zu geißeln, auch wenn sie sich im Stillen verfluchte, weil sie Suzies Mutter nicht von Anfang an als Verdächtige behandelt hatte.

Sie hatte begonnen, ihre Handgelenke zu bewegen, um die Fesseln zu lockern. Der Angstschweiß half, auch wenn das Brennen des rauen Taus ziemlich unangenehm war. Während Kaja lauschte und das Brennen ignorierte, versuchte sie, Ordnung in ihrem Kopf zu schaffen. Würde sich Phoebes Vision von Seth, der sie hielt, während sie mit zugenähten Lippen in einer Blutlache lag und starb, als wahr erweisen? Und wo war Mrs. Clifton im Augenblick von Kajas Tod?

Die Fesseln begannen, sich zu lockern, dem Himmel sei Dank.

Die nächste wichtige Frage war: Wo war sie?

Es war dunkel. Es roch muffig, nach feuchter, alter Erde. Die ausgeprägten Sinneswahrnehmungen der Pantherin fehlten Kaja mehr, als sie zugeben mochte. Selbst als Mensch hatte sie durch sie besser gesehen, die Duftspuren deutlicher wahrgenommen und viel besser gehört. Sie wollte gar nicht daran denken, was die Abwesenheit der Raubkatze für ihre körperliche Kraft und ihre Wendigkeit bedeutete. Wie kamen Menschen, die kein Tier in sich trugen, nur zurecht? Es war, als hätte man ihr die Hand abgehackt oder auf dem Rücken festgebunden.

Kaja spreizte die Finger, um die Seile zu dehnen, und merkte, dass es nicht mehr lange dauern konnte, bis sie sich befreit hatte. Noch zwei, drei Bewegungen, dann war es endlich so weit. Sie zog ein Handgelenk aus dem verknoteten Seil und zerrte ungeduldig an dem anderen, bis beide Hände frei waren. Ihre Finger fühlten sich dick und geschwollen an, und sie prickelten, als das Blut zurück in die Glieder floss, aber sie hatte die Hände frei und konnte sich wehren, falls Mrs. Clifton zurückkam. Kajas Hände flogen zu ihrem Mund und tasteten nach den Fäden. Vorsichtig zog sie an einem der lose herabhängenden Enden und zuckte zusammen, als der Schmerz durch ihre malträtierten Lippen schoss. Solange sie den Mund nicht bewegte und nicht an der Paketschnur zerrte, hielt sich der Schmerz in Grenzen. Wäre die Pantherin bei ihr gewesen, hätte Kaja nicht gezögert und sich von der grausamen Folter befreit, aber als Mensch ... war sie fähig, die Qualen zu ertragen? Und was war mit Phoebes Vision? Würde Kaja, wenn sie das, was Phoebe gesehen hatte, veränderte, nicht alles nur noch schlimmer machen? Sie stieß einen Laut aus, der halb Stöhnen, halb Schrei war.

Mit den Fingerspitzen tastete sie ihren Mund ab.

Nein. Es reichte. Selbst als Mensch wollte sie nicht so sterben, nicht mit dieser Verstümmelung, zum Schweigen gebracht und gelähmt vor Angst. Sie suchte nach einem Ende der Schnur und fand keine Knoten, dann atmete sie drei Mal tief durch und riss mit aller Kraft, die sie einzusetzen wagte, an der Paketschnur.

Der Schmerz war unbeschreiblich. Kaja konnte nichts dagegen tun, fiel auf die Knie, während ihr die Tränen über das Gesicht liefen und sie eine Hand auf den Mund presste, um mit ihrem Schrei nicht die Wände zum Einsturz zu bringen. Für einen Moment glaubte sie, ein zweites Mal in dieser Nacht das Bewusstsein zu verlieren.

Sie weinte immer noch, als ihr bewusst wurde, dass sie es geschafft hatte.

Und nicht nur das. Die Katze war wieder da. Kaja hatte keine Ahnung, wieso, aber sie war verdammt glücklich, nicht mehr allein in dieser finsteren Gruft zu hocken und darauf zu warten, dass sich ihr Schicksal erfüllte. Die Pantherin zu fühlen, war wie in eine oft getragene Lieblingsjeans zu schlüpfen. Kaja tat es, ohne groß darüber nachzudenken, und merkte erst mit einigen Sekunden Verzögerung, dass auch ihre Sinne wieder auf dem üblichen Niveau waren. Sie befand sich in einer Gruft – sie roch alte Knochen, Moder und Verwesung, aber keine frischen Leichen.

Man sollte auch für Kleinigkeiten dankbar sein, flüsterte die Pantherin.

Du hast recht, antwortete Kaja. *Ich bin froh, dass du wieder da bist. Nicht dass ich damit sagen möchte, dass du eine Kleinigkeit bist, aber ...*

Lass uns lieber zusehen, dass wir hier herauskommen, unterbrach die Raubkatze sie. *Du kannst mir später danken. Ausführlich.*

Unwillkürlich verzog Kaja die Lippen zu einem Lächeln, unterbrach die Bewegung aber sofort, als sich der Schmerz wieder meldete. Sie machte ein paar Schritte vorwärts und navigierte vorsichtig um einen Sarg herum, der auf einem steinernen Sockel stand und aussah, als würde er zerfallen, sobald man ihn auch nur ansah. Sie fühlte einen Luftzug auf der Haut und drehte den Kopf. Ja, da hinten waren Stufen, kaum erkennbar in der Dunkelheit, aber das war ihr Weg in die Freiheit. Wenn es tatsächlich so war, wie sie vermutete, dann war sie in einer Gruft auf einem Friedhof, und selbst wenn Mrs. Clifton sie eingeschlossen hatte und es ihr nicht gelang, aus eigener Kraft hinauszukommen, würde irgendwann jemand auftauchen, den sie um Hilfe bitten konnte. Kaja tappte in Richtung der Stufen und stieß einen Seufzer der Erleichterung aus, als sie den ersten Lichtschimmer sah. Der Mond warf seinen Schein durch ein Gitter und malte gespenstische Schatten an die Wände, was bedeutete, dass es eine Möglichkeit für Kaja gab, hinauszusehen. Sie hatte die Hälfte der Stufen bereits hinter sich, als von oben Schritte ertönten, so laut, so unbekümmert, dass es Kaja kalt den Rücken herunterlief.

Zurück oder nach vorne? Angriff oder Verteidigung?

Was meinst du?, fragte sie die Pantherin. Für den Bruchteil einer Sekunde fühlte Kaja das Erstaunen ihrer Raubkatze darüber, dass sie gefragt wurde, dann entschied sich die Pantherin für den Rückzug.

Hinter den Sarg, rasch! Knie dich hin. Und dann lass mich raus.

Kaja huschte zurück und suchte im Schutz des steinernen Sockels nach Deckung. Konnte sie der Katze vertrauen, dass sie nicht kurzen Prozess mit Mrs. Clifton machte?

Wann wirst du endlich lernen, mir zu vertrauen? In all den Jahren hast du die wichtigste Lektion nie begriffen: Wir sind eins. Wenn du sie nicht töten willst, dann möchte auch ich ihren Tod nicht.

Jetzt ist nicht der Zeitpunkt, um mir eine Predigt zu halten, warf Kaja ein und lauschte angestrengt. Jemand klimperte mit Schlüsseln. Es klang, als suchte er an einem Bund nach dem richtigen.

Das ist es nie, wenn es nach dir geht, gab die Pantherin kühl zurück. *Ehrlich gesagt habe ich es satt, dir jedes Mal den Hintern zu retten und zum Dank dafür die nächsten Jahre eingesperrt zu sein. Hast du denn gar nichts gelernt? Vor sieben Jahren habe ich dich aus den Fängen des Cross-Killers gerettet und ihn dir auf dem Silbertablett serviert. Habe ich ihn getötet?*

Nein, antwortete Kaja stumm. Oben drehte sich der Schlüssel im Schloss. Es war Mrs. Clifton. Der unruhige Schein ihrer Taschenlampe traf die steinernen Stufen. Sie gab sich keine Mühe, ihre Anwesenheit zu verbergen, sondern ging mit sicheren Schritten die Treppe herunter. Kaja lugte um den Sockel und sah, dass die Frau eine Pistole in der anderen Hand trug. Beim Anblick der Waffe spürte sie die Nervosität der Pantherin. Kaja blieben nur noch wenige Sekunden, bis Mrs. Clifton bemerken würde, dass sie nicht dort saß, wo ihre Entführerin sie zurückgelassen hatte.

In diesem Moment schoss die Katze nach vorne und übernahm die Regie. In Erwartung der typischen Schmerzen bei der Verwandlung biss sie die Zähne zusammen, aber die Qual blieb aus. In Sekundenschnelle wurden ihre Hände zu Krallen, ihre Augen zu Katzenaugen, und ihr Körper war mit nachtschwarzem Fell bedeckt. Während

Mrs. Clifton die letzte Stufe hinunterkam und am Sarg vorbeiging, schob sich die Pantherin auf leisen Pfoten in Richtung Ausgang.

Der Lichtkegel der Taschenlampe wanderte über den Boden, glitt über die Stelle, an der Kaja hätte sitzen sollen, und wieder zurück.

Kaja stand nun genau hinter ihr. Der Weg nach oben war frei, aber sie hatte keinen Schlüssel, um die Frau hier einzusperren, bis sie Verstärkung anfordern konnte. Es war an ihr, Mrs. Clifton mit einem genau bemessenen Kraftaufwand unschädlich zu machen und dann zu versuchen, Seth irgendwie zu erreichen.

Kaja spannte die Hinterläufe an und sprang.

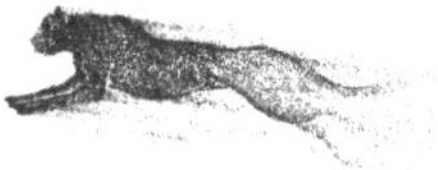

Als Seth am Saint Louis Cemetery I ankam, hatte er keine Mühe, Kaja im Gewimmel der blau uniformierten Polizisten zu erkennen. Obwohl sie mindestens zwei Köpfe kleiner war als der Rest der Truppe und in ihrer geliehenen Uniformjacke und der viel zu großen Jogginghose nicht sonderlich furchteinflößend aussah, machten die menschlichen Kollegen einen großen Bogen um sie. Kaja lehnte mit verschränkten Armen an einem der Mausoleen und beobachtete das rege Treiben, das sich im Umkreis des Tatorts entfaltete.

Seth hielt inne und betrachtete sie noch einen Augenblick, ohne sich zu erkennen zu geben. Sie sah ... anders aus, ohne dass er den genauen Punkt hätte festmachen können, in dem sich die Veränderung zeigte. Er ging weiter auf die Absperrung zu, die die Kollegen um eines der Mausoleen errichtet hatten, hielt seinen Ausweis in die Höhe, ohne darauf zu achten, ob und wer einen Blick darauf warf, und duckte sich unter dem Flatterband hindurch. In diesem Moment drehte Kaja den Kopf und sah ihn an.

Ihr Anblick brachte ihn fast zum Stolpern, aber es gelang ihm, die unfreiwillige Bewegung mit einem ausholenden Schritt zu überspielen. Aus ihrem Gesicht sahen ihm die Augen ihrer Katze entgegen, grün leuchtend und mit den typischen vertikalen Schlitzen der Pantheraugen. Kein Wunder, dass die Menschen sie in Ruhe ließen.

»Seth.« Sie sagte nur dieses eine Wort, aber es genügte, um ihm das Herz in der Brust zu zerreißen. Kaja hob die Arme, ließ sie wieder sinken, doch da war er auch schon bei ihr und schloss sie in seine Arme.

»Was ist passiert?«, wollte er wissen und schirmte sie mit seinem Rücken vor den Uniformierten ab.

»Mrs. Clifton ...« Sie seufzte, strich sich in einer ganz und gar untypischen Geste ihr dunkles Haar ins Gesicht und wandte den Kopf ab. »Sie stand heute Nacht vor unserer Tür und bat mich um eine Unterredung. Die ... Pantherin wollte sie nicht hereinlassen, aber ich habe nicht auf sie gehört, und irgendwie gelang es der Frau, mich zu überwältigen und hierher zu schleppen.« Vorsichtig schob er ihr Haar zur Seite, um zu sehen, was Kaja vor ihm verbarg. Widerwillig wandte sie ihm ihr Gesicht zu, und er schnappte nach Luft, als er die sechs kreisförmigen Einstichmale rund um ihren Mund zum ersten Mal aus der Nähe sah. Drei über der Oberlippe, drei unter der Unterlippe. Ihm wurde kalt.

»Was ist passiert? Wer war das?« Die Wut auf denjenigen, der Kaja dies angetan hatte, brannte wie flüssiges Feuer in seinen Adern.

»Mrs. Clifton hat das getan.« Kaja bemühte sich, ruhig zu sprechen, aber Seth bemerkte ihren inneren Aufruhr. »Sie ...« Kaja verstummte. Es sah ihr überhaupt nicht ähnlich, so zögerlich zu sprechen. Er wartete geduldig, bis sie so weit war. »Sie hat mich betäubt und mir den Mund zugenäht, Seth.« Ihre Pantheraugen füllten sich mit Tränen. »Als sie zurückkam, sah ich, dass sie eine Pistole hatte, und ich wusste nicht, was ich tun sollte, also habe ich mich verwandelt.« Er sah, wie sie schluckte und den Blick abwandte, um irgendwohin zu schauen, nur nicht in sein Gesicht. »Die Pantherin hat sie getötet, Seth.« Sie flüsterte jetzt. »Ich ... hatte keinerlei Kontrolle mehr über sie.« Aber da war mehr, er fühlte es. Irgendetwas verschwieg sie ihm. Er bemühte sich, ruhig zu bleiben.

»Hat Mrs. Clifton irgendetwas gesagt, bevor sie starb?« Seth versuchte, die Frage sachlich klingen zu lassen, doch der Widerschein von katzenhafter Freude in Kajas Augen jagte ihm einen Schauer über den Rücken.

Kaja zuckte nichtssagend die Achseln. »Sie macht mich nicht für den Tod ihrer Tochter verantwortlich, aber für den ihres Mannes, sagte sie. Wenn ich ihnen damals mehr zur Seite gestanden hätte, wäre das alles nicht passiert.« Sie lächelte schmallippig.

»Das war doch nicht alles. Ich sehe es dir an.« Selbst seine Geduld hatte Grenzen, besonders nach einer Nacht wie dieser.

»Hast du Toussaint und Foster gefunden?«, kam ihre Gegenfrage.

Das Raubkatzenhafte wich allmählich aus ihrem Gesicht, wie Seth mit heimlicher Erleichterung bemerkte. »Den Zombie nicht, aber wir haben den Voodoo-Priester.«

»Und? Hat er gestanden? Was hat er gesagt?«

»Toussaint sagt, dass die Cliftons ihn gezwungen haben, den untoten Foster auf den Kinderschänder Charting anzusetzen. Sie wollten, dass er seine untote Existenz damit verbringt, seinesgleichen zu töten, bis er in seine Einzelteile zerfallen wäre.«

»Das hat Henry Clifton ja zugegeben, bevor er sich erschoss.« Kaja fielen mittlerweile beinahe im Stehen die Augen zu, aber sie drängte Seth dazu, ihr auch den Rest zu erzählen. »Wirkt Toussaint glaubwürdig? Was hat er noch erzählt?«

»Ja, ich denke, der Voodoo-Priester sagt die Wahrheit. Auf mich macht er nicht den Eindruck eines eiskalten Killers. Er ist geldgierig, aber das ist per se kein Verbrechen. Er sagte, er hätte aus Mitleid gehandelt, nachdem die Cliftons ihm alles über Suzie und ihr Schicksal erzählt haben. Sie haben versucht, ihn zu ihrem Verbündeten zu machen.« Seth hatte die zitternde Stimme des Mannes noch genau im Ohr, der zum ersten Mal in seinem Leben mit einem realen Verbrechen konfrontiert worden war. »Als er nach dem Mord an Charting kalte Füße bekam und aussteigen wollte, haben sie ihn im Keller eingesperrt. Angeblich wollten sie ihn aber irgendwann laufen lassen, wenn er ihnen versprach, nichts zu erzählen. Was er natürlich tat.«

»Klar, was sollte er auch sonst sagen?« Kaja dachte nach. »Auf eine verquere Art tun mir die Cliftons leid, Seth. Selbst sie, obwohl sie mir das«, ihre Hand fuhr zu ihrem Mund, »angetan hat.«

»Als Mrs. Clifton allein auftauchte, wusste Toussaint, dass etwas schiefgelaufen war. Sie ließ ihn tatsächlich gehen und gab ihm sogar noch Geld, damit er eine Weile untertauchen konnte.« Er schüttelte den Kopf. »Sie sagte ihm auch, dass sie den Zombie nicht mehr brauchen würde, außer als Sündenbock, und dass Toussaint ihn loswerden sollte. Er hat ihn tatsächlich im Sumpf versenkt, wie wir vermutet haben.«

Kaja war blass geworden, als sie hörte, wie lässig Mrs. Clifton das Problem mit dem Untoten zu lösen beabsichtigte. Seth führte sie trotz ihres vehementen Protests zu einer Grabstätte außerhalb der Polizeiabsperrung und zwang sie, sich auf den Boden zu setzen. Er wartete, bis sie nicht mehr ganz so stark zitterte, dann nahm er den Faden ihres Gesprächs wieder auf. »Ich verstehe, wie du dich fühlen musst, Kaja. Aber glaub mir, dir weiterhin Vorwürfe zu machen ist sinnlos.«

»Ich weiß«, gab sie zurück und schaute ihm direkt ins Gesicht. Für den Bruchteil einer Sekunde leuchteten ihre Augen wieder strahlend grün, dann lachte sie. Es war kein schönes Geräusch, sondern eins, das ihm eine Gänsehaut über den Körper schickte und ihm beinahe Angst einjagte.

»Seth«, sie griff nach seiner Hand, »du musst dir keine Sorgen um mich machen, weil ich jemanden getötet habe.« Er öffnete den Mund und wollte einwenden, dass nicht sie, sondern ihre Raubkatze Mrs. Clifton getötet hatte, aber nach einem Blick in ihr Gesicht schwieg er. Kaja war nicht sie selbst, und jetzt war nicht der Zeitpunkt für Haarspaltereien. »Sie wollte mich umbringen, weil sie meinte, ich hätte den Tod ihres Mannes verhindern können, sogar verhindern müssen. Und sie hat mir den Mund zugenäht, damit man glaubt, ich wäre das zweite Opfer des Mannes, der Charting getötet hat. Es war Notwehr.« Sie stand auf. »Und jetzt möchte ich gehen. Ich brauche ein Bad, und mein Flieger nach Frankreich geht heute Nachmittag um drei. Bis dahin sollten die Formalitäten«, sie ließ ihren Blick über die anwesenden Polizisten gleiten, »hoffentlich erledigt sein.«

»Möchtest du gar nicht wissen, was mit Toussaint geschehen wird?«

»Das kannst du mir auf der Fahrt nach Hause erzählen.« Sie setzte sich in Bewegung. »Wenn du willst.«

Seth sah ihr nach.

In einem Haus am Rande von Baton Rouge saß eine hochgewachsene Frau in einem Sessel, der schon bessere Tage gesehen hatte, und schaute aus dem Fenster. Sie wartete ungeduldig auf den Einbruch der Dämmerung und ignorierte das leise Stöhnen, das von einer gekrümmten Gestalt zu ihren Füßen ausging. Irgendwann wurde es ihr offensichtlich zu viel, denn sie stand leichtfüßig auf, trat über den Mann hinweg und schlenderte zum Fenster.

Mit behandschuhten Händen schob sie die Gardine zur Seite und spähte hinaus auf die gekieste Auffahrt. Die Steine hatten Moos angesetzt, und die ehemals gepflegte Grünanlage hatte schon lange nicht mehr die Hand eines Gärtners gesehen. Doch alles, was sie sah, war der dunkelhaarige Mann, der das Tor geöffnet hatte und nun auf direktem Weg zur Haustür schritt. Noch bevor er den altmodischen Türklopfer betätigen konnte, hatte sie die Tür geöffnet und warf sich in seine Arme. »Endlich! Ich habe schon befürchtet, du schaffst es nicht mehr.« Mit der Hand fuhr sie über sein faltenloses Gesicht, als wollte sie sich vergewissern, dass sie nicht träumte. Dann nahm sie ihm die schwarz umrandete Brille ab und zerzauste sein Haar, bis es ihm in die Stirn fiel.

»Es gab unterwegs einen Unfall auf der Bundesstraße, deshalb bin ich so spät«, gab er zurück und strich sich die Locke aus der Stirn. Seine blauen Augen leuchteten, als er ins Haus trat und die Frau mit sich zog. »Es ist schön, wieder zu Hause zu sein«, sagte er und strich mit dem Finger über den zentimeterdicken Staub, der sich während seiner Abwesenheit nicht nur auf der Garderobe angesammelt hatte.

»Ich weiß, wir haben noch eine Menge Arbeit vor uns«, sagte die Frau und hakte sich bei ihm unter.

Er lächelte und drückte sie an sich. »Das stimmt, aber

am Ende wird es jede Mühe und vor allem die Geduld wert sein, die wir aufgewendet haben.« Er schloss kurz die Augen, dann öffnete er sie wieder. Er konnte es kaum erwarten, Kajas Gesicht zu sehen, wenn er sie nach Hause holte.